KB188657

유홍준 잡문집

나의 인생만사 답사기

유홍준 잡문집

나의 인생만사 답사기

창비

나의 잡문과 글쓰기

'글쟁이'의 현장은 원고지

나는 정년퇴임하였지만 지금도 강연을 많이 한다. 문화유산을 전도한다는 마음으로 먼 거리라도 마다하지 않는다. 한번은 가평군에서 새 도서관 개관기념 강연을 부탁하여 갔더니 가평읍이 아니라 가평군 조종면 현리, 군부대가 있는 궁벽진 시골 마을이었다. 그래서 더 보람 있었다.

강연장에 가면 사회자가 나를 소개하는데 짧게 해달라고 해도 항시 길다. 명지대 미술사학과 석좌교수라는 현직은 기본이고 학력부터 시작해서 문화재청장을 지냈고 베스트셀러 『나의 문화유산답사기』를 쓴 작가라고 소개한다. 좀 더 자세히는 『한국미술사 강의』를 펴낸 미술사학자라고 덧붙이기도 하고 텔레비전 예능 프로그램에 많이 나온다고 소개하기도 한다. 그러나 어느 경우도 나 스스로 생각하는 나의 중요한 한 가지 모습을 소개하는 곳은 없었 다. 그것은 나의 글쓰기이다. 속되게 말해서 나는 글쟁이다. 옛날 식으로 말하면 문사(文士)이다.

지난 세월 나는 미술평론가로서, 문화유산 전문가로서, 한 사람 의 지식인으로서 신문, 잡지, 도록 등 여러 지면에 예술과 인생에 대하여 쉼 없이 사회적 발언을 해왔다. 일간신문에 고정 지면까지 갖고 「이달의 미술」(『한국일보』), 「국보순례」(『조선일보』), 「삶과 문 화」(『중앙일보』), 「특별기고」(『한겨레』), 「안목」(『경향신문』) 등을 몇 년씩 써오다 지금은 『중앙일보』의 칼럼니스트로 「문화의 창」을 쓰고 있다.

내가 이렇게 글쓰기에 열심인 것은 일찍이 두 분에게 받은 영향 때문이다. 한 분은 고등학교 3학년 때 국어 선생님으로 그분은 문 과생들은 '한 사람의 지성으로 살아가는 길'을 준비하라고 훈도하 셨다. 그리고 내가 대학생이던 60년대 후반의 시대적 화두 중 하나 는 지식인의 사회적 책무와 현실참여에 관한 것이었다. 당시 참여 문학과 순수문학의 논쟁이 일어난 것에는 이런 사회적 배경이 있 었다. 그때 나는 참여문학을 절대적으로 지지하였고 지식인이 체 득한 전문적 지식을 대중에게 전해줄 의무가 있다고 생각했다.

또 한 분은 나하고 동갑내기로 시인이자 문학평론가이고 무엇 보다 민주투사였던 채광석으로 그는 "글쟁이의 현장은 원고지이 다"라며 집회에 참가하는 것 못지않게 문사로서의 임무를 강조했다. 채광석은 6월항쟁 때 불의의 사고로 나이 39세에 일찍 세상을 떠났지만 문화운동 동지로서 그의 다짐은 지금도 내 뇌리에 깊이 각인되어 있다.

나의 글쓰기는 일반적인 산문 형식을 벗어난 '잡문(雜文)'의 성격이 강하다. 이는 내가 젊은 시절에 루쉰(魯迅)의 잡문에서 받은 영향 때문이다. 내 또래와 내 선배들 세대에게 루쉰은 지식인의 표상이었다. 루쉰은 자신의 글을 잡문이라고 했고 『아침 꽃을 저녁에 줍다』 등 루쉰 잡문집이 여러 형태로 나와 있다. 그러나 루쉰의 잡문이란 그냥 잡문이 아니라 일상사에서 시작해 사상의 담론에까지 이르는 글이다.

옛 문인들의 문집(文集)을 읽을 때도 나는 시(詩), 논(論), 소(疏), 차(箚), 서(序), 서(書), 척독(尺牘) 등 정통적인 글쓰기보다도 대개 마지막에 실려 있는 잡저(雜著)를 눈여겨보았다. 잡저에는 세상만사가 다 들어 있고 거기엔 인생이 녹아 있기 때문이다.

내가 '답사기'라고 해놓고 이 소리 저 소리 다 이야기하는 것에는 이런 잡저와 잡문의 정신이 들어 있는 것이었다. 이에 나의 산문집을 아예 『유홍준 잡문집 ─ 나의 인생만사 답사기』라 이름 지었다.

내 글 속의 사람 이야기

그간에 써온 글들을 모아 처음 책으로 펴낸 것은 『정직한 관객』(학고재 1996)이었다. 사람은 살아가면서 일단 하던 일을 멈추고 추스를 필요가 있는데 이후 28년이라는 긴 세월 동안 글을 써오기만 했다. 그간 써온 글들을 모아보니 족히 두 권 분량이 되었다.

그러나 글 중에서 시의성이 있는 글들은 자기 수명이 끝난 것이기에 묻어두고 한 권 분량으로 가려 뽑았다. 그중에는 『나의 문화유산답사기』 속에 녹아 있는 것도 있지만 원문을 밝힌다는 의미로 수록하였다. 옛 글 중에서는 「정직한 관객」 하나만 재록하였다. 이를 주제별로 나누어보니 '인생만사' '문화의 창' '답사 여적' '예술가와 함께' '스승과 벗' 다섯 장으로 분류된다.

그중 '스승과 벗'은 혹 개인사적 이야기가 아닌가 하는 생각이 들게도 하지만 리영희 선생과 백기완 선생은 역사적 인물이고, 신영복, 이애주, 박형선, 홍세화 등에 대해 쓴 글은 서거 때 신문에 실린 추도사들이니 사적이라고만 할 수 없다.

사실 내가 글쟁이로 살면서 가장 쓰기 어려워하는 것은 추도사이다. 신문기자가 오늘 돌아가셨다고 소식을 전하면서 내일모레 아침까지 써달라는 것이 신문의 추도사이다. 고인의 죽음에 마음이 황망한 가운데 3천 자 분량의 글을 써야 하는 것이다. 시간에 쫓기어 마치 수능 논술고사 보듯이 쓴 글들인지라 잘 다듬어지지는 않았지만 거친 가운데 진정성이 살아 있다고 생각하여 지면 관계로 못다 한 이야기들만 더하고 그대로 실었다.

올해(2024) 7월 김민기 서거 때도 신문사의 청탁이 있었으나 지방 강연이 이미 잡혀 있어서 시간을 맞출 수 없었다. 고인에 대한 미안함도 있고 또 남들이 알았으면 하는 나만의 이야기도 있어 이 책에 비교적 장문의 추도사를 실었다. 이렇게 먼저 떠난 이들을 추모하다 보니 그동안 묻어두고 살았던 나의 지난날들이 많이 드러나게 되었다. 그러나 어쩔 수 없다. 그렇게 살아온 것을.

나의 삶과 글쓰기

이번 책엔 '나의 글쓰기'를 부록으로 꾸몄다. 「좋은 글쓰기를 위한 15가지 조언」은 2013년 『나의 문화유산답사기』 발간 20주년 기념 강연회 때 독자 질문에 응하며 편하게 이야기한 것인데 이것이 『중앙선데이』(2013년 6월 2일 자)에 기사화되어 많이 알려지게 되었다. 어차피 세상에 공개된 것이기에 이번에 많이 고치고 보완하여 내 나름의 '문장강화'로 정리하여 실었다.

「나의 문장수업」은 독자들로부터 끊임없이 받고 있는 질문, '어떻게 글쓰기를 배웠나요?'에 대한 간접적인 답변이다. 나는 글쓰기를 따로 훈련받은 일은 없지만 지금도 생생히 기억하는 독서 편력이 은연중 영향을 주었을 것이기에 그 전 과정을 회고한 것이다.

여기에 덧붙여 나의 글쓰기와 관련 있는 참고 자료 셋을 실었다. 하나는 1974년 12월, 영등포교도소 복역 중에 부모님께 보낸 봉함엽서이다. 이 편지는 1975년 『신동아』 2월호에 실린 바 있다.

두 번째는 1969년 대학 3학년 때 박의현 교수의 '미적 대상론'과 '예술창작 감상론'의 학기말고사 때 쓴 내 시험 답안지이다. 이 답안지는 고 박의현 교수의 유품을 정리하던 고 오병남 교수가 발건하여 나에게 전해주신 것이다.

　세 번째는 「김지하 형이 옥중에서 지도한 글쓰기」이다. 이는 영등포교도소 복역 중 지하 형에게 습작한 시를 보여주었을 때 지하 형이 이튿날 보내온 장문의 답장이다. 이 글은 1989년 『노동문학』 4월호에 전문이 공개된 바 있다. 이 글에서 지하 형이 '욕 좀 하자'며 혹독하게 비평하고는 '너는 호흡이 기니 산문으로 나아가라'라고 한 대목이 있는데 결국 나는 그렇게 되었다. 이리하여 잡문집 『나의 인생만사 답사기』가 세상에 나오게 되었다.

　이번에도 내 책은 창비에서 출간되었다. 창비의 염종선 사장과 황혜숙 이사, 책의 내용은 물론 제목을 정하기까지 수없이 의견을 나눈 이하림 차장과 박주용 팀장, 김새롬 님께 감사드린다. 그리고 책을 낼 때마다 사전에 읽고 많은 의견을 주는 명지대 한국미술사연구소의 신구 연구원인 박효정, 김혜정, 신민규, 홍성후 등에게 감사하는 마음을 여기에 전한다.

　그렇다고 나의 글쓰기가 여기에서 끝나는 것은 아니다. 글쟁이로서, 한 시대의 문사로서 계속 글쓰기를 해나갈 것이다. 독자 여러분의 변함없는 성원과 지지를 부탁드린다.

2024년 10월

유홍준

제4장 예술가와 함께

제5장 스승과 벗

부록: 나의 글쓰기

제1장 인생만사

고별연: 마지막 담배를 피우며

새해로 들어서면서 나도 담배를 끊었다. 지난해 그믐밤 마지막 담배를 한 대 피우면서 이것이 마지막 담배라고 생각하니 쓸쓸한 마음이 절로 일어났다.

내가 담배를 피운 지 45년이다. 한생을 같이해온 이 기호품과 결별하자니 깊은 감회가 일어난다. 200여 년 전, 나하고 종씨인 유씨(俞氏)부인이 27년간 써오던 바늘이 부러지자 이를 애도하는「조침문(弔針文)」을 썼듯이 나도 고별연(告別煙)이라도 남겨야겠다.

담배의 해독을 부정하지 않지만 순기능도 없는 것은 아니다. 옛날 영화를 보면 일터에서도, 공원에서도, 전쟁터에서도 휴식의 상징은 담배였다. 글을 쓰다 펜이 멈출 때 담배 한 대 물고 잠시 사색에 잠기는 것은 큰 위안이었다. 특히 한숨이 절로 나오는 상황엔 담배가 약이다. 정희성 시인은 「동년일행(同年一行)」에서 이렇게 읊었다.

괴로웠던 사나이
순수하다 못해 순진하다고 할 밖에 없던
남주(南柱)는 세상을 뜨고
서울 공기가 숨쉬기 답답하다고
안산으로 나가 살던 김명수(金明秀)는
더 깊이 들어가 채전이나 가꾼다는데
훌쩍 떠나
어디 가 절마당이라도 쓸고 싶은 나는
멀리는 못 가고
베란다에 나가 담배나 피운다.

또 누구는 말한다. 싸우지 않고는 살 수 없었고, 술이 아니면 잠들 수 없었던 저 캄캄한 시절에 담배마저 없었다면 그 간고한 세월을 어떻게 견뎠겠냐고. 유신 시절 감옥에서 출소한 어느 민주인사는 바깥세상이 감옥과 다른 것이라곤 담배 피울 수 있는 자유가 있는 것뿐이라고 했다.

담배는 사람 사이를 가깝게 해준다. 라이터가 귀하던 시절 남의 담뱃불을 빌려 불을 댕기는 모습은 인생살이의 살내음을 느끼게 한다. 『해방기념시집』(중앙문화협회 1945)에 실린 이용악의 「시골

사람의 노래」는 저마다의 사연을 안고 고향으로 돌아가는 밤 기차 안에서 "어디루 가는 사람들이 / 서로 담뱃불 빌고 빌리며 / 나의 가슴을 건너는 것일까"라며 침묵 속에 오가는 온정을 그렸다.

사실 나는 1994년 『나의 문화유산답사기』 둘째 권을 펴내고 나서 담배를 끊었다. 그러던 내가 4년 만에 다시 담배를 피우게 된 것은 1997년 『나의 북한 문화유산답사기』를 위해 방북하면서였다. 북측 인사들은 만나면 담배부터 권했다. 그때마다 나는 손을 저으며 사양했다. 모처럼 친선적 관계를 맺고자 찾아가서 손사래부터 치는 것이 멋쩍었고 그들은 나를 무슨 골샌님처럼 보는 것 같았다.

그래서 두 번째 방북길에 올랐을 때는 담배를 듬뿍 사 가지고 가 선물로 내놓고 그들이 '백두산' 담배를 권하면 나는 남한의 '한라산' 담배로 응했다. 내가 유식하게 디자인한 '글로리(Glory)'를 권하면 북측 동무는 우직한 포장의 '영웅'을 내보였다. 그러나 피우지는 않고 시늉만 냈다.

그러다 꿈에도 그리던 백두산 정상에 올라 신령스러운 천지 못을 넋 놓고 바라보고 있을 때 북측 안내원이 다가와 "교수 선생, 백두산 정상에는 '백두산' 담배가 제격 아니겠습니까"라며 권하는 것이었다. 나는 이 순간에도 한 대 피우지 않는다면 그건 감성의 동물인 인간이 아니라고 생각하고 담배를 건네받아 불을 댕겼다. 핑 돌거나 거부감이 일어나면 바로 버릴 생각이었다. 그런데 그렇게 맛있을 수가 없었다. 천지가 더욱 황홀해 보였다. 이후 나는 다시 담배를 피우게 되었다.

90년대 말에는 수입 담배가 일반화되었지만 양담배에는 손이 가지 않았다. 딱히 입에 맞는 것이 없어 이것저것 피웠는데 2003년 무렵 '클라우드 나인'이 나왔다.

지하철 안국역 입구 가판대에선 우리 어머니보다 훨씬 나이 많아 보이는 할머니가 가게를 보고 있었다. 할머니는 나를 보면 단골손님에게 보내는 다정한 눈인사를 건네곤 했다. 할머니는 영어식 담배 이름을 외우는 것이 힘들다며 '말보로' 담배는 '날보러', 오마 샤리프 담배는 '오막살이'로 기억하고 계셨다. 그러던 어느 날 담배를 사러 갔는데 할머니가 새로 나온 담배라며 이걸 뭐라고 읽느냐고 묻는 것이었다.

"클라우드 나인이네요. 이게 국산이에요?"
"그렇다네요. 오늘 놓고 갔어요. 그런데 이름이 꼬부랑말로 이렇게 길어 어떻게 외운담."
"그냥 '큰일나요'라고 하세요."

이후 고별연까지 내가 피운 담배는 '큰일나요'였다. 문화재청장 시절 한번은 대통령 기록실에서 전화가 걸려 왔다. "대통령께서 청장님과 저녁 식사를 한 뒤 담배를 바꾸셨는데 무슨 사연이 있었냐"는 것이었다.

노무현 대통령은 엄청난 골초이셨다. 식사를 하고 나면 담배를 연거푸 두 대를 피우는 것이었다. 가만히 보니 대통령은 타르가 1.0*mg*인 '에쎄'를 피우는 것이었다. 그래서 내가 5.0*mg*인 클라우드 나인을 한번 피워보시라고 권했더니 맛있다며 묻는 것이었다.

"이게 어디 제입니까?"
"국산입니다."
"클라우드 나인이 무슨 뜻입니까?"
"속어로 '뿅 갔다'는 뜻이라고 합니다."
"그런 단어를 써도 됩니까?"
"외국에도 수출하다 보니 자극적인 이름이 필요했나 봅니다."

아닌 게 아니라 이 담배는 마약쟁이들의 비속어를 이름으로 썼다고 비난받는 일도 있었다고 한다. 그래서 나는 한국담배인삼공사(KT&G) 임원을 만났을 때 클라우드 나인은 아홉 개의 구름이라는 뜻이니 이것은 한글소설 『구운몽(九雲夢)』에서 나온 것이라고 둘러대라고 일러주었다.
　담배가 우리나라에 들어온 것은 17세기로 『조선왕조실록』에선 광해군 때부터 담배 얘기가 나온다. 담배라는 말은 스페인어 타바코(tabaco)에서 나온 것이고 옛날에는 연초라고 했다. 이후 많은 애연가를 낳아 영조 때 허필(許佖)이라는 문인은 호를 연객(烟客)이라고 했고, 이옥(李鈺)은 『연경(烟經)』이라는 저서를 짓기도 했다. 연초는 연차(煙茶)라는 매력적인 이름으로도 불렸다. 녹차, 홍차

| 정조대왕의 편지 | 어느 신하에게 벼 한 석, 게장 한 항아리, 밤 한 말과 함께 창덕궁에서 재배한 연차 두 봉지를 보낸다는 물목이 실려 있다.

같은 차로 불린 것이다.

위창 오세창(吳世昌) 선생이 옛 명인들의 편지를 모아 엮은 『근묵(槿墨)』에는 정조대왕이 어느 신하에게 벼 한 석, 게장 한 항아리, 밤 한 말과 함께 창덕궁에서 재배한 연차 두 봉지를 보낸다는 물목(物目)이 실려 있다. 신하를 챙겨주던 정조대왕의 자상한 모습과 함께 담배에 어린 따뜻한 정을 새겨보게 하는 대목이다.

10여 년 전부터 나는 매월 마지막 일요일이면 조계사 세미나실에서 열리는 '말일파초회'에서 옛사람의 간찰을 읽는다. 이때 쉬는 시간이면 재완이, 채식이와 밖으로 나와 소나무 아래서 연차를 피웠다. 우리는 이 다정한 만남을 '송하연차회'라 하였다. 그래서 요즘 세상에선 혈연, 지연, 학연보다 더 친밀한 것이 흡연 사이라고 한다.

이렇게 좋아하면서도 내가 담배를 끊은 이유는 담뱃값이 올라서도 아니고, 건강이 나빠져서도 아니다. 세상이 담배 피우는 사람을 미개인 보듯 하고, 공공의 유해 사범으로 모는 것이 기분 나쁘고, 집에서도 밖에서도 길에서도 담배 피울 곳이 없어 쓰레기통 옆이나 독가스실 같은 흡연실에서 피우고 있자니 서럽고 처량하고 치사해서 끊은 것이다.

하기야 담배를 그만 피울 때도 됐다. 홍만선(洪萬選)의 『산림경제』를 보면 삶의 즐거움을 쭉 열거한 '인생락'의 맨 마지막에 농손락(弄孫樂)이 나온다. 손주와 노는 농손락을 얻으려면 금연할 수밖에 없단다.

금연은 정말 힘들다. 마크 트웨인(Mark Twain)은 역설적으로 말했다. "담배를 끊는 일은 아주 쉬운 일이다. 나는 백 번도 넘게 끊었으니까." 20년 전 경험에 의하건대 금연은 매정하게 결별하는 의지밖에 없다. 금연 뒤에 찾아올 기쁨을 기대하며 끊어야 한다. 이제는 아침마다 칵칵거리지 않게 되고 양치질할 때 나오는 조갯살만 한 가래도 없어질 것이다. 방에선 곰팡내가 사라질 것이고, 얼굴엔 살이 뽀송하게 오르며 피부도 맑아질 것이다.

이렇게 한껏 자위해보지만 여전히 담배를 미워할 뜻은 생기지 않는다. 오히려 내 인생의 벗이 되어주었던 것에 깊이 감사하며 강제로 이혼당한 기분이 든다. 나는 고별연 연기를 뿜으면서 사무치는 아쉬움 속에 이별을 고했다.

"잘 가라, 담배여. 그동안 고마웠다, 나의 연차여!"

---

* 고별연 이후 나는 진짜 금연을 잘하였다. 그러다 금년(2024) 봄, 벗들이 연달아 세상을 떠나면서 장례를 치르다 다시 담배를 입에 대기 시작했다. 그러나 이 책이 나오면 할 수 없이 다시 금연을 할 수밖에 없는 처지가 되었다.

잡초공적비

사람들은 어려서 자랄 때는 모두들 꽃같이 되기를 바라지만 나이가 들 만큼 들면 잡초 같은 인생을 살고 있다는 것을 알게 된다. 그렇다고 해서 온실 속의 화초 같은 삶을 부러워하는 것은 아니다. 이생진 시인은 「풀 되리라」에서 이렇게 읊었다.

풀 되리라
어머니 구천에 빌어
나 용 되어도
나 다시 구천에 빌어
풀 되리라

흙 가까이 살다
죽음을 만나도
아무렇지도 않은
풀 되리라

잡초란 생물학적인 용어가 아니라 곡식, 농작물, 원예작물 등
인간에 의해 재배된 것이 아닌데 저절로 번식하는 잡다한 풀을 말
한다. 잡초라면 흔히 개망초, 까마중, 쇠비름, 강아지풀, 피, 토끼
풀, 엉겅퀴, 질경이 따위를 떠올리지만 맛있는 나물의 재료인 달
래, 냉이, 씀바귀, 고사리, 고들빼기, 쑥, 머위도 밭에서 농사를 방
해하면 잡초다.

야생초라 불리는 제비꽃, 초롱꽃, 달개비, 민들레, 쑥부쟁이, 부
들, 꽃창포 등이 잡초로 분류되는 것은 억울한 일이다. 그런데 가
녀린 꽃을 피우는 풀에 애기똥풀, 며느리밑씻개, 개불알풀이라 이
름 짓고 업신여긴다.

늦여름 따가운 햇볕에서 농부들은 논밭에 무성히 자라나는 잡
초를 제거하느라 구슬땀을 흘린다. 여름철 농사는 잡초와의 전쟁
이다. 인류는 농업을 시작한 이래 곡식과 농작물의 영양소를 씨앗
이나 열매에 축적하도록 개량해왔다. 이에 비해 잡초는 생태 그대
로 영양소를 성장과 번식에 사용한다. 그래서 곡식과 농작물은 잡
초를 이길 수 없다. 그 억센 생명력은 이리저리 시달리며 사는 민
초의 삶을 연상케 한다. 김수영 시인은 「풀」에서 이렇게 노래했다.

풀이 눕는다
바람보다도 더 빨리 눕는다
바람보다도 더 빨리 울고
바람보다 먼저 일어난다

　그러나 잡초는 무죄다. 잡초의 해악이란 곡식과 농작물의 생산력 증대라는 기준에서 말하는 것일 뿐 잡초는 생태계에 절대적으로 필요하다. 잡초는 땅의 표토를 보호하는 역할을 한다. 잡초들이 사라지면 토양이 황폐화된다. 미국 텍사스의 한 과수원에서는 잡초의 씨를 말려버렸더니 극심한 토양침식과 모래바람으로 몇 년치 농사를 망쳤다고 한다. 그래서 지금은 과수와 잡초를 공생시키고 있다고 한다.
　올봄 부여 외산면에 마련한 시골집 산자락에 빈터가 있어 대충 잡초를 제거하고 피톤치드가 많이 나온다는 편백나무 묘목을 심었는데 올여름 저 지독한 무더위에 반은 죽고 반만 살아남았다. 자세히 살펴보니 괭이질해서 잡초를 제거하고 심은 것은 지열을 견디지 못해 다 말라 죽고 잡초 속에 버려두듯 심은 것은 잡초와 함께 다 살았다.
　잡초에 대한 사랑과 존경을 표한 분들이 하나둘이 아니다. 잡초를 연구하는 '한국잡초학회'가 있다. 이들의 활동은 제법 활발하여 국제학술대회도 열었다. 국립현대미술관에서 초대전을 가진

조경가 정영선은 잡초, 달리 말하여 야생초를 조경에 끌어들인 것으로 유명하다. 한국문예위원회 위원장을 지낸 화가 김정헌이 연전에 경기도미술관에서 가진 전시회 주제는 '소위 잡초에 대하여'였다. 그래서 농사꾼이 된 철학자 윤구병은 『잡초는 없다』(보리 1998)라는 책까지 펴냈다. 그런가 하면 강원도 평창군 청옥산 산마루, 속칭 육백마지기에 사비를 들여 '잡초공적비'를 세운 분이 있다고 한다.

지난여름 잡초 예찬론자인 김정헌 화백과 이 '잡초공적비'를 보러 갔다. 가서 청주라도 한잔 올려야 사람구실 하는 것 같아서였다. 영동고속도로 새말 나들목으로 나와 옛길로 들어서니 갑자기 차창 좌우로 산들이 바짝 따라붙는다. 평창에서 어린 시절을 보낸 우리 아내가 강원도에서는 고개를 돌릴 때마다 산자락이 이마에 부딪힌다고 한 말이 실감 났다. 내비게이션이 지시하는 대로 평창 읍내를 지나 정선 쪽으로 가다가 미탄면 소재지에서 청옥산으로 꺾어드니 이번에는 깊은 계곡길이다. 산속 내장 깊숙이 빨려들어가 대장내시경 촬영을 하는 것만 같다. 그러다가는 구절양장의 가파른 비탈길이 머리핀처럼 급격히 돌아간다.

그렇게 30여 분 산자락을 타고 올라 정상이 가까워지면서 풍력발전소 바람개비 여남은 개가 돌아가다 멈추고, 멈추다 다시 돌아가고 있다. 포장길이 끝나고 흙먼지를 뒤집어쓰며 또 어느 만큼 달리니 마침내 고원지대가 펼쳐진다. 드넓은 그 넓이는 산마루 이름 그대로 육백 마지기는 될 성싶다. 한 마지기란 한 말의 씨

| **잡초공적비 가는 길** | 강원도 평창군 청옥산 산마루, 속칭 육백마지기 고원의 한쪽 산비탈에 계
란프라이 꽃이 떼판으로 피어난 것이 장관이다.

를 뿌려 생산할 수 있는 면적으로 대개 200평인데 아주 기름지면
150평, 아주 거칠면 300평인 경우도 있다. 평균 200평으로 치면 육
백 마지기는 12만 평으로, 축구장(약 2,160평) 55개 넓이가 된다. 육
백마지기 정상 못 미쳐 한쪽 산비탈에 계란프라이 꽃이라는 애칭
이 있는 샤스타데이지 꽃이 떼판으로 피어난 것이 장관이었다.

　정상으로 가는 길가 한쪽에 잡초공적비가 반듯하게 서 있는 것
이 눈에 들어왔다. 잘생긴 야무진 바위를 다듬어 싱싱한 잡초를
소담하게 새겨 넣고 '잡초공적비' 다섯 글자만은 초록빛 잡초 빛
깔로 또렷이 새겨 넣었다. 이 비는 청옥산 육백마지기 생태농장의

| 잡초공적비 | 청옥산 육백마지기 생태농장의 노부부가 생채기 난 흙을 품고 보듬어 치유하는 잡초의 위대함을 기리고자 세운 것으로, 잡초 예찬론자인 김정헌 화백과 함께 답사했다.

노부부(이해극·윤금순)가 화학비료와 농약으로 황무지가 되어버린 땅을 30여 년 전(1991)부터 잡초 농법으로 무농약 농산물을 생산하면서 5년 전(2019)에 세웠다고 한다. 비석 받침대에는 이렇게 쓰여 있다.

태초에 이 땅에 주인으로 태어나 잡초라는 이름으로 짓밟히고, 뽑혀도 그 질긴 생명력으로 생채기 난 흙을 품고 보듬어 생명에 터전을 치유하는 위대함을 기리고자 이 비를 세우다.

우리는 돗자리를 펴고 마련해 간 제수를 진설한 다음 번갈아 술잔을 바치고 정성을 다해 삼배를 올렸다. 그러고도 마음이 모자라 재배를 올렸다. 자리를 걷고 일어나 잡초공적비를 둘러보니 비석 뒷면에 이렇게 쓰여 있다.

잡초는 지구의 살갗이다.

김정헌과 나는 청옥산 육백마지기의 잡초공적비를 떠나면서 이생진 시인의 「풀 되리라」를 큰 소리로 낭송하였다.

물 가까이 살다
물을 만나도
아무렇지도 않은
풀 되리라

아버지 날 공부시켜
편한 사람 되어도
나 다시 공부해서
풀 되리라

꽃차례

봄이 왔다. 새봄을 맞으며 추사 김정희는 "봄이 짙어가니 이슬이 많아지고 땅이 풀리니 풀이 돋아난다(春濃露重 地暖草生)"라며 향기 은은한 난초를 그렸지만 나는 봄꽃이 만발한 유적지를 생각하며 들뜬 마음을 감추지 못한다. 강진 백련사의 동백꽃, 선암사 무우전의 매화, 부석사 진입로의 사과꽃, 한라산 영실의 진달래, 꽃의 향연이 벌어지는 서울의 5대 궁궐…. 전 국토를 거대한 정원으로 삼으며 이 땅에 살고 있는 자랑과 행복을 누리고 있다.

봄의 전령, 화신(花信)은 남쪽으로부터 올라온다. 지구 온난화로 많이 달라졌지만 여전히 봄꽃의 개화에는 꽃차례가 있다. 2월 말이면 남쪽에선 동백이 피고 매화가 꽃망울을 맺었다는 소식이 올라오기 시작하여 3월 하순이 되면 세상 돌아가는 소식에만 바쁘던 텔레비전 뉴스도 연일 꽃소식을 전한다.

화신은 언제나 동백꽃부터 시작된다. 엄밀히 말하면 동백은 봄꽃이 아니라 이름 그대로 겨울 꽃이다. 제주도에는 눈 속에서 꽃 피우는 설동백도 있다. 그래도 동백은 봄꽃의 상징이다. 동백나무는 집단을 이루는 속성이 있어 거제도, 오동도를 비롯하여 한려수도와 다도해의 섬들엔 어디를 가나 지천으로 널려 있다. 동백은 윤기 나는 진초록 잎새마다 탐스러운 빨간 꽃송이가 얼굴을 내밀 듯 피어나 복스럽기만 하다. 그러나 동백꽃은 반쯤 질 때가 더 아름답다. 동백꽃은 송이째 떨어진다. 그리하여 동백나무 아래로는 떨어진 꽃송이들이 붉은 카펫처럼 깔려 있다.

보길도 고산 윤선도의 원림인 세연정에 떨어진 동백꽃이 둥둥 떠 있을 때, 다산 정약용이 유배 시절 즐겨 찾았던 강진 백련사의 동백나무 군락지는 천연기념물인데 그 숲속 자그마한 승탑 주위로 떨어진 동백꽃이 가득 널려 있을 때는 가히 환상의 나라로 여행 온 것 같다.

봄꽃은 생강나무, 산수유, 매화가 거의 동시에 피면서 시작된다. 생강나무는 산에서 홀로 자라고, 산수유는 마을 속에서 동네 사람들과 함께하지만, 매화는 정성스레 가꾸어지기도 하고 밭을 이루며 재배되기도 한다. 돌담길이 정겨운 구례 산동마을에 노목으로 자란 산수유가 실로 장하게 피어나고, 광양 매화마을은 일찍부터 매화 축제를 열고 있어 꽃소식은 섬진강에서 올라온다.

어디에 핀들 마다하리오마는 매화의 진짜 아름다움은 노매(老

| 백련사 승탑 동백밭 | 동백꽃은 송이째 떨어진다. 다산 정약용이 유배 시절 즐겨 찾았던 강진 백
련사 동백나무 숲속의 자그마한 승탑 주위로 떨어진 동백꽃이 가득 널려 있다.

梅)에 있다. 노매는 아름다운 늙음의 상징과도 같다. 수령이 300년
에서 500년 이상 되는 강릉 오죽헌의 율곡매, 장성 백양사의 고불
매, 순천 선암사의 무우전매, 구례 화엄사의 매화는 천연기념물로
지정되어 있다. 율곡매는 몇 해 전부터 앓고 있는데 이제는 회생
이 불가능하다는 안타까운 진단이 내려졌다. 특히 오래된 사찰의
노매는 격조 높은 아름다움을 보여준다. 지금 이 순간 나는 양산
통도사의 자장매를 그려본다. 그래서 절집의 진정한 자산은 노스
님과 노목이라고 한다.

　서울에서는 인왕산, 북악산에서 생강나무와 산수유가 소리 소

문 없이 노란 꽃을 피워내고, 주택가 단독주택 담장 위로는 품 넓게 자란 목련이 탐스러운 꽃을 피운다. 그러나 봄꽃의 상징은 역시 개나리와 진달래다. 비록 예전 같지는 않지만 연륜 있는 초등학교 교정에선 여전히 밝게 핀 개나리꽃이 새 학기 학생들을 맞이한다.

서울은 특히나 개나리가 장하게 피어나는 것을 서울 사람들이 아는지 모르는지 모르겠다. 홍제천이 남가좌동을 지날 때는 천변에 모래가 많이 쓸려 내려와 모래내라고 부르고 가재가 많던 개울가를 가재울이라고 부르는데 이 모래내 가재울 천변의 개나리는 정말로 장관이다. 개나리는 원체 생명력이 강하고 잘 번식하여 토목공사 뒤끝에 많이 심었다. 성수대교 건너편 응봉산 한강변 자락은 온통 개나리 동산으로 조성되어 엄청스럽게 피어난다.

서울의 진달래는 아무래도 북한산 진달래 능선이 제일이겠지만 옛날 자하문 밖에는 진달래가 아주 많았다. 평창동, 구기동 산자락을 주택들이 차지한 뒤로는 솔밭 그늘에서 해맑게 피어나는 진달래는 볼 수 없게 되었지만 어쩌다 멀리 바위틈에서 어렵사리 피어난 진달래를 보게 되면 그 조신한 아름다움에 놀라게 된다. 홍지문 한쪽 높은 벼랑을 동네 아이들은 코끼리 바위라고 부르는데 그 바위 틈새에서 피어난 연분홍 진달래꽃은 어찌 보면 수줍은 듯하고, 어찌 보면 애잔한 느낌을 자아낸다. 이를 보고도 감탄을 발하지 않는다면 그는 한국인의 정서, 내지는 인간의 서정을 가졌다고 할 수 없을 것이다.

| **응봉산의 개나리** | 서울 봄꽃의 상징은 역시 개나리다. 특히 성수대교 건너편 응봉산 한강변 자락은 온통 개나리 동산으로 조성되어 엄청스럽게 피어난다.

　그러다 4월 중순으로 들어서면 서울의 남산은 벚꽃이 솜사탕 뭉치처럼 피어오른다. 신작로 시절부터 심은 전국의 가로수 벚나무들도 봄의 합창을 노래한다. 벚꽃은 일본 국화라고 해서 많이 기피하기도 하지만 꽃이 아름다운 걸 어쩔 거냐는 듯 벚꽃 축제가 곳곳에서 벌어지고 서울 여의도 윤중로는 인파로 넘친다. 윤중로의 벚나무가 노목인 것은 창경궁을 복원하면서 일제강점기에 창경원 동물원에 가득 심었던 것을 옮긴 것이기 때문이다.

　이때 전 국토에 봄꽃의 향연이 벌어진다. 복숭아꽃, 살구꽃, 자두꽃, 배꽃, 사과꽃, 모든 유실수들이 다투듯 희고 붉게 피어나며 찔레꽃 넝쿨까지 뒤엉키면서 전국의 온 산이 연분홍 파스텔 톤으로 물든다. 밭고랑을 매고 모종을 사다가 심으며 연신 호미질하던 내 친구 어머니가 허리를 펴고 일어나 앞산을 바라보며 무심코 내

뱉었다는 한마디 소리를 나는 잊지 못한다.

"뭔 꽃이 저렇게 난리도 아니게 지랄같이 피어댄데여. 손이 열 개라도 모자라는데 우쩌란 말이여."

농사꾼은 이처럼 바쁜 일손을 놓지 못하고 봄을 탄식하고, 고단한 인생살이에 시달리는 분은 봄이 와도 봄 같지 않다고 춘래불사춘(春來不似春)을 몸으로 살아가지만 한가한 옛 문인들은 봄을 한없이 만끽하면서 수많은 봄노래를 남겼다.

중국 소주(蘇州, 쑤저우)에는 수많은 명원이 있어 아홉 곳이 유네스코 세계유산으로 등재되었는데 그중 하나인 망사원(網師園, 왕스위안)의 입구 담벽에는 '향수춘농(香睡春濃)'이라는 글귀가 새겨져 있다. 풀이하자면 '무르익어가는 봄날, 향기에 취해 졸음이 온다'는 뜻이니 봄을 즐기는 최고의 경지가 아닌가 싶다.

봄꽃은 희망이기도 하다. 송나라 애국 시인인 육방옹(陸放翁)은 「산서 마을을 노닐며(遊山西村)」에서 이렇게 노래했다.

산은 첩첩, 물은 겹겹이라 길이 없는 듯했는데
버들잎 짙고, 꽃들이 밝게 피어난 곳에 또 한 마을 있네
山重水復疑無路　柳暗花明又一村

이처럼 봄꽃은 언제나 우리 곁에서 해마다 피어나고 있지만 아

무 때나 봄꽃 축제를 만끽하며 사는 것은 아니다. 꽃은 나이가 들어야 그 아름다움의 진수를 알게 된다.

영남대 교수 시절 어느 봄날 동대구역에서 새마을호 기차를 타고 서울로 올라오는데, 하필이면 내 기차 칸에는 졸업 30주년 홈커밍 행사로 경주를 여행하고 귀경하는 여고 동창생들이 72석 중 내 자리만 빼놓고 전부 차지하고 있었다. 그때의 놀라움을 떠올리면 지금도 가슴이 뛴다. 부끄럼 감추고 내 자리를 찾아가는데 마침 염직공예가 서재행 교수(성균관대)가 나를 알아보고 맞이해주어 얼마나 안심이 되었는지 모른다. 서재행 교수는 자리를 바꾸어 내 곁에 앉아 내가 '다섯째 언니'라고 부르는 그의 막냇동생 얘기부터 그간의 소식을 전하다가 추풍령 고개를 지날 때 차창 밖으로 핀 꽃들을 하나씩 점검하듯 바라보면서 나직이 물어왔다.

"저 멀리 하얀 꽃이 수북하게 핀 건 무슨 나무입니까? 배꽃은 우리 학교 꽃이라 잘 아는데 아직 필 때가 아니거든요."

그래서 가만히 살펴보고 "자두꽃이네요"라고 알려주었다. 그러자 서 교수는 "어머, 자두꽃이 저렇게 복스럽게 피는군요"라고 하고는 무심코 한마디를 더했다.

"아, 나이가 드니 이제 꽃이 보이기 시작하네요."

바둑 FTA*

나의 바둑 취미

사람은 누구나 취미라는 것을 하나쯤은 갖고 있다. 모든 인사
카드에는 취미를 적는 빈칸이 있다. 사람들은 나의 취미를 미술
또는 답사 정도로 지레짐작하겠지만 정작 나는 이 빈칸에 바둑이
라고 적는다. 미술과 답사는 나의 직업이고 나의 취미는 분명 바

---

* 문화재청장 시절 한미 FTA를 놓고 찬반 논쟁이 한창일 때, 노무현 대통령이 나
를 불러 한미 FTA를 추진하느냐 마느냐의 문제는 지금처럼 보호막을 치고 웅
크리고 살 것인가, 당장은 힘들더라도 실력을 배양해서 세계로 나아가는 길을
열어놓을 것인가라는 선택의 기로라고 하면서 나에게 국가 경쟁력의 고양에
대한 글을 써달라고 부탁하였다. 이에 우리 여성 바둑계가 급성장하게 된 과정
에 빗대어 쓴 것으로 정부의 중요한 정책을 소개하는 『대한민국 정책 브리핑』
(2007년 4월 12일 자)에 실린 글이다.

둑이다.

바둑TV를 즐겨 시청하고, 주말이면 나의 영원한 호적수와 혈전을 벌인다. 나의 바둑 실력은 한국기원 공인 '아마 5단'이고, 기원 급수로는 '3급 갑' 정도다. 그게 소문이 나서 바둑TV와 인터뷰하면서 바둑은 '생각의 힘'을 길러준다고 말한 적도 있다. 나중에는 한국기원 이사도 지냈다.

내가 바둑을 좋아하는 것은 무엇보다도 재미있기 때문이다. 게다가 죽을 때까지 배워도 다 못 배울 무궁무진한 수가 있기 때문에 공부하는 기쁨도 있다. 나는 바둑을 그냥 좋아하는 것이 아니라 한 걸음 더 나아가 바둑의 규칙, 규범, 생리 심지어는 현상까지도 때로는 부러워하기도 한다.

바둑은 우선 승패에 군소리가 있을 수 없다. 모든 게임이 다 마찬가지일 것 같지만 바둑처럼 한 수 한 수에 선악은 있어도 운수소관이나 우연이 개입하지 못하고 필연의 수순을 갖고 있는 게임은 드물다. 그만큼 엄정하고 공정하다.

많은 사람들이 동의하듯이 바둑은 곧잘 인생에 비유된다. 바둑을 둘 때 마음에 새기고 있어야 할 열 가지 교훈을 말한 '위기십결(圍期十訣)'은 그대로 처세술에 적용될 수 있다. 예를 들어 너무 이기려고 욕심을 부리지 말라는 '불득탐승(不得貪勝)' 같은 가르침이 어디 바둑만의 얘기일 수 있겠는가. 그런가 하면 바둑의 세계에서는 반드시 후배가 선배를, 제자가 스승을 이기고 만다는 사실이 때로는 부럽기도 하다. 이처럼 자연스럽게 아무런 저항 없이 세대교체를 해나가는 바둑 세계처럼 세상이 돌아가면 얼마나 좋을까.

그런 바둑이기에 바둑의 관전평과 해설은 대단히 명쾌하다. 사실 나는 바둑 두기보다는 바둑 관전을 더 즐기는 편이다. 신문마다 게재하는 기보를 즐겨 보았고 바둑TV가 방영되면서는 장수영 9단, 김성룡 9단, 목진석 9단 등의 명해설을 공부하듯 보았다. 내 경험에 의하건대, 일찍이 우리나라 TV바둑 해설을 대중 평론으로 성공시킨 분은 고 노영하 9단이고, 바둑 해설을 '인문 평론' 수준으로 끌어올린 이는 바둑 해설가 박치문이다. 이들의 바둑 해설에서는 그 행간에서 인생을 느낄 수 있다. 이들의 바둑 해설을 듣고 있노라면 내가 업으로 삼고 있는 미술평론과 문화유산 해설도 저렇게 할 수만 있다면 얼마나 좋을까 하는 생각이 들곤 한다. 예를 들어 장수영 9단이 이세돌 9단의 3단 시절 바둑을 해설하면서 이런 이야기를 했다.

"지금 이세돌 3단은 굳이 이렇게 두지 않아도 이기는 바둑입니다. 아마도 노련한 9단이라면 이렇게 어려운 수를 택하지 않고 확실히 이기는 방법으로 한 칸 늦추어 받았을 것입니다. 그러나 역시 3단은 3단답게 그 순간의 최선의 수를 두어야 됩니다. 그래야 비록 다 이긴 바둑을 지더라도 앞으로 9단으로 발전하는 것이지요."

이런 맛에 나는 바둑 해설을 즐겨 시청하고 있는데 언제였던가 확실한 기억은 없지만 목진석 9단과 박치문 해설가 두 분이 진행했던 프로그램 「20세기 명국」에서 이창호 9단과 루이나이웨이 9단이 벌인 2000년도 국수전 도전기를 해설한 적이 있다. 이때 루이나이웨이 9단의 바둑 인생을 간간이 소개하는데 그 행간에 서려 있는 내용은 우리가 당면하고 있는 FTA와 깊게 연관되어 있었다.

철녀 루이나이웨이

중국 상해 태생의 루이나이웨이(芮乃偉)는 바둑 역사상 다시 나오기 어려운 불세출의 여성 기사이다. 18세에 중국 국가 대표선수가 된 이후 각종 대회에서 우승을 차지하고 1988년 나이 35세에는 9단이 되어 세계 바둑 역사상 여성 최초로 입신(入神)의 경지에 올랐다. 그래서 세상 사람들은 루이를 철녀(鐵女)라고 부른다.

그렇게 잘나가던 루이 9단이 그녀의 바둑 인생에서 고된 시련의 길로 들어서게 된 것은 1987년 중·일 바둑 대항전 때였다. 양자강 싼샤(三峽)를 따라 내려가면서 두는 선상(船上) 바둑대회였다. 이때 중국 대표부에서 갑자기 "여자 기사는 이 시간 이후로는 일본 남자 기사들의 방에 가서는 안 된다"고 엄명을 내린 것이었다. 루이는 순간 약간의 모욕감을 느꼈지만 그 규율을 어길 생각은 없었다고 한다.(루이나이웨이『우리 집은 어디인가』, 마음산책 2003)

그런데 일이 묘하게 꼬이려니까 바둑 대회 폐막을 하루 앞두고 일본인 요다 9단이 루이에게 재미로 속기전을 두자고 해서 수락

하고 실외에서 두었다. 구경꾼으로 장주주, 가토 등 중국과 일본 기사들이 몰려와 흥미롭게 관전했다. 그런데 날이 어두워지자 요다 9단이 자기 방으로 가서 끝내기를 하자고 해서 두던 바둑판을 그대로 들고 요다 9단 방에 들어가 바둑을 계속 두었다. 그때 루이는 이것이 '일본 남자 기사들 방에 들어가지 말라'는 훈령을 어긴 것이리라고는 생각지 못했다고 한다.

그러나 그날 밤, 루이는 대표부로부터 훈령을 어겼다고 심한 질책을 받았고, 반성문을 요구하여 제출하였다. 그럼에도 중국 국수전 출전 정지라는 무거운 처벌이 내려졌다. 루이는 억울했지만 어쩔 수 없었다고 한다. 더욱이 '품행이 방정치 못하여'라는 처벌 이유가 낙인처럼 따라다닌 것이 괴로웠다고 한다. 그래도 루이는 열심히 바둑을 두어 이듬해 9단으로 승단하였다.

하지만 루이에게는 좀처럼 국제전에 참가할 기회가 주어지지 않았고, 1989년 결국 국가대표팀을 사퇴했다. 이때 루이를 적극 옹호한 기사는 장주주(江鑄久) 9단이었는데 그 역시 대표부로부터 질책을 받았다고 한다. 이후 두 사람 사이에는 애정이 깊어져 훗날 부부가 되었다.

상해로 돌아온 루이에게 전국 규모의 대회 출전은 여전히 허락되지 않았고, 단지 관전만 허용되었다. 오직 바둑만 열심히 두고 싶은 루이는 고민 끝에 일본으로 유학하기로 결심하고 1990년 중국을 떠났다. 일본에 와서 열심히 바둑을 공부해 NHK방송의 바둑 해설도 맡았고, 또 일본어도 습득하여 자격증까지 따냈지만 본

| 장주주와 루이나이웨이 부부 |

격적으로 바둑을 둘 수 있는 기회는 좀처럼 주어지지 않았다.

　루이는 일본기원 소속으로 기사 생활을 하고 싶었지만 일본 바둑계는 루이를 받아들이지 않았다. 철녀 루이가 들어오면 일본의 여성 바둑 기전을 휩쓸 것이고 그렇게 되면 가뜩이나 위축되어 있는 일본 여성 바둑이 죽어버릴 수 있다는 것이 거부 이유였다.

　절망의 루이에게 그래도 기쁨이 있었던 것은 세계 바둑 역사상 전설적인 인물인 우칭위안(吳淸源) 9단의 제자가 될 수 있었다는 것이었다. 그러나 루이는 바둑을 못 둘 바에는 일본 생활을 청산하고 미국에 있는 장주주와 결혼해서 거기에서 사는 것이 나을 것 같아 미국 비자를 신청했는데 그것마저 뜻대로 안 되었다. 불법체류할 가능성이 많다고 번번이 거절당한 것이다. 결국 그들은 1991년 서류상으로 먼저 결혼을 하고, 부부관계임을 내세워 비자를 받아낸 다음 미국에서 결혼식을 하고 살아갈 작정이었다.

그런데 루이에게 기쁜 소식이 날아왔다. 1992년 제2회 응씨배 세계바둑선수권대회에 중국 선수로 장주주와 함께 초청받은 것이었다. 그리하여 이들은 응씨배 시합을 며칠 앞두고 일본 『바둑 주보』에 "우리는 부부"라는 안내문을 내어 세상에 결혼 신고를 하게 되었다.

루이가 기다리고 기다리던 끝에 찾아온 응씨배 세계대회는 '바둑 올림픽'이라 불리는 꿈의 무대이다. 그 응씨배 제2회 대회에서 루이가 첫판에서 붙은 상대는 공교롭게도 당시 15세의 나이로 바야흐로 세계 바둑계의 제왕이 될 이창호였다. 이 시합에서 루이는 이창호에게 승리하였다(이때부터 루이는 이창호의 천적이 되었다).

바둑과 FTA

1996년, 루이는 일본에서도 기사 활동을 못 할 바에는 미국에 가서 바둑 보급을 하며 살자고 결심하고 남편 장주주와 함께 일본을 떠나 미국으로 갔다. 미국 생활은 그런대로 살 만했지만 바둑 상대가 남편 이외에는 없어 실력이 향상되지 못하는 것이 늘 불만이었다고 한다. 그러나 보해배 세계여자바둑선수권대회에 미국 선수로 참가하여 1회와 3회, 4회에 우승을 하기도 했다.

그런 루이에게 기대를 부풀게 하는 일이 일어났다. 평소 가깝게 지내던 차민수 5단이 루이를 한국기원의 객원 기사로 초청하는 일을 추진하고 있었던 것이었다. 차민수 5단은 한국인 바둑 기사이자 미국에 살면서는 세계적인 프로 포커 플레이어로 유명해졌는데 드라마 「올인」 주인공의 실제 모델이기도 하다.

| 2010년 루이나이웨이와 문도원의 대국 장면 |

이때 한국기원에서는 루이 9단의 초청을 놓고 일대 논쟁이 붙었다. 루이가 오면 그녀가 모든 여성 기전 타이틀을 휩쓸어 우리 여성 바둑계가 죽을 것이다, 일본이 바로 그런 이유로 루이를 받아들이지 않았는데 우리가 왜 초청하느냐는 것이 반대 이유였다. 그러나 차민수 5단, 조훈현 9단, 김인 9단 같은 이들은 루이 9단의 초청을 계기로 우리 여성 바둑계가 더욱 수준 높은 실력을 갖출 수 있지 않겠냐는 논리로 적극 찬성하였다.

이 논쟁은 한미FTA 논쟁을 방불케 하는 것이었다. 결국 이 논쟁은 1998년 11월 한국기원 기사들의 투표로 결정하게 되었다. 사실 그간에 루이의 초청 문제가 이미 세 차례나 제기되었는데 그때마다 워낙 반대 의견이 많아 표결에 부치기도 전에 무산된 바 있었다.

그런데 이번에는 루이에게 뜻밖의 지원군들이 생겼다. 다름 아닌 한국의 젊은 여성 기사들이었다. 박지은, 윤영선, 남치형 등 당시 20대의 3단들이 "우리 때문에 루이 9단을 못 받아들일 이유는 없다, 우리들이 열심히 해서 루이 9단을 스파링 상대로 삼아 실력을 배양하면 되지 않느냐"라는 당당한 소신을 펼쳤던 것이다. 그것이 결정적인 힘이 되어 루이의 한국기원 초청은 성사되었다.

그리하여 루이가 한국에 들어온 것은 1999년 4월이었다. (그리고 한국기원의 정식 기사가 된 것은 2001년이라고 한다.) 한국에 들어온 루이 9단의 활약은 눈부신 것이었다. 10년간 기사 생활을 할 수 없었던 루이가 고대하던 바둑 시합에 출전하자 마치도 굶주린 사자가 닥치는 대로 먹잇감을 사냥하듯 연전연승의 가도를 달려 예상대로 2000년 여자국수전의 타이틀을 획득하더니, 곧바로 이어진 국수전에서는 당시 사실상 무적(無敵)이던 이창호 9단을 물리치고 사상 최초로 여성 기사로서 국수 타이틀을 차지하였다.

그러나 2년, 3년이 지나자 루이가 차지한 국수전을 비롯한 타이틀을 우리의 기사들이 되찾아오게 되었고, 우리의 젊은 여성 기사들은 루이에게 기죽지 않고 열심히 대항하여 나중에는 조혜연 7단이 루이 9단과 여성 기전 타이틀을 주거니 받거니 했고, 박지은 6단도 한 치도 밀리지 않고 승패를 나누었다. (이후 박지은, 조혜연은 9단으로 승단하였고 현재 최정, 김은지, 오유진, 김채영, 김혜민 등이 9단으로 맹활약 중이다.)

이에 반하여 루이 9단을 거부했던 일본 여성 바둑은 아직도 긴 침체의 터널에서 헤어 나오지 못하고 있다. 이것을 일러 바둑 FTA 증후군이라고 하면 안 될까?

정직한 관객

1995년 제1회 광주 비엔날레 때 나는 커미셔너로 참가하였다. 그때 전시장에서 나는 아주 정직한 관객 두 분을 만났다. 한 분은 중년의 신사로 아마도 아내와 함께 구경 온 것 같았다. 그 중년의 신사가 비엔날레 전시장 나가는 문 가까이에서 이제나저제나 나올 때만 기다리던 아내의 모습이 비치자 고래고래 소리를 지르는 것이었다.

"아니, 뭐 볼 게 있다고 여지껏 있는 거야. 이 따위가 무슨 예술이야, 죄다 사기지."

이 중년의 신사는 연신 아픈 다리를 털면서 아내를 원망하는 것이었다. 내가 보기엔 비엔날레에 온 것 자체도 아내의 성화 때문에 마지못해 왔는데 구경거리라는 것이 하도 요상해서 홧김에 세상 사람 들으라고, 아니면 현대미술가라는 잘난 인생들 들으라고 소리치는 것 같았다.

나는 이 중년의 신사야말로 '정직한 관객'이라고 생각하고 있다. 백남준도 일찍이 "예술은 사기다"라고 뼈 있는 일갈을 하지 않았던가. 광주 비엔날레에 출품된 작품들은 이른바 설치미술이 대종을 이루고 있는 바람에 종래의 예술 개념으로는 도저히 이해할 수 없는 괴이한 장면만을 볼 수 있을 따름이다.

여기서는 회화, 조각, 사진, 공예 등의 장르 개념은 찾아볼 수도 없을뿐더러 작가들이 무언가 고상하고 품위 있게 그 무엇을 창출하려는 성의도 엿보이질 않으니, 예술을 아름다움의 상징쯤으로 기대한 관객으로서는 당연히 터뜨릴 불만이다. 나 역시 여기서 벌어진 설치 작업에서 어떤 깊은 미적 감동을 받은 것은 얼마 안 된다. 다만 나는 미술평론가이기에 낱낱 작품들을 이해하고 있을 따름이다.

현대미술의 추세가 설치 작업으로 기울어가게 된 데에는 나름의 이유가 있다. 본래 예술이란 언제나 현실에 기초한 작가적 상상력의 소산이었다. 그런데 현대사회에서는 현실이 오히려 작가적 상상력을 앞질러버리는 것이다.

그것은 컴퓨터의 발달에 따른 표현 기법의 무진장한 변화와 확대 따위만을 의미하는 것이 아니다. 페르시아만에서 기름을 뒤집

어쩐 바닷갈매기나 프랑스의 수중 핵실험 때 나타난 남태평양의 해일 같은 시각적 이미지는 예술적 행위로는 따라잡기 힘든 강렬한 그 무엇이 있다.

이런 판국에 점잖은 회화, 조각 따위로 관객에게 무슨 감동을 줄 수 있겠는가. 그렇게 생각해준다면 우리는 광주 비엔날레의 이 어지럽고 지저분한 설치 작업들 속에

| 제1회 광주 비엔날레 포스터 |

서 그것이 시사하는 상징과 은유를 잡아내면서 자신의 정서를 확대하고 심화시키는 일이 불가능한 것도 아니다.

나는 광주 비엔날레에서 또 다른 정직한 관객 한 분을 만났다. 말씨로 보아 벌교나 장흥쯤에서 오신 듯한 할머니와 할아버지가 대상 수상작인 쿠바의 크초(Kcho) 작품 앞에서 작은 다툼을 벌이고 있었다.

사정을 보아하니 무슨 구경 났다고 비엔날레에 왔는데, 엑스포 같은 것이 아니라 해괴하기 짝이 없어 실망스럽기만 한데 영감님은 어서 빨리 갈 생각은 않고 이 대상작 앞에서 영 떠나질 않는 것

| 크초의 〈잊어버리기 위하여〉 | 제1회 광주 비엔날레 대상 수상작. 2천여 개의 맥주병 위에 빈 배를 올려놓아 쿠바 난민들의 처지를 은유한 작품으로, 작품에 쓰인 맥주병과 목선은 모두 한국에서 구한 것이다.

이었다. 카초의 이 작품은 2천여 개의 맥주병 위에 빈 배를 올려놓아 쿠바 난민들의 처지를 은유한 것이었다. 한잔 걸치신 것인지 주독이 오른 것인지 코가 빨간 할아버지는 연신 맥주병만 보고 있는데 할머니가 가자고 보채는 것이었다.

"영감, 인자 그만 보고 가십시다. 오래 본다고 아요? 다 배움이 깊어야 아는 법이제."
"자네는 꼭 날 무시해야 쓰겠는가? 모르긴 뭘 몰러?"
"그라믄, 이것이 뭐다요?"

"뭐긴 다 뭐여, 인생이란 맥주병 위에 떠 있는 빈 배란 말이시."

천연덕스러운 이 할아버지의 해설 앞에 나는 미술평론가로서 무릎을 꿇지 않을 수 없었다. 할아버지는 이 작품을 보면서 자신의 고단했던 삶과 그 삶 속에 함께했던 술과, 그 술기운에 실어왔던 꿈과, 그 꿈의 허망을 모두 읽어냈던 것이다.

백남준의 말을 빌리든, 한 중년 신사의 고함을 인용하든, 현대미술을 일컬어 사기라고 해도 좋다. 그러나 여기서 말하는 사기란 정치꾼이나 장사꾼의 그것과는 달리 아주 애교 있고 악의 없는, 그래서 우리의 정서 함양에 매우 유익한 것이라는 사실이다. 예술은 사기이되 이유가 있는 사기인 것이다.

통문관 옛 주인, 이겸로 선생

서울의 대표적인 전통문화 거리는 누가 뭐래도 인사동이다. 인사동엔 화려함이나 풍요로움은 없다. 그 대신 고만고만한 고서점, 고미술상, 화랑, 전시장, 표구점, 화방, 필방, 공방, 전통한지 가게, 전통공예품 가게가 즐비하고 전통찻집과 전통음식점들이 골목골목에 퍼져 있어 전통과 예술의 향기가 물씬 풍긴다. 여기를 드나드는 분들도 문화예술인과 높은 교양이 풍기는 중년 신사들이어서 거리엔 문기(文氣)가 넘쳤다. 이것이 원래 인사동 모습이다.

그런 인사동이 88서울올림픽 때 '전통문화의 거리'로 지정되어 꽹과리 치고 떡판 두드리는 거리축제를 벌이면서 젊은이들과 외국인 관광객들로 넘치기 시작했다. 1997년부터 '차 없는 거리'를 시행하자 하루 10만 명에 이르는 엄청난 인파가 몰려들었다.

| 통문관 이겸로 선생 | 전문학자도 없던 우리나라 고활자·목판화·능화판·시전지를 모아 이를 하나의 장르로 제시하셨다.

'인사동 바깥사람'들이 들어오면서 값싼 호떡 장사가 판을 치고 관광객들이 모여들면서 중국제 기념품 가게가 점포를 차지했다.

거리의 질이 달라지자 기존 화랑들은 다 인사동을 떠났고 오직 고미술상과 민예품 가게들이 전통거리를 지키고 있을 뿐이고 찾는 이 없는 고서점들이 모두 문을 닫은 지는 오래다. 그러나 고서점 거리일 때가 진짜 인사동이었다. 고서점 중에서도 통문관 이겸로(1909~2006) 선생이 계실 때가 문화의 거리다웠다.

이겸로 선생은 평안남도 용강 출신으로 16세 때 일본으로 가려다가 관부연락선을 타지 못해 다시 평양으로 돌아왔고, 1년 동안 장국밥집에서 일하며 돈을 모아 이번엔 서울로 왔다. 서점 직원으로 거의 10년간 일하다 26세인 1934년에 인사동에서 일본인의 고서점을 인수받아 「금황당」이라는 고서점을 열었고, 해방 후 '통문관'이라는 상호를 달고 본격적으로 고서 수집과 보급에 평생을 바쳤다. 6·25 동란 중 폐허 속에 나뒹구는 책더미 속에서『월인천강지곡(月印千江之曲)』을 찾아낸 것을 선생은 생애 가장 큰 기쁨으로 얘기하곤 했다.

당시 국학 연구자치고 통문관에 드나들지 않은 분이 없었다. 최남선, 이희승, 이병기, 김상기, 이홍직, 이선근, 황수영, 황의돈, 이윤재, 최순우, 김원용…. 일일이 열거할 수 없다. 당신이 쓴『통문관 책방비화』(민학회 1987)를 보면 "동빈 김상기 선생이 어느 책을 찾는데…"라는 식으로 시작하는 얘기 속에 책과 국학과 인생의 향기가 어려 있다.

그뿐만 아니라 이겸로 선생은 전문학자마저 없던 우리나라 고활자·목판화·능화판(菱花板)·시전지(詩箋紙)를 모아 이를 하나의 장르로 제시하셨다. 영남대박물관이 자랑하고 있는 한국의 고지도 800여 점과 능화판 200여 점은 바로 통문관 컬렉션이었다. 선생은 많은 국학 서적을 간행하기도 했다.『청구영언(靑丘永言)』『두시언해(杜詩諺解)』『월인천강지곡』영인본을 펴냈고 고유섭의『한국미술문화사논총』(1966)도 출간하였다. 내가 처음 통문관을 찾아간 것도 바로 대학생 때 이 책을 사러 간 것이었다.

한국미술사를 전공하면서 나는 조선시대 화가들의 전기를 쓰기로 마음먹고 자료 수집을 위해 통문관에 열심히 드나들었다. 선생은 그런 나를 기특하게 생각하여 과분할 정도로 은혜를 베푸셨다. 당신이 비장하고 계시던 조선시대 회화비평의 고전이라 할 남태응(南泰膺)의 『청죽화사(聽竹畵史)』 육필본을 내게만 복사해주셨다.

　서화가의 필적은 물론이고 책을 조사하다 그림 화(畵) 자만 나오면 내게 편지를 보내곤 하셨다. 당신은 노년에 귀가 어두워 보청기를 끼셨기 때문에 전화는 하지 않으셨다. 한번은 영남대 교수 시절 선생에게 편지를 받았는데 핑크빛 딱지가 아롱거리는 예쁜 꽃편지지에 옛사람의 글투로 이렇게 쓰여 있었다.

　일주일이면 한 번, 못 돼도 한 달에 한 번은 뵙던 얼굴인데, 이 봄이 다 가도록 만날 수 없었으니, 저술에 전념함이 깊으신 것인지 영남의 꽃이 좋아 아니 올라오심인지. 다름 아니오라 책을 정리하다가 우리 회화사 연구에 도움이 될 듯한 자료가 나와 한 부 복사하여 동봉하오니 잘 엮어서 좋은 작품을 만드심이 어떠하실지. 부처님 얼굴 살찌고 아니고는 석수장이 손에 달렸다고 합니다.
　하하하, 이만 총총.

　당신이 80세일 때 내 나이 40세로 나이를 반으로 꺾어야만 동갑이 되는 젊은이에게 그런 애정을 베푸셨다. 선생은 또 대단히 정확한 분이셨다. 책마다 뒷면에 연필로 가격을 매겨놓은 정찰제였

| 류열 박사를 만난 이겸로 선생 | 1946년 해방 기념으로 통문관은 류열 박사의 『농가월령가』를 펴낸 바 있는데 이겸로 선생은 저자에게 미처 주지 못한 책과 인세를 2000년 8월 남북 이산가족 상봉 때 전해주었다.

고 남에게 진 신세를 그냥 넘어가는 법이 없었다. 2000년 8월 남북 이산가족 상봉 때 이야기다. 당시 월북 국어학자 류열 박사가 딸을 만나기 위해 남한에 왔다. 통문관은 해방을 맞은 기념으로 1946년에 류열 박사의 『농가월령가(農家月令歌)』를 펴낸 바 있었다. 선생은 류열 박사가 왔다는 신문 기사를 보고는 일행이 방문한다는 롯데월드 민속관 앞에서 기다렸다가 류열 박사에게 달려가 『농가월령가』 두 권과 50만 원이 든 흰 봉투를 불쑥 건넸다.

"내가 통문관이오. 선생 책을 펴냈지만 기별이 끊겨 책도 못 드리고 인세도 못 드렸수. 옜수. 받아주슈."

이겸로 선생은 아침이면 인왕산 치마바위 아래 있는 옥인동 자택에서 마을버스를 타고 출근하셨다. 그래서 통문관 2층 전시실을 상암(裳巖)산방이라 했다. 어느 날 내가 상암산방으로 찾아뵈었더니 선생은 낡은 책을 한 장씩 인두로 반반하게 펴고 계셨다. 선생은 나에게 앉으라는 눈짓을 보내고는 "이 일 좀 끝내고"라고 하시며 연신 책장을 다듬으면서 이렇게 말씀하셨다.

"내가 돌봐주던 낡은 책들이 내 노년을 이렇게 돌봐주고 있다오."

선생은 스스로 책방 주인이라고 낮추었지만 누구 못지않은 애서가였다. 통문관에는 '적서승금(積書勝金)'이라는 편액이 걸려 있었다. 책을 쌓아두는 것이 금보다 낫다는 뜻이다. 그리고 선생은 훌륭한 서지학자, 국학자이셨다.

이겸로 선생은 2006년 10월 15일, 향년 97세로 세상을 떠나셨다. 유언으로 수목장을 해달라고 하셨다. 선생은 진실로 인생을 잘 사신 인사동의 큰어른이셨다. 지금 통문관은 손자인 이종운 씨가 가업을 이어받아 운영하고 있는데 사람들의 발길이 거의 끊겨 사실상 문을 닫은 셈이어서 쓸쓸하다.

2015년 가을에 나는 화요일 저녁마다 조계사 전통문화예술공

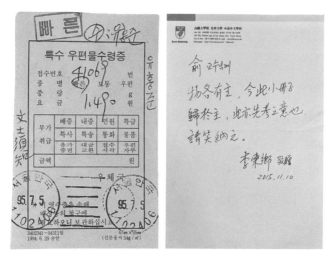

| 우편물 수령증과 이동향 교수의 편지 | 통문관 이겸로 선생이 내게 보내려고 했다가 미처 보내지 못한 것을 훗날 아드님 이동향 교수가 전달하면서 보낸 한문 편지이다.

연장에서 '화인열전'을 주제로 공개강좌를 하고 있었는데, 강좌가 열리던 어느 날이었다. 미소를 머금은 동안(童顔)과 걸음걸이가 이겸로 선생을 빼닮은 백발 어른이 내게로 다가와서는 "내가 통문관 셋째요"라는 것이었다. 고려대 중문학과의 이동향 명예교수이셨다. 이 교수는 요즘 선친 유품을 정리하다 이게 나왔다며 얇은 서첩 두 권을 내게 건네주었다.

표지를 보니 한 권은 이광직이라는 문인이 단원 김홍도의 그림에 대하여 쓴 『단원화평』이고, 또 하나는 그림과 글씨의 기원에 관해 쓴 『서화연원』이라는 필사본이었다. 책장을 넘기자 표지 안쪽에는 안국동우체국 수령증이 붙어 있는데 놀랍게도 '수취인 유홍

준'으로 쓰여 있었다. 깜박 잊고 부치지 않으셨던 모양이다. 그 책
갈피에는 이동향 교수가 소동파(蘇東坡)의 「전 적벽부(前 赤壁賦)」
에서 한 구절을 인용하여 내게 쓴 한문 편지가 들어 있었다. 번역
하면 이렇다.

　　모든 물건에는 주인이 있는 법인데, 이제 이 소책자가 주인에게
로 돌아갑니다. 이 또한 선친의 뜻입니다. 청컨대 웃으면서 받아주
시기 바랍니다.
　　物各有主 今此小冊子 歸於主 此亦先考之意也 請笑納之

　　얼결에 건네받은 소책자를 펴 보는데 글자는 보이지 않고 산기
이겸로 선생의 모습이 어른거렸다. 책에서 삶의 향기가 물씬 풍기
는 것만 같았다.

우리 어머니 이력서

　2014년 9월 27일, 음력 9월 4일은 우리 어머니의 88세 생신날이어서 우리 6남매 직계가족과 외가댁 식구들, 그리고 어머니 친구 네 분과 내 친구 여덟 명 등 모두 40명이 함께 식사하는 조촐한 미수연(米壽宴)을 가졌다. 88세를 미수라고 하는 것은 한자의 쌀 미(米) 자가 팔(八), 십(十), 팔(八)로 구성되었기 때문이다.

　잔치가 끝날 무렵 어머니께 한 말씀 하시라고 했더니 생전 나서는 일이 없으시던 어머니께서 88년 동안 살아온 옛날 생각이 나셨던지 이제껏 내게도 해준 적이 없던 얘기를 하시는데 나는 들으면서 속으로 많이 울었다. 그것은 어머니뿐만이 아니라 우리 민족이 해방 전후와 6·25 동란 중에 겪었던 고난의 삶을 생생히 전하는 한 편의 다큐멘터리였다.

우리 어머니는 1927년생, 돌아가신 아버지는 1923년생이다. 경기도 포천 깊은 산골인 신북면 금동리에서 태어난 농사꾼의 딸인 우리 어머니는 17세 때인 1944년 2월, 서울 종로구 창성동 유씨(兪氏) 집안으로 급하게 시집오셨다.

그때 갑자기 혼사가 이루어지게 된 것은 정신대 때문이었다. 외할아버지는 징용에 끌려가지만 않는 자라면 불구자라도 좋다며 사방에 중매를 부탁해두었는데 서울에 사는 먼 친척이 나선 것이었다. 그 친척은 이웃에 사는 창성동 유씨 집안 7남매 대가족이 한집에 사는데 살림할 여자가 부족하여 21세 된 셋째 아들인 우리 아버지를 빨리 장가보내려고 하는 것을 알고 있었다. 그런데 마침 이 총각은 비행기 정비 공장에 다니기 때문에 군수산업 종사자라 징용을 안 간다는 것이었다.

그리하여 어머니 쪽에서는 정신대를 피하기 위해, 아버지 쪽에서는 일할 며느리를 얻기 위해 한겨울에 급히 혼례를 치렀다는 것이다. 이리하여 어머니는 신혼생활이 아니라 대가족 시집살이를 시작하였는데 그때 얼마나 고되었던지 친정집에 한번 가서 사나흘 잠만 자다 오는 것이 소망이었다고 했다.

그러나 1년이 지나도록 친정집엔 가보지 못했고, 설상가상으로 태평양전쟁이 막바지로 치달으면서 비행기 공장 직원도 징용 대상이 되어 아버지에게 영장이 나왔다. 이에 우리 아버지는 집을 나가 도망갔다. 매일 순사가 와서 데려오라고 독촉하였단다. 당시 징용 도피자가 있으면 그 가족들이 닦달당하는 것은 말도 못하게 심했다고 한다. 가족 중 한 명이 경찰서로 끌려가 문초를 받을 때면 우리 어머니는 죄인의 처지가 되어 쥐구멍에라도 들어가고 싶은 심정이었다고 한다.

그러나 우리 아버지는 집안 식구들이 이런 고초를 겪고 있는 것을 아는지 모르는지 내내 무소식이었다. 그러다 서너 달 뒤 대구에 있다는 편지가 와서 큰형님인 백부께서 빨리 돌아오라고 간곡한 편지를 썼지만 답장도 없었단다. 그리고 또 몇 달이 지났는데 이번엔 평안북도 어디라며 편지가 왔다는 것이다. 이에 백부께서는 "이 녀석 때문에 집안 식구 다 죽겠다"며 멀쩡한 어머니가 돌아가셨다는 사망 전보를 보내니 사흘 만에 집에 나타났다는 것이다.

이에 경찰서로 가서 신고하고 이제 일본으로 징용 갈 준비를 하고 있었는데 닷새 뒤, 감격스러운 8·15 해방을 맞이하게 되었단다. 그리하여 비로소 우리 어머니는 아버지와 사실상 신혼생활을 하게 되었다. 그래서 낳은 첫아이인 우리 누나가 46년생이고 첫아들인 나는 49년생이다. 여기까지가 내가 처음 들은 해방 전후 우리 어머니의 삶이다.

그리고 내가 갓 돌을 지났을 때 6·25 동란이 일어났다. 우리 집은 경기도 안성 고모댁으로 피난 갔다. 그때 고생한 얘기는 줄이고 53년 휴전협정이 되면서 아버지는 일자리를 알아본다며 서울로 떠나더니 몇 달이 지나 돌아왔다. 아버지는 총무처 직원이 되었다고 좋아하시며 서울엔 전쟁 통에 죽은 사람이 많아 빈집이 있으니 일단 거기서 살면 된다면서 식솔을 이끌고 상경해서 궁정동

| 이종구의 〈우리 어머니 이력서〉 | 내 글을 읽은 이종구 화백이 나와 우리 어머니의 모습을 그리면서 배경으로 「우리 어머니 이력서」 전문을 정성스레 써넣었다.

의 빈 초가집에서 살았다.

그리고 1955년 4월, 내가 서울 청운국민학교에 입학하기 한두 해 전에 우리는 창성동 130번지 일본식 이층집으로 이사했다. 적산가옥으로 20년 상환 조건이어서 얼른 구했다고 한다. 대지 23평에 마당은 손바닥만 하고 1층은 미닫이문으로 나뉜 방 2칸, 2층은 다다미 8조에 '도코노마(床の間)'라는 장식공간이 있는 전형적인 일본집이었다.

내가 『나의 문화유산답사기』 일본편을 쓰면서 스기야풍 건축의 구조를 마치 살아본 사람처럼 말한 것은 진짜 그런 집에서 살았기 때문이다. 2층 방은 누나, 동생, 나 셋이서 썼다. 나는 이 집에서 대학 4학년 때까지 살았다.

대학 시절 우리 집은 친구들의 사랑방 내지 꿀방이었고 데모꾼의 아지트였다. 그때 대학 친구들이 몰려다닐 때면 유인태 집 아니면 우리 집으로 모였다. 우리 집 2층 방에서는 열 명도 자곤 했다. 그렇게 되면 누나와 동생은 건넌방으로 내려가 갔다.

인태 집이나 우리 집에 친구들이 많이 온 것은 무엇보다 어머니의 마음이 좋아서였다. 열 명이 와서 자고 가도 싫은 기색은커녕 우리 집 식구 여덟 명이 먹는 밥솥을 연탄불에 한 번 더 앉혀서 꼭 아침을 해서 먹여 보냈다. 어머니는 우리 친구들을 정말로 아들처럼 생각하셨다. 키 180센티미터의 장신에 풍부한 유머 감각을 지니셨던 우리 아버지도 내 친구들을 잘 알고 계셔서 임종 며칠 전 웃으시며 내게 이런 말씀을 하셨다.

"내가 죽으면 네 친구들이 죄다 문상 오는 게 장관일 텐데 그걸 볼 수 없는 게 서운하구나."

그렇게 떼를 지어 몰려다니더니 우리들은 삼선개헌 반대, 삼과 폐합 반대, 교련 반대 데모로 군대에 끌려갔고, 제대해 나와서는 긴급조치 4호, 9호로 감옥으로 갔다. 내가 1974년 2월 군 복무를 마치고 두 달도 채 안 된 4월에 중앙정보부로 끌려갔다가 결국 징역 10년 형을 선고받고 서대문구치소에 있을 때 우리 어머니는 종로 5가 기독교회관에서 열리는 목요기도회에 꼬박 참석하여 아들 석방을 기도했다. 시위가 있으면 한 번도 빠짐없이 참석했다. 어머니는 그때 사회생활도 해본 것 같고 여학교도 다녀본 것 같다고 하셨다.

그 목요기도회가 나중엔 구속자가족협의회(구가협), 민주화실천가족운동협의회(민가협)로 발전하였다. 목요기도회는 그 뒤로도 이어져 2014년 10월 16일 탑골공원에서 '민가협 1000회 목요집회'를 맞이하기도 했다.

87년 6월항쟁 이후 내 친구 어머니들과 박형규 목사 등 '어르신' 사모님 10여 명은 '한결모임'이라는 이름으로 달마다 만나 친목회를 했고 함께 해외여행도 다녀오셨다. 그분들이 우리 어머니 친구 분들이다.

세월이 흘러 그 옛날 구속 학생이던 나는 정년퇴임하는 나이가 되었고 내 친구 어머니들은 다 세상을 떠나고 우리 어머니만 남았다. 미수연에 오신 분은 고 리영희 선생 사모님(윤영자 여사), 고 유인호 교수 사모님(김정완 여사), 이해동 목사 사모님(이종옥 여사), 고 이호철 작가 사모님(조민자 여사) 네 분뿐이었다.

미수연에 내 친구로는 우리 어머니 밥을 많이 먹은 녀석들을 불렀다. 유인태, 유영표, 이광호, 안양노, 심지연, 서상섭, 그리고 감방 동무 장영달, 미학과 후배로 내 동생 세준이 가정교사를 했던 곽병찬 등 여덟 명이 왔다. 우리 어머니는 친구들 자리로 가서는 한 명씩 이름을 부르며 반가워하시더니 마침 지방에 강연회가 있어 못 온 안병욱과 서중석이 안 보인다고 마치 결석생 점검하듯 하셨다.

내 친구와 어머니 친구 분들은 한결같이 지금 세상에도 이런 어머니가 있는지 모르겠다며 우리 어머니를 칭송했다. 이때 영표가 내게 한마디를 던졌다. "너, 답사기에 오늘 어머니가 하신 얘기를 꼭 글로 써라. 옛날 어머니들이 어떻게 사셨는지 우리 아이들도 알게 하게." 그래서 '우리 어머니의 이력서'를 이렇게 써서 부끄럼 빛내며 세상에 내놓은 것이다.

우리 어머니 이름은 신(辛) 자 영(榮) 자, 전(全) 자이시다.

제2장 문화의 창

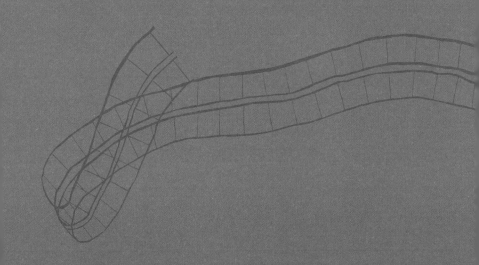

시각장애인을 위한 '터치 미 뮤지엄'

복제기술과 예술 감상

20세기 초 과학기술의 발전으로 서구 문명사회가 하루가 다르게 변하면서 귀신같은 복제(複製)기술이 등장했을 때, 예술가들은 자신이 하는 예술 작업에 심각한 위기의식을 느끼고 있었다. 폴 발레리(Paul Valéry)는 『예술론집』(1934)에서 "근래에 들어와서는 소재도 공간도 시간도 모두 과거에 존재했던 것과는 완전히 달라지고 있다"면서 "우리는 이러한 커다란 변혁이 예술의 기술 전체를 변화시키고, 마침내는 어쩌면 예술이라는 개념 자체를 지극히 마법적인 방법으로 바꿔버리게 될 것에 대비해야 한다"라고 했다.

이 문제에 대해 발터 벤야민(Walter Benjamin)은 『기술복제시대의 예술작품』(1935)에서 예술작품의 자율성과 고고한 분위기를 지탱해주는 근거로 '아우라(Aura)'라는 개념을 제시했다. 즉 예술작품은 지금 여기라는 시공간이 갖는 일회적이고 유일적인 존재로서 아우라를 가지고 있는데, 이 아우라는 복제할 수 없다고 했다. 아우라는 본래 사람이나 사물의 주위에 감도는 숨결, 또는 독특한 분위기를 의미한다.

그러나 벤야민은 예술작품의 아우라를 고수하는 것이 아니라, 기술적 복제가 가능해지면서 작품의 일회성이라는 고유성이 퇴색되고 아우라가 붕괴하는 현상은 오히려 대중예술의 정치적·사회적 실천의 바탕이 된다면서 그 대표적인 예로 사진과 영화 예술을 들었다.

그리고 근 100년이 지난 오늘의 시점에서 볼 때 복제기술은 점점 더 발전해 디테일까지 생생히 재현해내는 정밀 복제로 원화와 복제화를 구별하기 힘든 지경에 이르렀다. 창작(생산)이 아니라 감상(소비)의 입장에서는 원화의 아우라까지는 아니어도 그 형태만은 실수 없이 알아볼 수 있게 된 것이다. 그리하여 오늘날에는 예술품의 아우라로 가득한 박물관에서도 복제품이 원화를 대신해 전시되는 경우가 생겼고, 아예 정밀 복제품에 의한 명화 전시회까지 열리고 있다.

원화의 정밀 복제는 고도의 사진술과 인쇄술에 의지하는데, 마침내 세라믹 프린팅으로 수명을 지닌 종이나 천과 달리 반영구 보존이 가능하다고 자부할 정도까지 됐다. 일본 도쿠시마에 있는 오츠카(大塚) 미술관은 원화를 세라믹에 복제해 전시하는 '세계명화 반영구 레플리카' 미술관으로 태어났다.

그럼에도 불구하고 복제화가 원화와 크게 다른 것은 불규칙한 질감으로 나타낸 마티에르(matière) 효과를 재현하기 힘든 데 있다. 이는 평면 인쇄의 명확한 한계다. 그런데 포스코에서는 부식에 강한 고내식(高耐蝕) 철판에 질감까지 나타내는 포스아트(PosART)라는 놀라운 인쇄기술을 선보였다. 철판에 요철로 프린팅한 포스아트는 원화 복제뿐만 아니라 인테리어에도 많이 쓰이고 있다는데, 특히 문화재 안내판에서 획기적인 변화를 이루고 있다. 현재 경복궁 안내판은 이 포스아트로 교체됐다.

시각장애인의 예술 감상

2022년 서울 강남에 있는 포스코센터 1층 아트리움에서는 포스코와 경북도청 공동 주최로 '철(鐵) 만난 예술, 옛 그림과의 대화' 전이 열렸다. 겸재 정선의 〈금강산도〉, 단원 김홍도의 〈풍속화〉, 혜원 신윤복의 〈미인도〉 등 한국미술사의 명화 60여 점을 철판에 고해상도 잉크젯 프린팅 기술로 정밀 복제해 생생한 색감과 함께 섬세한 질감까지 보여주었다.

특히 울주 반구대의 선사시대 암각화에서는 면 새김, 선 새김을 요철로 나타내 입체적인 질감까지 느낄 수 있다. 이 암각화의 예술적 아우라야 현지 대곡천변의 자연풍광 속에서 느낄 수 있겠지만, 현장에서는 제대로 알아보기도 힘든 그림을 손으로 만지면서 촉각으로도 작품을 감상할 수 있다.

이 전시의 부대행사로 2023년 3월 31일, 나는 경북도청의 동락관에서 '시각장애인을 위한 옛 그림 감상법'이라는, 세상에 있기 힘들고, 하기 힘든 강연을 하였다. 안동, 예천, 영주, 봉화 등 경북 북부 지역의 시각장애인 30여 명을 특별전에 초대하여 작품 감상회를 열면서 나에게 특강을 요청한 것이었다.

나는 시각장애인들이 형상 인식을 어떻게 하는지 대략 알고 있다. 20여 년 전, 원혜영 당시 부천시장과 나는 시각장애인을 위한 미술관으로 '터치 미 뮤지엄(Touch me museum)'을 세우기 위해 많은 전문가와 함께 사례를 연구하고, 일본 도쿄에 있는 시각장애인 미술관을 현장 답사하기도 했다. 그때 추진한 시각장애인을 위한 미술관은 시행 단계에 들어갔을 때 안타깝게도 미술관 부지 주민들이 '혐오 시설'이 들어온다며 반대했다. 이후 원혜영 시장이 부천을 떠나면서 이 계획은 무산되고 말았다.

10여 년 전에는 대구 지역 시각장애인들과 현풍 도동서원 답사를 한 차례 한 적도 있다. 시각장애인의 형상적 상상력은 일반인들보다 훨씬 예민한 경우가 많다. 오래전 바둑TV에서 시각장애인 아마 7단이 바둑 두는 것을 중계하였는데, 공배까지 다 메우고 계가도 직접 하는 걸 보았다. 참으로 놀랍고 감동적이었다. 시각장애인이라 하여도 후천적인 경우, 예를 들어 11세 때 녹내장을 앓다가 시각을 잃은 분, 교통사고로 실명한 분 등은 말로 설명해 주면 능히 그 이미지를 그려낸다.

| **시각장애인들의 도동서원 답사** | 시각장애인의 형상적 상상력은 일반인들보다 훨씬 예민하다. 이날의 답사에 참여한 분들은 돌담 무늬를 어루만지고 기둥을 안아보며 도동서원의 구석구석을 감상했다.

'터치 미 뮤지엄'에서 가장 문제가 된 것은 평면에 그린 회화 작품을 어떻게 시각장애인이 촉각으로 인식할 수 있느냐는 것이었는데, 포스아트 기법으로 얼마든지 가능해져 특별 강연회가 마련된 것이다.

세상에 있기 힘든 강연

나의 '시각장애인을 위한 옛 그림 감상법' 강연은 동양화와 서양화의 차이부터 설명하였다.

"서양에서는 교회당과 대저택의 장식 벽화가 발달하였고, 감상화로 풍경화, 정물화 등이 캔버스에 유채로 그려지는 것은 17세기에 와서의 일입니다. 이에 반하여 동양화는 10세기 이전부터 수묵화에 의한 산수화, 사군자화, 화조화, 인물화, 풍속화 등 감상화가 발전하였습니다."

시각장애인 곁에는 자원봉사 도우미가 있어 대신 필기도 해주고 있었다.

"동양화의 핵심적 주제는 산수화입니다. 산수화는 5세기 종병(宗炳)이라는 분이 늙어서 산에 갈 수 없게 되자 방에다 산수화를 그려놓고 누워서 감상한 데서 유래했습니다. 이를 와유(臥遊)라고 합니다. 처음 산수화가 등장할 때는 대자연의 수려한 아름다움을 담았는데 점차 인간이 서정을 발하는 산수인물화로 바뀝니다. 선비가 바위에 턱을 기대고 냇물을 바라보는 강희안의 〈고사관수도(高士觀水圖)〉가 대표적인 예입니다."

그러자 앞쪽에 앉아 있던 분이 도우미에게 낮은 목소리로 "그런 심오한 뜻이 있었군요"라고 하는 말이 들렸다.

"송나라 휘종 황제가 화가를 뽑는 시험문제로 '봄나들이하고 돌아오는 길에 말발굽마다 일어나는 꽃향기를 그리시오'를 출제했다고 합니다."

| '철(鐵) 만난 예술' 전시를 감상하는 시각장애인들 | 철판에 요철로 프린팅하는 포스아트 기술로 복제한 작품을 시각장애인들이 손으로 만져보며 감상하고 있다.

　그러자 수강자들은 '아!' 하는 조용한 감탄과 함께 엷은 미소를 보였다.

　"그때 장원으로 뽑힌 작품은 말 타고 흥겹게 돌아오는 행렬 뒤로 나비가 따라오는 것을 그린 그림이었다고 합니다."

　그러자 또 한 번 '아!' 하는 가벼운 탄성과 함께 밝은 미소를 보였다. 추사 김정희의 〈세한도(歲寒圖)〉를 설명할 때는 그림의 형태는 물론이고 이 그림을 그리게 된 배경과 국립중앙박물관에 기증하게 되는 긴 과정도 이야기하였고, 화조화로는 다산 정약용이 강진 유배 시절 부인이 보내준 치마폭에 딸을 위해 매화 가지에 앉은 새 두 마리를 그린 것을 자세히 설명했다.

이런 식으로 내 강연이 끝난 뒤 수강자들과 작품 감상을 하는데, 역시 스토리텔링이 있는 작품에 큰 관심을 보였으며 이암의 〈어미개와 강아지〉, 변상벽의 〈고양이〉 등 형상이 있는 그림에 많이 몰렸다. 그중 최고 인기는 혜원 신윤복의 〈미인도〉였다. 특히 이 그림을 설명하면서 "미인의 기준은 시대마다 계속 바뀌기 마련인데, 현대의 미스코리아로는 이목구비가 또렷한 서구형 얼굴이 많지만 혜원의 〈미인도〉는 전형적인 조선 미인으로 김연아 선수가 가장 많이 닮았다"고 하니 더욱 관심을 끌었다.

전시 관람을 마친 뒤 포항에 사신다는 경북시각장애인협회 김일근 회장은 뜻하지 않은 호사를 누렸다며 내게 감사의 인사를 하였다.

"우리 시각장애인들은 일반인 못지않게 문학과 음악에는 많은 관심을 갖고 있답니다. 그러나 앞으로는 미술 공부도 많이 하여 소양을 쌓아야겠다는 생각을 했습니다. 감사합니다."

그리고 간절한 부탁의 말을 하면서 두 손을 꼭 붙잡고 놓지 않았다.

"터치 미 뮤지엄을 꼭 세워주십시오."

좌측보행, 우측통행*

"사람들은 왼쪽 길, 차나 짐은 오른 길."

이것이 한동안 초등학생에게 가르치던 보행 규칙 노래 구절이다. 그러나 이런 보행체제는 잘못된 것이다. 우측보행이 맞다. 이를 바로잡기 위해 서울 송파구가 앞장섰고, 건설교통부가 교통연구원에 연구 용역을 의뢰했다고 한다. 이에 문화재청장으로 이 문제에 대해 명확한 입장을 밝힌다.

문화재청장이 뭐 이런 데까지 관심을 갖느냐고 의아해할 수도

---

* 이 글은 우리나라 보행체제를 국제적 관례에 맞게 좌측통행에서 우측통행으로 바꾸기 위하여 건설교통부가 교통연구원에 연구 용역을 의뢰했을 때, 문화재청장으로서 『대한민국 정책브리핑』(2007년 9월 6일 자)에 기고한 것이다.

있지만, 여기엔 문화재청 입장에서도 현실적으로 커다란 문제가 있다. 경복궁, 창덕궁을 비롯한 고궁에서 들어가는 사람과 나오는 사람들이 이 보행체제의 애매성 때문에 뒤엉키기 일쑤이기 때문이다.

우측이면 우측, 좌측이면 좌측으로 통일만 되어 있으면 걸어가는 흐름대로 가면 혼잡함을 느끼지 않는다. 그러나 들어가고 나오는 사람들이 조금이라도 뒤엉키면 관람 동선은 이루 말할 수 없이 혼잡하기 마련이다. 특히 외국인들이 많이 오는 유적지일수록 그 혼잡상은 더하다. 오늘도 경복궁, 창덕궁에서는 한국인, 외국인들이 서로의 통행로를 차지하려고 어깨를 스치고 밀치며 고궁을 걷고 있다. 그러나 프랑스의 베르사유궁전이나 중국의 자금성같이 사람이 많이 몰리는 곳도 보행 질서가 우측통행으로 자리 잡혀 있어 우리처럼 어지럽지는 않다.

그뿐만 아니라 호텔의 로비, 공항의 로비에서 좌측, 우측 통행으로 뒤엉키는 모습은 무질서에 가까운 지경이고, 밤낮으로 인파가 북적이는 인사동 거리는 마주 오는 사람을 피해 가느라고 어느 때는 세 발자국 나가기조차 힘들다.

나는 이 문제에 대해 오래전부터 나름대로 그 원인을 조사해보았다. 좌측이냐 우측이냐 하는 문제는 자동차의 등장과 함께 사회적 질서의 하나로 부각된 것으로 알려져 있다. 그러나 그보다 현실적으로 이 문제를 낳은 것은 기차와 전차가 더 먼저였다. 기차가 좌측으로 달린 것이 우리나라 교통 흐름을 복잡하게 만든 출발점이었다. 지금도 우리나라 기차는 좌측통행이다. 서울 지하철 1호선은 1974년 개통할 때 경인선과 연결했기 때문에 좌측통행이지만 2호선에서 8호선은 우측통행으로 되어 있다.

본래 세계적으로 자동차와 기차는 우측으로 달리는 것이 대세다. 유독 영국과 일본 그리고 그 영향을 받은 몇 나라만이 좌측으로 달린다. 일본은 메이지유신 때부터 영국을 선망하여 자기네 나라를 동양의 영국으로 만들고 싶다는 열망으로 기차와 자동차를 도입할 때 영국식으로 좌측통행을 택했다. 바로 그 이유로 지금 우리는 영국과 일본을 가게 되면 자동차 오는 방향을 헷갈려 길을 건널 때 습관적으로 오른쪽이 아니라 왼쪽을 살피곤 한다. 영국과 일본은 명확히 기차, 자동차, 사람 모두 좌측통행이다.

그러나 미국, 프랑스, 독일 등 그 이외 국가들은 기차, 자동차, 사람 모두 우측통행이다. 모두가 한 방향으로 움직인다. 그런데 왜 우리나라만 "사람들은 왼쪽 길, 차나 짐은 오른 길"이라는 보행 규칙을 갖게 되었는가? 19세기 말부터 시작된 우리나라의 근대화 과정에 일제강점기가 겹치면서 보행 문제를 혼잡하게 만들고 만 것이다.

자동차, 기차가 없던 시절 우리는 전통적으로 우측통행이었다. 지금도 해마다 지내고 있는 600년 전통의 종묘제례도 우측통행으로 진행하고 있다.

그래서 1905년에 발표한 대한제국 규정은 우측통행을 명시했다. 그런데 기찻길이 좌측통행으로 들어오면서 혼란이 일어나기

| 종묘제례 행렬 | 조선시대 역대 왕과 왕비에게 지내는 제사인 종묘제례의 행렬도 우측보행으로 진행된다.

시작했다. 게다가 일제가 강점하면서 조선총독부는 아예 1921년 도로 규칙을 일본과 똑같이 좌측통행으로 바꾸었다. 그리고 지금은 모두 철거된 서울 시내 전차들도 좌측으로 달렸다. 그때는 기차, 자동차, 사람 모두 영국, 일본과 마찬가지로 좌측통행의 나라였던 것이다.

그러나 8·15 해방이 되고 미군이 들어오면서 미국식 우측통행 자동차가 거리를 누비면서 자연스럽게 우리나라의 찻길은 우측통행이 되었다. 미군정은 1946년 차량 우측통행을 규칙으로 명시하였다. 그러면서도 사람들은 기존의 습관대로 좌측통행을 하고 있었다. 더욱이 1962년 제정된 도로교통법이 '보도와 차도의 구분이 없는 도로에서는 좌측보행'이 원칙이라고 규정하면서 좌측보행이 굳어지게 되었다.

사실 그때의 규정은 '보도와 차도의 구분이 없는 도로'에서의 제한 규정이었다. 자동차와 역방향으로 보행하면 마주 오는 차를 피하기 쉽지만, 같은 방향으로 걸으면 뒤에서 오는 차를 방어하기 힘들기 때문이었다. 그러니까 그 당시의 좌측통행은 보도와 차도의 구분이 없는 길에 예외적으로 적용될 일이었다. 그런데 이것이 마치 좌측통행을 하나의 법적 규칙인 양 인식하게 만들었다.

그러나 우측통행의 중요성이 인식되면서 1999년부터 횡단보도에서는 우측통행을 실시하게 되었다. 그러면 왜 길을 건널 때만은 오른쪽으로 가라는 것인가. 그것은 보행자의 안전거리 확보 때문이다. 자동차가 우측통행할 때는 사람도 우측으로 건너야 그만큼 안전거리가 생긴다. 그래서 모든 건너가는 길에는 우측으로 가라는 화살표 표시가 있다.

그러나 이 화살표 방향은 좀처럼 지켜지지 않았다. 거의 모든 국민들이 '사람들은 왼쪽 길'이라는 강요된 습관에 의해, 그리고 초·중·고등학교를 다니면서 복도를 걸을 때 행여 우측통행을 하면 교사한테 혼나던 기억 때문에 길바닥에 화살표가 어찌 되어 있건 당연하다는 듯이 좌측통행을 한 것이다.

이 때문에 우리나라 사람들이 외국에 나가 많은 실수를 범한다. 우리는 해외 관광을 가서 습관적으로 좌측으로 걸어가기 일쑤다. 우리들이 외국에 나가 공항 로비, 호텔 로비, 박물관 로비, 그리고 유적지에서 무의식적으로 좌측통행을 하는 바람에 한국인들은 보행 질서가 없는 민족으로 낙인찍히는 것을 여러 번 경험하였다.

사실 나는 세계화 시대에 걸맞게 이 문제를 시정해야 한다고 진작부터 경찰청에 건의해보았고, 이 문제에 관심 있는 박명광 의원과도 의견을 나눈 적이 있다. 그러나 나는 이것이 건설교통부 소관

사항인 줄은 미처 몰랐다. 그러고는 한동안 잊고 있었는데 송파구 김영순 구청장이 앞장서서 문제를 제기하고, 이용섭 건설교통부 장관이 기민하게 받아들여 연구 용역에 들어갔다는 소식을 듣고 마치 오랜 체증이 풀리는 듯한 후련함을 느낀다.

이렇게 해서 이제는 우리도 우측통행에 우측보행이 원칙으로 된 것이다.

백자 달항아리, 한국미의 영원한 아이콘

인간이 만들어낸 생활 용기 중 백자를 능가하는 것은 아직 나오지 않았다. 14세기 중국에서 처음 카오링(고령토)이라는 백토 광석을 재료로 만든 경질백자는 이후 15세기엔 조선왕조 분원백자와 베트남의 안남백자, 17세기엔 일본의 아리타야키(有田燒), 18세기엔 독일 드레스덴의 마이센 자기로 이어지며 전 세계가 사용하는 생활 용기로 되었다.

도자기는 우리에게 아무 말도 해주지 않는다. 그러나 우리는 도자기를 보면서 잘생겼다, 멋지다, 아름답다, 우아하다, 귀엽다, 앙증맞다, 호방하다, 당당하다, 수수하다, 소박하다 등등 본 대로 느낀 대로 말하곤 한다. 그런 미적 향수와 미적 태도를 통해 우리의 정서는 순화되고 치유된다.

| 한·중·일 동양 3국의 도자기 | 중국 도자기는 완벽한 형태미를 강조하고, 일본 도자기는 화려한 색채미를 보여주는 데 반하여 한국 도자기는 부드러운 선맛을 자랑한다.

　각 나라의 백자에는 자연스럽게 그 민족의 미적 정서가 반영되어 있다. 일찍이 일본의 민예학자 야나기 무네요시(柳宗悅)는 한·중·일 동양 3국의 도자기를 조형의 3요소인 선, 색, 형태와 비교하면서 중국은 형태미가 강하고, 일본은 색채가 밝고, 한국은 선이 아름답다고 했다. 때문에 중국 도자기는 완벽한 형태미를 강조하고, 일본 도자기는 화려한 색채미를 보여주는 데 반하여 한국 도자기는 부드러운 선맛을 자랑한다고 했다. 그래서 도자기 애호가들은 중국 도자기는 멀리 높은 선반에 올려놓고 보고 싶어하고, 일본 도자기는 옆에 가까이 놓고 사용하고 싶어지는데, 한국 도자기는 어루만지고 싶게 한다는 것이다. 그 따뜻한 친숙감과 사랑스러운 정겨움이 조선백자의 특질이다.

　백자는 시대의 산물이기 때문에 시대적 취향을 절로 드러낸다.

| **조선 전기·중기·후기의 백자** | 조선 전기 백자(왼쪽)에는 귀(貴)티가 있고, 중기 백자(가운데)에는 문기(文氣)가 있고, 후기(오른쪽) 백자에는 부(富)티가 있다.

똑같은 항아리, 병이지만 조선 전기 백자는 새로운 이상국가를 건설하는 왕실문화를 반영하는 귀(貴)티가 역력하고, 조선 중기의 백자는 선비 취향의 문기(文氣)가 가득하며, 조선 후기의 백자는 푸르름을 머금은 유백색에 기형이 넉넉하여 부(富)티가 흐른다.

세계 도자사의 시각에서 조선백자의 특질을 보면 순백에의 사랑이 역력하다. 중국, 일본, 유럽의 모든 나라가 말이 백자이지 청화 안료로 문양을 가득 배치하며 화려함을 지향하며 나아가서 백자 위에 에나멜 안료로 채색을 가한 유상채(釉上彩)와 금속기까지 결합한 기발함을 추구하고 있을 때, 조선은 변함없이 품위 있고, 단아하고, 넉넉한 여백의 미를 보여주는 고고한 백자의 세계로 나아갔다. 이것이 한국미의 특질이다.

조선백자 중에서도 18세기 전반기, 영조 시대에 금사리 가마

| **백자 달항아리** | 김환기의 구장품으로 전하는 백자 달항아리로 물레 자국이 은은히 드러나 있어 살결을 대하는 듯한 손맛을 느끼게 한다.

에서 만들어진 백자 달항아리는 조선미를 상징적으로 보여준다. 18세기에 높이 한 자 반(45센티미터) 이상 되는 백자 대호는 조선 이외에 어느 나라에서도 만들어진 예가 없다. 아직 기계식 동력이 발명되지 않은 때여서 수동식 물레로는 이처럼 둥근 원형의 항아리를 만든다는 것이 기술적으로 불가능했다. 그래서 동시대 항아리들은 고구마처럼 길거나 작은 몸체에 목을 길게 붙이곤 했다.

그러나 달덩이 같은 항아리를 만들고 싶었던 조선 도공의 예술의지는 마침내 커다란 왕사발 두 개를 아래위로 이어 붙여 달항아리를 만들어냈다. 때문에 달항아리는 기하학적인 동그라미가 아니라 둥그스름한 볼륨감을 지니고 있다. 그로 인해 완벽한 기교가 주는 꽉 짜인 차가운 맛이 아니라 부정형이 주는 여백의 미가 있다.

최순우는 이를 어진 선맛이라고 표현하면서 달항아리를 보면 잘생긴 종갓집 맏며느리를 보는 듯한 흐뭇함이 있다고 했다. 이동주는 선비문화와 서민문화의 절묘한 만남이라고 하였고, 김원용은 잘 만들겠다는 욕심조차 없던 도공의 무심한 경지라고 했다.

한국문화에 대하여 줄곧 애정 있는 충고를 해온 프랑스의 석학 기 소르망(Guy Sorman)은 2015년 6월 한국외국어대학교에서 열린 특강에서 '한 국가의 문화적 이미지는 경제와 산업 분야에 막대한 영향을 미친다'며 이제 한국은 문화적 정당성을 인지하고 그 이미지를 만들어야 하는 시기가 도래했다고 역설하면서 자신에게 한국의 브랜드 이미지를 정해보라고 한다면 백자 달항아리를 심벌로 삼겠다고 했다. 권위적이지도 않고, 뽐내지도 않는 평범한 형식 속에 깊은 정감이 서려 있는 그 은은한 미감은 다른 나라에서는 찾아보기 힘든 한국미의 특질로, 〈모나리자〉에 견줄 수 있는 미적 가치를 지닌다고 역설했다.

18세기 금사리 가마에서 제작된 백자 달항아리는 현재 국내외에 약 30점이 전해지는데 그중 국보로 지정된 것이 3점, 보물로 지정된 것이 4점이다. 이외에 수화 김환기가 소장했던 전설적인

| **루시 리와 백자 달항아리** | 버나드 리치가 1935년 구입해 간 달항아리
다. 그가 세상을 떠나면서 제자인 루시 리에게 물려주었다.

백자 달항아리, 프리마호텔의 상징적 유물인 백자 달항아리, 도
둑이 팽개치고 달아나 300여 조각으로 깨진 것을 기적같이 복원
한 오사카시립동양도자미술관의 백자 달항아리 등이 유명하다.
2023년 뉴욕 크리스티 경매에 출품된 백자 달항아리는 약 60억 원
에 낙찰되었다.

그중 영국박물관에 소장된 백자 달항아리는 유명한 현대도예
가인 버나드 리치(Bernard Leach)가 일찍이 1935년 덕수궁에서 개
인전을 열고 귀국할 때 "나는 행복을 안고 갑니다"라며 구입해 간
달항아리이다. 버나드 리치는 세상을 떠나면서 이 달항아리를 애
제자인 루시 리(Lucie Rie)에게 주었고, 루시 리는 1995년에 죽으

면서 버나드 리치의 부인인 재닛 리치(Janet Leach)에게 주었는데 1998년 재닛 리치가 죽으면서 경매에 나온 것을 영국박물관이 낙찰받은 것이다.

달항아리의 전통은 오늘날에도 이어져 한익환, 김익영, 박영숙, 권대섭 등 현대도예가들에 의해 재현되고 있고, 고영훈, 강익중, 최영욱 등은 달항아리의 화가로 되었다.

2009년 영국 왕실의 보물창고 격인 빅토리아앨버트박물관은 저명인사 5명에게 이 박물관이 소장하고 있는 작품 중 가장 맘에 드는 것 한 점만을 골라보라는 흥미로우면서도 어려운 과제를 냈다. 그 저명인사 5명 중에는 영화 '007 시리즈'에서 '마담 M' 역으로 유명한 주디 덴치(Judi Dench)도 있었는데 그녀는 이 박물관에 소장된 우리 현대도예가 박영숙의 달항아리 작품을 꼽으면서 그 감상을 이렇게 말했다.

"하루 종일 이것만 보고 싶을 정도로 너무나 아름답습니다. 보고 있자면 세상의 모든 근심 걱정이 사라집니다."

2018년 평창동계올림픽 성화대가 달항아리 형태로 만들어질 정도로 달항아리는 한국미의 상징이 되었다. 조선백자의 아름다움이 어제의 미학이 아니라 한국미의 영원한 아이콘으로 오늘날 우리들의 미의식에 살아 있다는 것은 여간 큰 행복이자 자랑이 아닐 수 없다.

'한국의 이미지'로서 누정의 미학

　해마다 여름이면 국제교류재단에서는 외국의 박물관 큐레이터들이 참여하는 한국미술사 워크숍이 열린다. 이 프로그램에 줄곧 참여해온 서양의 한 여성 큐레이터에게 한국의 이미지에 대해 물으니 그녀는 단숨에 정자(亭子)를 꼽았다. 한국의 산천은 부드러운 곡선의 산자락이나 유유히 흘러가는 강변 한쪽에 정자가 하나 있음으로 해서 자연풍광의 문화적 가치가 살아난다며 이처럼 자연과 친숙하게 어울리는 문화적 경관은 다른 나라에서는 찾아볼 수 없는 한국의 표정이라고 했다.

　정자는 도자기와 마찬가지로 한·중·일 동양 3국의 공통된 건축 문화인데 이 또한 3국의 특질이 다르다. 중국의 정자는 유럽의 성채처럼 위풍당당하여 대단히 권위적이고, 일본의 정자는 정원의 다실로서 건축적 장식성이 강한 데에 반하여 한국의 정자는 생활 속의 공간으로 자연풍광의 문화적 액센트로 되어 있다. 우리나라 정자는 생김새보다 자리앉음새가 중요하다. 특히 강변에 세운 정자에 명작이 많다.

정자는 누마루가 있는 열린 공간으로 이층이면 누각, 단층이면 정자라 불리며 이를 합쳐 누정이라 하고 흔히는 정자로 통한다. 정자는 사찰, 서원, 저택, 마을마다 세워졌지만 그중에서도 관아에서 고을의 랜드마크로 세운 것이 규모도 제법 당당하고 생기기도 잘생겼다.

남한의 3대 정자로는 진주 남강변의 촉석루, 밀양 낙동강변의 영남루, 제천 청풍 남한강변의 한벽루를 꼽고 있다. 북한에선 평양 대동강의 부벽루와 연광정, 안주 청천강의 백상루, 의주 압록강의 통군정 등이 예부터 이름 높다.

정자에는 대개 내력을 알려주는 기문(記文)이 걸려 있다. 기문은 당대의 문사에게 의뢰되었다. 이는 매스컴이 없던 시절 '특별기고'에 해당하는 셈이어서 문사로서는 자신의 학식과 인문정신을 한껏 펼쳐 보일 수 있는 좋은 기회였기 때문에 많은 명문이 정자의 기문에서 나왔다.

세종 때 하륜(河崙)이 보물 제528호인 한벽루(寒碧樓)에 쓴 중수 기문은 가히 교과서에 실릴 만하다.

생각하건대, 정자를 수리하는 것은 한 고을의 수령 된 자의 일로

| 한벽루 | 청풍 관아의 누각으로 흔히 진주의 촉석루, 밀양의 영남루와 함께 남한 3대 누각으로 꼽히는 희대의 명루이다. 충주댐 수몰로 현재의 위치로 옮겨졌다.

서는 아주 작은 말사(末事)에 해당한다. 그러나 그것이 잘되고 못
됨은 실상 고을의 다스림과 깊이 관계된다. 다스림에는 오르내림
이 있어 민생이 즐겁고 불안함이 늘 같지 않듯이 정자의 흥폐도 이
에 따른다. 하나의 정자가 흥하고 폐한 것을 보면 그 고장 사람들
이 즐거운가 불안한가를 알 수 있고, 그것으로써 한 고을 다스림의
실태를 엿볼 수 있을지니, 어찌 그것이 하찮은 말사라고 할 수 있겠
는가.

성종 때 서거정(徐居正)이 공주 금강변 정지산 산마루의 취원루
(聚遠樓)에 붙인 기문 또한 천하의 명문으로 그 경륜의 시각은 참
으로 원대하다.

정자를 세우는 것은 다만 놀고 구경하자는 뜻만이 아니다. 이 정자에 오르는 사람으로 하여금 들판을 바라보면서 농사의 어려움을 생각해보게 하고, 민가를 바라보면서는 민생의 고통을 알게 하고, 나루터와 다리를 보면서 사람들이 어떻게 하면 내를 잘 건너갈 수 있을까를 생각하게 한다. (…) 곤궁한 백성들의 생업이 한두 가지가 아님을 여기서 보면서 죽은 자를 애도하고 추운 자를 따스하게 해줄 것을 생각하게 한다. (…) 이는 멀리 있는 사물에서 얻어낸 것을 정자에 모으고, 정자에서 모은 바를 다시 마음에 모아서, 내 마음이 항상 주인이 되게 한다면 이 정자를 취원루라고 이름 지은 참뜻에 가까울 것이다.

정자는 고을 사람들의 만남과 휴식의 공간이면서 나그네의 쉼터이다. 그래서 대부분의 정자는 여기에 오른 문인·묵객들이 읊은 좋은 시들을 현판으로 새겨 걸어놓고 그 연륜과 명성을 자랑한다. 이를 국문학에서는 '누정문학'이라고 부른다.

특히 청풍 한벽루에는 유명한 문인들이 남긴 시가 많다. 퇴계 이황, 서애 유성룡, 고산 윤선도, 다산 정약용 등이 모두 한벽루를 다녀가며 시를 남겼다. 이는 옛날에 서울에서 경상좌도로 갈 때 죽령을 넘어가자면 남한강 뱃길을 타고 올라와 청풍에서 하루를 묵어가곤 했기 때문이다. 그중 사람의 심금을 울리는 것은 서애 유성룡이 임진왜란이 잠시 소강상태로 들어갔을 때 고향 안동으로 가는 길에 지은 시다.

　지는 달은 희미하게 먼 마을로 넘어가는데
　까마귀 다 날아가고 가을 강만 푸르네
　누각에 머무는 나그네는 잠 못 이루고
　밤 서리 바람에 낙엽 소리만 들리네

　과연 『징비록(懲毖錄)』의 저자다운 시다. 그러나 누구나가 다
서애 같을 수는 없는 일이다. 국토의 어디로 떠나든 차창 밖으로
는 문득 저 멀리 정자가 나타날지니 그러면 고려시대 박윤문(朴允
文)이 단양을 지나다가 취운루(翠雲樓)라는 정자를 바라보면서 읊
은 시에 공감을 보내게 될 것이다.

　관동으로 가는 길목, 저 멀리 보이는 정자 하나
　십 리 소나무 그늘은 참으로 그윽하구나

　정자는 너무도 흔하고 친숙한 것이기에 지나쳐 왔던 것이지만
바로 그 점 때문에 '한국의 이미지'를 상징하는 하나의 아이콘으
로 내세워도 한 점 모자람이 없다.
　이 누정에 대한 새로운 인식이 일어나면서 2023년 12월, 삼척
죽서루와 밀양 영남루가 보물에서 국보로 승격되었다. 마침 그즈
음 밀양에 문상 갈 일이 있어 일부러 시간을 내어 영남루에 들러

| **영남루** | 밀양강이 맴돌아 가는 언덕 위에 늠름한 자태로 자리 잡고 있는 영남루는 2023년 12월 보물에서 국보로 승격되었다.

보니, 밀양강이 맴돌아 가는 언덕 위에 자리 잡은 그 늠름한 자태는 과연 우리나라 3대 누각의 하나로 국보답다는 감동이 일어났다. 이제 이를 유네스코 세계유산으로 등재시키려면 유적의 보존 실태에 대해 심사받을 준비를 하여야 한다. 주변 환경을 재정비하여야 하고 건축, 문학, 역사 등의 학술대회를 열어 인문적 가치를 쌓아야 한다. 지금부터 열심히 준비하면 아마도 10년 후엔 세계문화유산에 등재될 수 있으리라 기대해본다.

『조선왕조실록』, 그 수난과 보존의 긴 역사

유네스코 세계기록유산

오늘날『조선왕조실록』은 인터넷 무료 서비스로 누구든 자유롭게 원문과 번역문을 검색할 수 있다. 역사학도뿐만 아니라 일반인들도 조선의 생활사를 접할 수 있게 되면서 역사의 대중화에 결정적 계기가 되었다. 그러나 여기까지 오는 데는 수난과 보존, 그리고 활용에 이르는 험난한 역정이 있었다.

우리나라는 기록유산의 나라이다. 유네스코에 등재된 우리나라 기록유산은『해인사 대장경판 및 제경판』『조선왕조실록』『훈민정음』『동학농민혁명기록물』등 18건이나 된다. 그중『조선왕조실록』은 총 1,894권 888책으로 유례를 찾아볼 수 없는 대기록물이다. 유교문화를 가진 중국, 일본, 베트남 등도 왕조의 실록이 있지만 그 양과 내용의 다양함에서 비교가 되지 않는다. 유네스코 세계유산이 되기 위해서는 '탁월한 보편적 가치(Outstanding Universal Value, OUV)'를 세계사적 차원에서 인정받아야 하는데, 『조선왕조실록』은 다음 네 가지가 적시되었다.

1. 『조선왕조실록』은 정치, 경제, 사회, 문화 그리고 천재지변 등 다방면의 자료를 수록한 종합 사료로서 가치가 높다.

2. 중국, 일본, 베트남 등 실록이 있는 나라 중 편찬된 실록은 후손 왕이 보지 못한다는 원칙을 지킨 나라는 조선왕조뿐이다.

3. 위 원칙의 고수로 『조선왕조실록』은 기록에 대한 왜곡이나 고의적인 탈락이 없어 세계 어느 나라 실록보다 내용 면에서 충실하다. 책 권수로 치면 중국 명나라 실록이 2,900권으로 더 많으나 실제 지면 글자 수는 1,600만자 정도로, 4,965만자인 『조선왕조실록』의 3분의 1에 불과하다.

4. 중국, 일본, 베트남 등의 다른 나라 실록들은 대부분 원본이 소실되었고 근현대에 만들어진 사본들만 남아 있으나 『조선왕조실록』은 세계에서 유일하게 왕조 시기의 원본이 그대로 남아 있다.

국보와 유네스코 세계기록유산으로 지정된 『조선왕조실록』은 『태조실록』부터 『철종실록』까지의 25대 472년의 기록만을 말한다. 『고종실록』과 『순종실록』은 일제강점기에 종래의 엄격한 방식이 아니라 소략하게 의례적으로 편찬하였고, 또 일제가 정략적

의도로 왜곡한 부분이 있어 별도로 취급한다.

『조선왕조실록』은 여러 판본이 있는데 일찍이 1973년에 정족산 사고본(1,187책)이 국보 제151-1호로 지정된 바 있고, 오대산사고본, 적상산사고본, 봉모당본, 낙질 및 산엽본 등이 국보 제151-6호까지 추가로 지정되었다. 이는 그간의 험난했던 이동과 망실의 역사와 피눈물 나는 보존의 의지를 생생히 보여주는 것이다.

무명의 선비가 지켜낸 실록

『조선왕조실록』은 국초부터 편찬되기 시작했는데 세종대왕은 역시 선견지명이 있어 만일을 위해 4부씩 만들게 하여 경복궁 춘추관(오늘날 국사편찬위원회), 충청도 충주, 경상도 성주, 전라도 전주에 분산, 보관시켰다. 이것이 4대 사고의 시작이다. 태조·정종·태종까지는 필사본으로 제작하였으나『세종실록』부터 실록이 완성되면 복사본의 오탈자를 막기 위해 활자로 4부를 인쇄해서 한양의 춘추관에 1부를 두고, 나머지 3부는 지방에 사고를 설치하여 보관했다. 3년에 한 번씩 꺼내 볕에 말리는 '포쇄' 작업으로 곰팡이가 슬거나 좀이 먹는 것을 방지했다고 한다. 중종 33년(1538) 11월 6일에 성주 사고에 화재가 발생해『태조실록』부터『연산군일기』까지 전소되었으나 다른 사고본을 필사해서 복원시켰다.

1592년 임진왜란이 일어나면서 서울, 충주, 성주의 실록이 모두 불타버리고 6월에는 하나 남은 전주사고도 풍전등화에 놓여 있었

| **「조선왕조실록」 수호 행렬** | 임진왜란 당시 「조선왕조실록」을 지켜낸 선비 안의와 손홍록을 기리기 위해 정읍 주민들이 재현 행사를 하고 있다(2024년 6월 17일).

다. 전쟁에 정신없는 관리들은 땅에 묻을 생각을 하고 있었다. 이때 태조 이성계를 모신 사당인 경기전의 참봉 오희길(吳希吉)은 내장산으로 옮길 계획을 세우는데 888책을 모두 담으려면 60여 궤짝에 말 20여 필이 필요하였다.

이에 오 참봉은 태인에 살고 있는 선비인 안의(安義)와 손홍록(孫弘祿)에게 도움을 청하였다. 그러자 이들은 집안사람과 하인 등 30여 명을 인솔하고 와서 실록을 내장산 산속 암자로 피란시켰다. 조정에서 실록을 행재소가 있는 해주로 옮기라는 명이 내려온 것은 이듬해(1593) 7월이었다. 그때까지 두 사람은 물경 1년 하고도 닷새 동안 내장산에 기거하며 실록을 지켰던 것이다. 그때 안의는 65세, 손홍록은 57세였다. 벼슬도 없는 무명의 선비가 사재를 털어가며 끝내 실록을 지켜낸 것이다. 훗날 이들에게는 별제

(6품) 벼슬이 내려졌다. 안의와 손홍록은 의병(義兵) 못지않은 의인(義人)이자 애국자이고 문화유산 지킴이의 상징이다.

임진왜란이 끝난 뒤 실록은 새로 4부를 복간하여 춘추관에 1부, 강화 마니산(후에 정족산으로 옮김), 태백산, 오대산, 묘향산(후에 무주 적상산으로 옮김)에 4대 사고를 지어 보관하였다. 그리고 이들 사고의 관리는 사고가 소재한 산의 사찰에 있는 승려들이 맡았다. 정족산의 전등사, 오대산의 월정사, 태백산의 각화사, 적상산의 안국사가 이러한 역할을 맡아 유사시 승군으로서 동원되는 승려들이 사고 관리 및 보존의 임무를 맡고 있었다. 묘향산 사고본을 무주 적상산으로 옮긴 것은 청나라와의 관계가 악화되자 안전하게 남쪽으로 옮긴 것이었다. 왕조 말기까지『조선왕조실록』은 춘추관과 4대 사고에 온전히 보존되어 있었다.

근현대의 격랑 속 실록

일제강점기로 들어서면서『조선왕조실록』은 또다시 망실의 상처를 겪게 된다. 적상산본은 창경원 장서각으로, 정족산본과 태백산본은 총독부로 옮겨졌으며 경성제국대학(서울대학교 전신)이 개교하면서 경성제국대학 도서관으로 다시 이관되었다. 오대산사고본은 일제가 동경제국대학 도서관으로 반출해 갔는데 1923년 관동대지진이 일어나면서 대부분 불에 타고 27책만 살아남아 경성제국대학으로 이관되었다. 그런데 나중에 확인해보니 당시 대

| 『조선왕조실록』 오대산사고본 | 일제에 의해 동경제국대학 도서관에 반출되었다가 1923년 관동대지진 당시 대부분 불에 타고 27책만 살아남아 1932년에 경성제국대학으로 이관된 이후 서울대학교 규장각으로 옮겨졌다.

출되어 있다가 도쿄대학 도서관 귀중서고에서 뒤늦게 발견된 책이 47책이었고, 또 1책이 민간에 남아 있어 총 75책이 확인되었다. 이 오대산사고본은 2006년에 환수되었다. 경성제국대학의 태백산본과 정족산본은 서울대학교 개교 이후 규장각으로 이관되었다.

6·25 전쟁이 발발하자 서울에 있던 실록들은 임시 수도 부산으로 수송되었는데, 서울대학교 도서관의 태백산사고본과 정족산사고본 등은 군용 트럭에 실려 부산으로 수송되어 경남대한부인회 창고, 경상남도청 창고 등에 보관되었다.

창경원의 적상산본은 해방 직후 도난 사건으로 낙권이 생긴 상태에서 북한군이 서울을 점령했을 때 월북한 사학자 김석형이 평양으로 옮겨 갔다. 도난되었던 적상산본의 1책이 지금 국립중앙박물관에 소장되어 있다. 한국학중앙연구원 장서각에도 장서인이 없는 실록이 3책이 있는데 적상산본인지는 확인되지 않고 있다.

그리고 춘추관본은 전란 중 화재로 대부분이 소실되었는데 그일부 남아 있는 것이 낙질 및 산엽본이다. 최종적으로 현재 사고본은 남한에 2종, 북한에는 1종이 남아 있다. 정족산사고본은 규장각에, 태백산사고본은 국가기록원 역사기록관에, 적상산본은 북한 김일성종합대학 도서관에 보관되어 있다. 관동대지진 때 거의 다 소실되고 일부만 남은 오대산본은 2006년에 영구 대출 형식으로 한국에 반환되어 국립고궁박물관에 소장되었다가 현재 월정사가 경내에 건립한 국립조선왕조실록박물관에 소장되어 있다.

모두를 위한 실록

『조선왕조실록』은 옛 전적으로 보관된 데 그치지 않고 그 내용이 조선왕조 사료로 이용되고 있다는 점에서 더욱 위대한 기록유산이다. 실록으로 처음 학술 연구를 한 곳은 경성제국대학과 동경제국대학이었다.『조선왕조실록』의 번역본은 남북한이 비슷한 시기에 작업에 착수하여 비슷한 시기에 완역 출간하였다. 적상산본을 가져간 북한에서는 실록 번역 작업을 1970년에 시작해 1975년 10월 제1책 발행 후, 1991년에 번역 완료하여『리조실록』이란 이름으로 총 400권을 출판했다. 남한에서는 1968년에 세종대왕기념사업회가 번역을 추진, 민족문화추진회(현 한국고전번역원) 주관으로 1993년에 번역이 완료되어 출판되었다.

1994년 4월 문화체육부, 교육부, 세종대왕기념사업회, 민족문화추진회, 서울시스템(주)의 합의로 '조선왕조실록 CD롬 간행위원회'가 발족되어 전산화 작업에 들어갔다. 그 결과 1995년 CD

| 『조선왕조실록』 대국민 온라인 서비스 구축 사업 완료 보고회 | 당시 나는 문화재청장으로서 복권 기금을 지원받아 국사편찬위원회와 함께 이 사업을 완료했다.

롬 초판이 간행되었고 1997년에 1차 개정판, 1999년에 2차 개정판 이자 보급판이 출시되었다. 국사편찬위원회에서 『조선왕조실록』 홈페이지를 만들어 누구나 인터넷으로 원문과 한글 번역을 볼 수 있게 한 것은 2006년이었다. 당시 국사편찬위원회 이만열 위원장 이 문화재청장인 나를 찾아와 복권기금을 지원받아 『조선왕조실 록』 판권을 사서 무료 서비스하고 싶은데 예산편성권이 있는 문 화재청이 신청해달라고 부탁하여 이를 성사시킨 것이다.

이에 2005년 12월 『조선왕조실록』 인터넷 서비스 시연회를 열 고, 2007년 완료 보고회를 가진 뒤 일반인 무료 서비스를 시작하 였다. 이 방대한 기록인 『조선왕조실록』을 누구든 자유롭게 국역 본과 원본을 열람할 수 있게 되면서 역사학 연구가 장족의 발전을 이룰 수 있게 된 것은 물론이고 조선왕조에 관한 수많은 저서들이 서점가에 쏟아져 나오게 된 것이다.

100년 뒤 지정될 국보·보물이 있는가

문화재청장으로 재임한 지 3년째 되던 해(2007) 기자들과 가진 간담회 때 느닷없이 "문화재청장을 오래 지내면서 말 못 할 고민이 무엇이냐"는 질문이 있었다. 이때 나도 모르게 나온 것은 "100년 뒤 지정될 국보·보물이 이 시대에 창조되지 않고 있다는 점"이라는 대답이었다.

사실 이 문제는 내가 마음속에 깊이 품고 있던 사회적 과제이다. 현재 국가문화재로 지정하는 유물·유적은 100년 이상의 수령이 필요조건이다. 근대 문화재가 아직 국보·보물로 지정되지 않은 것은 이 기준을 충족하지 못하고 있기 때문이다.

그러나 몇십 년이 더 지나면 1950년대에 제작된 박수근, 이중섭, 김환기의 작품 중 몇 점이 보물로 지정될 것이다. 그래서 연전

에는 현역 미술평론가들에게 어느 작품이 대상이 될 만한가 설문
조사를 한 바도 있다.

문제는 건축이다. 현대건축의 기술과 재료의 발달로 멀쩡한 집
을 부수고 재건축하는 일이 다반사인 오늘날의 추세로는 100년을
넘길 건축이 과연 얼마나 남아 있을까 싶다. 그중에서도 건축의
기본이라 할 주택 문제는 더욱 회의적이다.

조선시대엔 목조에 기와를 얹은 '한옥'이라는 주택 형식이 완
성되어 하회마을의 양진당(보물 306호)과 충효당(보물 414호), 안동
내앞마을의 의성 김씨 종가집(보물 450호), 경주 양동마을의 무첨
당(보물 411호)과 관가정(보물 442호) 등이 나라의 보물을 넘어 유네
스코 세계유산으로 등재되었다.

그러면 우리 시대의 시대정신을 담아낸 '현대주택'이 몇 채나
지어졌을까. 그동안 우리나라는 일정 규모가 넘는 집은 '호화주
택'으로 치부하여 중과세가 부여되어왔고, 호화주택에 대한 국민
정서의 거부감도 없지 않았다. 나라가 가난했던 50년 전에는 시대
분위기상 그럴 수밖에 없기도 했다.

그러나 100평 넘는 복층 아파트가 즐비한 오늘날, 100평 넘는
저택을 짓는다고 호화주택이라고 비난의 대상이 될 것 같지 않다.
문화재란 최고 수준의 예술, 최고의 기술, 최고의 재력이 만나야
한다. 평범한 주택은 민속이지 한 시대를 대표하는 문화재는 아니
다. 사실 보물로 지정된 조선시대 한옥들도 그 당시에는 '고래등
같은 기와집'이라 불린 호화주택이었다.

다시 옛날로 돌아가서, 조선시대에는 삼천리강산 곳곳에 아름다운 정원(庭園), 원림(園林), 별서(別墅), 정사(精舍)를 지어 오늘날 우리들은 이곳을 행복한 답사처로 찾아가고 있다. 정원은 집 울타리 안에서 자연을 아름답게 가꾼 것이고, 원림은 풍광 좋은 곳에 건물을 지은 것이다. 정원과 원림의 차이는 자연과 인공의 관계가 바뀐 것이다. 별서는 집에서 멀리 떨어져 있는 별장이고, 정사는 집 가까이에 있는 독서처다. 이것을 문화재로 지정한 것이 명승이다.

봉화 닭실마을에 있는 청암정과 석천계곡(명승)은 대표적인 정원이고, 담양의 소쇄원(명승)과 윤선도 원림(명승)으로 지정된 보길도 세연정이 대표적인 원림이며, 독락당(보물)으로 유명한 경주 안강의 옥산정사가 대표적인 정사이다.

그런데 지금 우리 시대에 훗날 명승으로 지정될 정원, 원림, 별서, 정사가 지어졌는가. 이 또한 '별장'이라는 것에 대한 국민정서의 거부감과 세제상 중과세를 부여하는 규제 때문이다. 국토를 아름답게 가꾸며 삶을 건강하게 하고 후손에게 문화재를 물려줄 수 있는 기회를 잃어버리고 있는 것이다. 우리나라의 상속세는 막강한 것이어서 저택과 별장은 상속세 두 번 맞으면 자산가치가 제로에 가깝게 되고, 자연히 사회로 환원된다. 프랑스 루아르 강변의 대저택들이 다 그런 것이다.

요즘 시골에 폐가가 즐비하여 사회적 문제로 된 지 벌써 오래다. 만약에 도시인들이 그 폐가를 사서 작은 원림으로, 정사로, 별

서로 가꿀 수 있도록 합법적인 길을 열어주고 1가구 2주택 양도소득세에서 제외해준다면 폐가 문제는 저절로 해결될 것이다. 고령화시대 현대 도시인의 삶은 시골에 별서를 장만하여 '5도 2촌', 또는 '2도 5촌'으로 지내는 것이 이상적이라고 한다. 러시아의 가족 단위 별장으로 텃밭이나 정원이 딸려 있는 '다차'가 그 대표적인 사례다.

반세기 전, 1인당 국민소득 몇백 달러밖에 안 되던 시절에 제정된 호화주택·별장·농가주택에 대한 규제를, 3만 달러가 넘는 지금 이 시대에 그대로 적용하는 것은 마치 인구는 줄어드는데 산아제한 정책을 펼쳤던 것과 똑같은 우를 범하는 것이다.

부동산 파동의 근본 요인 중 하나는 아파트가 현찰이나 마찬가지이기 때문이라고 한다. 주택에는 그런 환금성이 없다. 그렇다면 규제를 풀어 주택건설 경기를 활성화시키는 것이 주기적으로 나타나는 아파트값 파동을 막는 첩경일지도 모른다. 이제 우리는 무엇이 진정 국토를 효율적으로 운영하는 것인지 원점에서 생각하고 과감하게 바꿀 때가 되었다. 그렇게 하는 것이 집의 본원적 기능을 회복하는 길이며, 무엇보다도 우리네 삶을 풍요롭게 할 것이기 때문이다.

문화재청장의 관할 영역

지금은 국가유산청으로 불리는 문화재청 청장에 발령받은 뒤
나는 정부제3청사가 있다는 것을 처음 알았다. 1989년 서울 곳곳
에 분산된 청 단위 기관을 모으기 위해 만든 청사로 서울의 제1청
사, 과천의 제2청사에 이은 대전의 제3청사이다. 세종시에 정부청
사가 세워진 이후에는 정부대전청사라고 불린다. 정부대전청사
의 4개 동에는 관세청, 산림청, 조달청, 통계청, 특허청, 기상청, 병
무청, 문화재청 등 8개 청이 들어와 있다.

정부 조직에서 부(部)는 나라의 정책을 맡고 청(廳)은 현장의 실
무를 담당하고 있다. 그런데 검찰청, 경찰청, 국세청 등 권력기관
이라 불리는 청은 다 서울에 있고 '끗발 없는' 청은 다 대전에 모
여 있는 셈이다. 그래도 대전청사의 청장들은 자기 전문 분야에

봉사하는 보람과 자부심을 갖고 일한다. 청은 현장을 갖고 있기 때문에 사무실 책상에 앉아서 일을 보는 것이 아니라 몸으로 현장을 뛰어야 한다. 그리고 항시 사고에 대비해야 하고 수습하기 바쁘다.

문화재청장 시절 한번은 청장 10여 명이 모여 식사를 하며 모처럼 담소를 나누었는데, 저마다 하는 얘기가 남들이 모르는 자신들 업무의 고달픔이었다. 그러다 화제가 우리나라 면적으로 돌아 옛날에는 9만4천 제곱킬로미터라고 학교에서 배웠는데 지금은 간척사업을 많이 하여 약 10만 제곱킬로미터로 늘어났다고 하는데 그 10만 제곱킬로미터라는 수치가 머릿속에 잘 안 들어온다고 했다. 그러자 통계청장이 나섰다.

"이렇게 보면 됩니다. 10만은 200 곱하기 500 해서 나온 수치인데, 인천에서 강릉까지 동서가 약 200킬로미터, 부산에서 판문점까지 남북이 약 500킬로미터이니까 10만 제곱킬로미터가 되죠."

그러자 한 청장이 "그걸 평수로 환산하면 어떻게 되나요" 하고 물었다.

"약 300억 평입니다. 참고로 서울이 약 2억 평이고, 제주도가 약 6억 평입니다."

듣고 보니 국토의 넓이가 확 그려지는 것 같았다. 그러고는 산림청장이 말을 이어받았다.

"우리나라 면적 300억 평 중 3분의 2가 산이기 때문에 산림청은 200억 평을 관리합니다."

산림청이 관할 영역이 제일 넓어서 몸이 고달프다는 하소연이었다. 산불 나면 산림청은 초비상이다. 그래서 산불이 많이 나는 봄철이면 산림청장은 늘 비상대기를 하고 있다. 그러자 경찰청장이 조용히 말했다.

"경찰청은 에누리 없이 300억 평의 사람을 대상으로 합니다."

그러자 이번에는 해양경찰청장이 나서서 이를 거뜬히 받아쳤다.

"우리나라 바다는 영토의 4배이니 해양경찰청은 1,200억 평을 관리합니다."

모두들 한바탕 웃으면서 관리 영역이 제일 좁아 보이는 나에게 "문화재청장은 관리 면적이 얼마나 됩니까?" 하고 가볍게 질문을 던졌다. 이에 나는 대답했다.

"문화재청이 직접 관리하는 것은 5대 궁궐과 40개 조선왕릉이지만 전국에 산재해 있는 국보·보물뿐만 아니라 300억 평 땅속에 있는 매장문화재도 관리하고 1,200억 평 바다에 빠져 있는 침몰선 200여 척의 수중문화재도 관리합니다. 게다가 천연기념물로 몽골에 가 있는 검독수리, 태국에 가 있는 노랑부리저어새가 잘 있는지 살펴야 합니다."

이에 청장들은 박장대소하면서 '어마어마하다' '가볍게 생각해서 미안하다' '우리 문화재청장의 업무 영역이 가장 넓은 것으로 인정합시다'라며 박수를 치려는 순간 기상청장이 나섰다.

"우리 기상청은 업무 면적이 평수로 계산이 되지 않아요."

그래서 '인생도처 유상수(人生到處 有上手, 세상 곳곳에 상수가 있다)'라고 했다.

말일파초회, 매월 말일 초서를 격파하다

내 직함이 석좌교수인 것을 보면 알 수 있듯이 나는 정년퇴임한 몸이지만 평생 학생 신분을 벗어나지 못해 지금도 한 달에 한 번씩 다니는 수업이 둘 있다. 모두 '그놈의' 한문 공부다. 매달 둘째 목요일에는 한시를 배우는 '이목회'가 있으며, 마지막 일요일에는 초서를 공부하는 '말일파초회'에 나간다.

내가 한문 공부를 시작하게 된 것은 1981년, 서른을 훌쩍 넘긴 나이에 이제 맘먹고 한국미술사를 공부해보겠노라고 대학원 미술사학과에 입학했는데 전공을 조선시대 서화사로 삼으니 한문을 모르면 연구에 한계가 있고 무엇보다도 논문을 쓸 수 없었기 때문이었다. 내친김에 청명 임창순 선생님의 지곡서당에 들어가고 싶었지만 입학 나이가 28세로 제한되어 있어 들어갈 수 없었다. 지곡서당은 사서삼경(四書三經)을 비롯해 동양고전을 암송할 수 있을 정도로 체득하는 것을 목표로 하는데 생물학적으로 28세(나중엔 26세)가 넘으면 외우는 것이 불가능하기 때문에 입학 나이를 제한한 것이었다.

그래서 나는 당시 지곡서당 교수이며 절친한 벗이자 평생 나의 한문 선생인 이광호의 집에서 나처럼 한문 공부가 절실한 사람 10여 명을 모아 매주 일요일마다 『통감절요(通鑑節要)』를 읽기 시작했다. 이 모임이 10년 지나면서 격주로 되었고, 또 10년이 지나면서 월 1회로 되었다. 그것이 몇 해 전까지 계속된 '고전강독회'이다.

그리고 또 내 나이 사십을 넘겨 추사 김정희를 연구하겠다고 동양철학과 박사과정에 입학하였는데 이번에는 초서가 문제였다. 초서를 모르면 추사의 그 멋진 편지를 읽을 수 없었다. 그래서 초서만 나오면 무조건 이광호에게 달려갔다. 더 어려운 것이 있으면 지곡서당으로 청명 선생님을 찾아갔는데 가면 우선 바둑을 세 판은 두어야 가르쳐주셨다. 그래서 지곡서당에서 자고 오는 일이 많았다.

지곡서당엔 나처럼 초서를 물으러 오는 사람이 종종 있었다. 그래서 청명 선생은 앞으로 초서로 쓰인 사료를 판독할 사람이 없게 될지도 모른다는 위기감에서 지곡서당 학생들을 위해 초서 강좌를 개설하셨다. 나중에 다른 강좌는 모두 후학들에게 물려주셨을 때도 초서만은 선생께서 직접 강의하셨다. 때문에 지곡서당에 입학한 학생들은 일찍부터 초서를 배울 수 있었다.

그러던 1999년 3월, 지곡서당에서 이광호, 김종진과 초서의 어려움에 대하여 이야기를 나누다가 청명 선생님이 돌아가시면 모르는 글자가 나와도 여쭈어볼 곳조차 없어질 테니 이러다 맥이 끊어지겠다고 한숨을 지었다. 그때 우리는 초서를 공부하는 모임을 만들고 모르는 것이 나오면 선생님께 여쭈어보면서 실력을 쌓아가자고 뜻을 모았다. 그리하여 그해 4월부터 나의 옥탑방 공부방에 모여 초서를 공부하기로 결의하고 '매월 마지막 일요일에 초서를 격파하기 위해 모인다'는 뜻으로 '말일파초회'라고 부르기로 했다.

이 사실을 이광호가 청명 선생님께 말씀드리자 "너희들이 어떻게 그런 기특한 생각을 했냐"라고 기뻐하시면서 청명문화재단에서 지원금으로 100만 원을 주겠다고 하셨다. 우리는 매달 100만 원인 줄 알았는데 1년에 100만 원이었다. 지원금이 아니라 격려금이었던 것이다.

그리하여 1999년 4월 마지막 일요일에 첫 모임을 갖기로 하였는데 개강 보름 전인 4월 12일, 청명 선생님이 갑자기 세상을 떠나셨다. 우리로서는 허망하기 그지없었다. 그러나 선생님께 격려금까지 받은 마당에 어쩔 수 없었다. 결국 선생님이 돌아가시기 직전에 주신 100만 원이 우리를 묶어놓은 것이었다. 이건 운명적인 모임이었다.

그리하여 예정대로 4월 마지막 일요일에 말일파초회의 초서 공

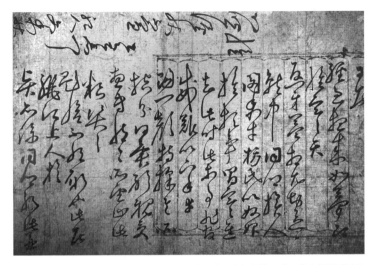

| 박문수의 초서 편지 | '매월 마지막 일요일에 초서를 격파하기 위해' 모이는 말일파초회에서 공부하는 간찰의 한 예이다. 이 편지의 첫머리를 탈초·번역하면 다음과 같다. 日者經過, 想來如夢. 卽惟寒天返牙益相, 尤切區區. 就中…(지난번에 지나다 들르신 것이 지금까지도 마치 꿈인 듯합니다. 생각건대 추운 날씨에 돌아가시는 행차는 더욱 편안하신지요? 다름 아니오라…)

부 모임이 시작됐다. 처음엔 청명 선생님이 지곡서당에서 강의하신 교재를 복습 삼아 함께 읽었다. 그리고 미술애호가인 청관재 조재진 회장이 소장한 『간찰첩』을 읽었다. 같은 간찰을 여럿이 함께 읽으며 해석하니 회원들의 초서 실력 차가 확연히 드러났다.

사냥개가 우리 속에 있다가 사냥을 한번 나갔다 오면 서열이 1번부터 꼴찌까지 생긴다고 하는데 후배인 임재완과 김경숙이 상고수였다. 공동대표인 김종진과 이광호는 후배가 선배보다 더 잘한다는 것을 크게 기뻐했다. 그래야 대가 끊이지 않는 것이다.

말일파초회 회원은 역사, 국문학, 동양철학, 불교학, 미술사, 서예, 고문서 전공자로 대학교수와 국학 관계기관의 연구원들이다. 김현영, 김채식 등 고수들이 합류하면서 강독 수준도 깊어졌다. 이렇게 20년 넘게 함께 공부했다. 발표자가 단상 앞에 나가 먼저 초서를 정자로 바꾸는 탈초(脫草)를 하고 이어 한글로 번역하는 식으로 진행된다. 그러면 회원들이 이의를 제기하기도 하고, 코멘트를 하기도 하고, 때로는 이 글자다 저 글자다 따지며 논쟁하기도 한다. 『승정원일기』 등을 검색해서 그때 글쓴이의 벼슬이 무엇인지를 알아내기도 한다.

그림과 글씨가 전공인 나는 백하 윤순, 원교 이광사 같은 서예가의 편지나 시전지라는 꽃편지지가 나오면 그제야 논의에 끼어들었다. 그런 중 한 편지에서는 아무도 읽어내지 못하는 두 글자가 나왔다. 석어(石魚, 조기)와 ○○을 보낸다는 것인데 모두들 생전 본 적이 없는 글씨라고 했고 초서도 아니었다. 그런데 누군가가 그건 '갈치'를 한글로 쓴 것이라고 해서 모두들 한바탕 웃었다.

간찰은 옛사람의 생각과 처지를 생생히 전하고 있어 무척 유익하고 재미있다. 퇴계 이황과 고봉 기대승이 편지로 논쟁한 것은 너무도 유명한데, 성호 이익이 안정복에게 보낸 간찰 같은 것은 학문과 사상의 피력이며, 추사가 유배지에서 보낸 편지 첫머리에서 "어제는 오늘과 비슷한데 왜 올해는 작년과 다르게 느껴지나요. 다름 아니오라…" 하는 구절은 그 자체가 시다.

간찰의 사연들을 보면 인사 청탁, 억울한 하소연, 외직으로 나간다는 이별의 편지 등등이 있고 편지란 본래 일상의 기별이기 때문에 대개는 초상을 위로하거나 보내준 물품을 숫자대로 잘 받았다는 회신이 많다. 개중에는 비밀사항을 별지에 썼으니 읽은 다음 태워버리라고 한 간찰도 있어 그 사연을 더욱 궁금하게 만들기도 했다. 그리고 아주 예외적이지만 기생 옥화가 서울 오면 잘해준다고 해서 왔는데 한 달이 다 가도록 얼굴도 볼 수 없어 가겠노라며 시 한 수를 곁들여 김 판서에게 보낸 애절한 간찰도 있다.

파초회가 내 공부방에서 이루어지면서 나는 얻는 것이 많았다. 추사 김정희를 연구하면서 도저히 읽을 수 없는 편지는 파초회 공부가 끝난 다음에 회원들에게 물어보면 답이 나왔다. 그래서 한때는 발표 뒤에 내가 물어볼 추사의 편지를 복사해 돌리면 회원들은 "또 모의고사 시험이 있네요"라며 함께 읽고 파초해주었다. 그 덕에 나는 『완당평전』(학고재 2002)을 펴낼 수 있었다.

파초회의 발표는 교재에 따라 다르지만 대개 1년 내지 2년마다 바뀐다. 발표자는 준비하는 데 많은 시간과 노력을 기울여야 하지만 그만큼 남보다 실력이 크게 향상된다. 그간에 발표한 회원들은 모두 9단이 되었다. 강단에 오르기 전에는 밑에서 조용히 따라오던 이도 1, 2년간 발표를 마치고 내려오면 발표자에게 이의를 많이 제기하고 목소리도 커진다. 한문도 바둑과 마찬가지로 실전을 해야 늘지 관전만 해서는 늘 그 상태로 머문다. 내 평생의 소원 중 하나가 말일파초회 강단에 올라 발표해보는 것이다. 환갑이 넘어도 강단에 오를 실력이 안 되니까 후배들은 나에게 칠순 기념으로 꼭 올라가라고 놀려댔는데 그것도 이미 틀려버렸다. 그래도 나는 매달 파초회에 나가 곰바우처럼 앉아 발표를 듣는다. 듣는 것만으로도 공부도 되고 재미도 있다.

세미나 장소는 여러 번 바뀌었다. 내가 문화재청장 시절엔 문화재위원회 회의실에서 하고, 흥선 스님이 관장으로 있던 조계사의 불교중앙박물관으로 장소를 옮겼다가, 한동안 김채식의 경운초당에서 하다가, 30대 젊은 회원들을 받아들여 회원이 27명으로 늘어난 지금은 최연식이 부원장으로 있는 동국대 불교학술연구원 세미나실을 사용하고 있다.

그동안 우리가 읽은 교재들은 '초서 독해 시리즈'로 다운샘 출판사에서 이미 여덟 권이 나왔고 두 권이 교열 중에 있다. 책 출간에는 아모레미술관, 일암관, 청관재, 서울옥션, 프리마호텔 등의 지원을 받아왔다. 나중엔 박병원 한국경영자총협회 회장이 회원으로 들어와 종근당, 포스코 등에서 지원금을 받아왔다. 그래서 지금은 발표자에게 발표비도 지급하고 있고 제주도, 남원 등으로 1박 2일 국내 답사도 했고, 주희(朱熹)의 무이구곡(武夷九曲), 갑골문의 고향 은허를 찾아가는 중국 답사도 다녀왔다. 내년엔 공자·맹자·태산을 찾아가는 '공맹태' 답사가 기다리고 있다.

우리는 말일파초회가 국학 연구자들의 모임으로 영구히 이어갈 수 있도록 '사단법인 한국고간찰연구회'로 정부에 등록하기로 하여 2013년에 정식 인가를 받았다. 내가 오랫동안 이사장을 맡아왔는데 이는 나의 가장 명예로운, 그리고 가장 부끄러운 직함이어서 지금은 명예이사장으로 물러나 있다.

요즘 초등학교 교과서에 한자를 병기하는 문제를 놓고 또 찬반이 일어나는 모양이다. 나는 한글 전용론자이다. 글쟁이로 살면서 우리말을 아름답게 가꾸려고 항시 고민하며 글을 쓰고 있다. 그러나 한글 전용과 한자 교육은 별개 사항이다. 한글 전용을 할수록 한자 교육은 더욱 강화되어야 한다는 것이 내 경험이고 나의 확고한 생각이다.

한자를 알면 우리가 쓰고 있는 단어의 의미와 유래를 명확히 알 수 있다. 이대로 가다가는 마치 베트남처럼 자신들 언어의 뜻은 다 잊어먹고 발음만 남는 상태로 된다. 베트남의 명소 할롱베이는 하룽만(下龍灣), 즉 용이 내려온다는 뜻을 지니고 있는데 베트남 사람 중에는 그 뜻을 모르는 이가 많다. 남의 소리가 아니다. 한 학생이 "삼국시대가 무슨 뜻인가 했더니 세 나라가 있었던 시대군요"라고 했다는 것이 우스갯소리로만 들리지 않는다.

그래서 나는 초등학교 때부터 한자를 가르치고, 중고등학교에서는 한문을 가르치고, 대학에서도 한문을 교양필수 과목으로 해야 한다고 생각하고 있다. 외워서 익힐 것은 어려서부터 해야 한다. 26세가 넘으면 외우고 싶어도 불가능하다. 그러지 않으면 나처럼 '그놈의' 한문 공부 때문에 평생을 학생으로 살게 된다. 한자 교육은 요즘 말하는 인문학의 기초 체력을 기르는 필수과목인 것이다.

나의 체험적 미술교육 이야기

미술 시험문제

영남대학교 시절 나의 소속은 조형대학 동양화과 교수였다. 사람에게 소속이라는 것은 행동과 사고를 묶어두는 속성이 있어 스스로 생각하기를 나 자신은 미술평론가이자 미술사학자이지만 장래 화가가 되기를 희망하여 동양화 실기 교육을 받고 있는 우리 과 학생들을 위해 무엇을 할 수 있는가를 따로 고민하지 않을 수 없었다. 같은 한국미술사라도 미술사학과 교수로서 가르치는 것과 동양화과 교수로서 가르치는 것에 차이가 있어야 했던 것이다.

조선시대 도자사의 경우 미술사학과 학생들에게는 양식사로서 편년을 강조하여 조선 전기, 중기, 후기, 말기의 백자가 어떻게 변해갔는가를 미세하게 가르쳤지만, 동양화과 학생들에게는 조선

백자가 얼마나 다양한 아름다움을 보여주는가를 강조하며 가르쳤다.

학기 말 시험문제도 달랐다. 본래 시험문제란 교수의 교육 방향을 집약적으로 보여주기 마련인데, 미술사학과 학생들에게는 하나의 작품이 지닌 양식적 특징을 논하라고 하였고, 동양화과 학생들에게는 그 유물의 아름다움에 대해 느낀 바를 설명하라고 출제하였다. 그리고 미술사학과 학생 답안지는 그가 조선시대 백자의 전개 상황을 얼마나 숙지하고 있는가를 중심으로 채점하고, 동양화과 학생 답안지는 그의 조형적 사고가 어느 수준인가를 평가하였다.

당시 나는 시험문제를 낼 때 세 문제 중 두 문제는 공부했어야 쓸 수 있는 것으로 하고, 한 문제는 수업을 듣기만 했으면 답을 쓸 수 있는, 그러나 답안지를 오래 붙들고 앉아 있을 수 있는 계기가 되는 문제를 출제했다.

| 백자 철화 끈무늬 병 |

한번은 세 번째 문제로 "조선시대 백자 중 최고 명작이라고 생각하는 작품을 하나 고르고, 그 이유에 대해 설명하시오"라고 출제한 적이 있다. 이에 미술사학과 학생들은 조선 전기 '백자 청

화 매죽문 항아리' 또는 조선 후기 '백자 철화 포도문 항아리' 등 유물의 명칭을 정확히 지목하며 시대 양식과 함께 그 항아리의 기형, 문양, 빛깔을 설명하면서 답안지를 작성하였다.

그런데 동양화과 한 학생은 조선 전기의 '백자 철화 끈무늬 병'이 마음에 들었던 모양인데 이 유물의 명칭을 미술사적으로 어떻게 말하는지 몰랐던지 이렇게 답안을 시작하였다.

"샘, 저는 유물 명칭을 뭐라고 하는지 모르지만 '백자 넥타이 병'이 최고라고 생각합니다. 그 옛날에 이렇게 멋진 문양을 그렸다는 것이 신기하기만 합니다….'"

나는 그 학생의 답안지에 A+를 부여하였다.

미대생의 허수아비

어느 해인가 동양화과 2학년 2학기 한국미술사 중간고사 때 이야기이다. 미술대학 학생들을 보면 재수는 기본이고 3수까지 하고서야 입학하는 학생이 많다. 석고 데생과 정물 수채화 실기 훈련을 받는 과정에 연륜이 필요하기 때문이다. 그래서 고1 때부터 미술 수업을 시작하면 3년, 4년, 5년을 여기에 매달린다. 그리고 미술대학에 입학하면 다시 기초부터 소묘를 배운다.

화가가 되고 싶다고 그림 공부를 시작했는데 정작 화가로서 맘껏 상상력을 발휘해볼 자유 창작의 시간을 고학년이 되어야 갖게 되는 것이다. 그 지루한 과정은 어쩌면 장인적 훈련으로 감내해야 하는 것이기도 하다. 그러나 마음 한쪽엔 신나게 그려보고 싶은 예술적 충동을 늘 품고 있는 것이다.

나는 우리 학생들에게 그럴 수 있는 기회를 주고 싶었다. 그때 마침 나는 영남대 박물관장으로 우리 학교가 자랑하는 민속촌도 관리하고 있었다. 영남대 민속촌에는 안동 수몰지구에서 옮겨 온 구계서원도 있고, 50여 칸의 양반집도 있고, 민가 서너 채가 있어 그 입구엔 이 한옥 마을의 자연환경으로 조성된 서너 배미의 논이 있다. 봄이면 언덕에 복사꽃이 피어나고 가을이면 코스모스가 길 가에 만발하여 한때는 미스 경북이 선발되면 으레 한복 입고 와서 촬영하는 명소였고 요즘은 종종 신혼부부가 한복 입고 사진 찍으러 오곤 한다.

나는 동양화과 2학년 한국미술사 중간고사를 치르지 않는 대신 과제물로 3인 1조로 민속촌 논에 세울 허수아비를 만들어 오라고 했다. 그리고 중간고사 기간이 지나고 첫 수업을 강의실이 아니라 민속촌에서 하기로 하였다.

그리하여 구계서원 대청에서 학생들을 기다리는데 우리 학생들이 과제물로 만든 허수아비를 들고 민속촌 논둑길로 들어오는 것이 장관이었다. 합심해서 만든 허수아비를 셋이서 들고 오는 그 행렬이 마치 동학농민군이 집결하는 것만 같았다. 그리고 이를 저마다 자리 잡아 세운 것은 더욱더 장관이었다.

X세대 허수아비 「X세대 허수아비를 보러 오세요」. 영남대 박물관 민속원 농장에 유홍준 교수와 조형학과 학생들이 광년이 등 이색 허수아비 30여개를 들녘에 설치해 눈길을 끌고 있다. 20일·李埰根기자

| 대구 『매일신문』(1999년 10월 20일 자)에 보도된 학생들의 허수아비 |

    우리가 통상 시골에서 보아온 허수아비는 하나도 없었다. 한 작품은 십자가 몸체에 컴퓨터를 마름모꼴로 세워 머리로 삼았는데 해체된 컴퓨터의 테이프가 바람에 휘날리는 모습이었다. 또 하나는 허수아비에게 헌 옷을 입혀 멋진 모델로 성장(盛裝)한 모습이었다. 또 하나는 농기구를 응용해 소쿠리는 얼굴, 키는 치마 입은 몸체, 두 팔은 대빗자루로 만들고, 얼굴은 조 이삭으로 눈, 코, 귀, 입을 표현하였다.

    가히 설치미술의 축제 같았다. 우리 학생들이 그렇게 즐거워하는 모습을 본 적이 없었다. 이것은 큰 볼거리가 되어 학생과 교직원은 물론이고 나중에는 멀리서 구경 오기도 하였다. 학생들의 이 허수아비 작품들은 대구 지역사회에 화제가 되어 대구『매일신문』(1999년 10월 20일 자), 대구 MBC(1999년 10월 8일 자)에서 X세대의 허수아비라고 크게 보도되었다. 그리고 더 멀리 소문이 나서 경기도 평택의 가을 축제에서 열린 허수아비 경연대회에 우리 학생들 작품이 초청되었다.

그래서 이 허수아비들이 평택 축제 현장으로 옮겨 가게 되었는데 한 작품이 문제가 되었다. 농기구를 이용해 만든 허수아비의 얼굴에 눈, 코, 귀, 입으로 붙여놓은 조 이삭들을 참새가 다 쪼아 먹어 이목구비가 없어진 것이었다. 그래서 이를 다시 보완하면서 그 학생 하는 말이 걸작이었다.

"참새들이 허수아비를 허수아비로 보았네요."

내가 받은 미술교육

누구나와 마찬가지로 나도 초등학교, 중학교, 고등학교를 다니면서 학년마다 미술 수업을 받았다. 초등학교 시절엔 크레용과 크레파스, 중학교 때는 수채화 물감, 고등학교 때는 파스텔로도 그렸다. 중고등학교 시절엔 경복궁, 창덕궁으로 가서 풍경화를 그리기도 했다. 미술 수업에 대한 나의 기억은 대개 그런 것이다.

그런데 고등학교 2학년 때 미술 교사는 멋쟁이 추상화가로 당시 국전에서 최고상을 수상하신 김형대 선생님이셨는데 실기보다 이론 수업을 많이 하셨다. 다른 미술 시간엔 스케치북을 펴놓고 그림 그리며 시간을 보내기가 일쑤였는데 선생님은 서양화가 이야기를 많이 해주셨다.

반 고흐의 일생을 이야기할 때면 당시는 시청각 시설이 전무하던 시절이라 말로 그림을 설명해갔는데, 〈별이 빛나는 밤〉에 대해 얘기할 때면 선생님의 두 손이 올라갔다 내려갔다 하며 한참 동안 그림을 설명하던 모습이 잊히지 않는다. 또 칸딘스키가 어느 날 화실에 들어와보니 자기가 그린 적이 없는 멋진 작품이 이젤에 놓여 있는데 알고 보니 자기 작품이 거꾸로 놓여 있는 것이어서 이때부터 추상미술을 하게 되었다는 신기하면서도 재미있는 이야기를 해준 것도 기억에 남는다.

그리고 한번은 숙제로 레코드판 재킷을 만들어 오라는 과제를 내주었다. 당시 우리 집에는 진공관 전축이 있어서 클래식 소품을 즐겨 듣곤 하였기 때문에 나는 정성스럽게 이 숙제를 했다. 쇼팽, 베토벤으로 할까 하다가 잡지에서 서양 귀부인이 멋지게 왈츠를 추는 사진을 보고 그 사진에 요한 스트라우스라고 꼬부랑글씨로 제목을 써넣어 만들었다.

미술 시간에 김형대 선생님은 과제물을 검사하다가 내가 만든 재킷을 높이 치켜들어 학생들에게 보여주면서, 이 왈츠 춤 사진에서 여자의 얼굴에 초점을 맞추기 위해 주변을 흐리게 만든 것은 '포커스인(focus-in)'이라는 카메라 기법이라며, 이로 인해 성공적인 사진이 되었고 레코드판 재킷으로도 훌륭하다며 나는 생각하지도 않은 점을 칭찬해주어 속으로는 민망해하면서 겉으로는 친구들에게 으스댔던 기억이 있다.

종이비행기 수업

나는 중고등학교 미술 선생을 해본 적이 없지만 내 주위 화가 중에는 미술 교사 출신이 많다. 그리고 1980년대 새로운 미술운동이 일어날 때는 삶의 미술, 현실의 미술, 민족미술, 민중미술, 노동미술 등이 시대의 예술적 과제였는데 한편에서는 미술교육에 대해서도 진지한 반성이 있어 미술교육 동아리가 따로 있을 정도였다.

그때 H 중학교 미술 교사로 미술교육 동아리의 한 멤버였던 P는 진짜 좋은 미술 선생이 되겠다고 작심하고 학생들에게 여론조사부터 시작했다. 그동안 받은 미술 수업의 기억이 무어냐고 물으니 죄다 "과제물 안 가져와 혼난 것밖에 없어요"라는 것이었다.

그래서 P는 자신의 미술 시간은 과제물 없이 하겠다며 "모두 눈을 감으세요. 자, 허공에 그림을 그리는 겁니다. 멀리 산이 있어요. 그 아래 마을이 있어요. 마을로 들어가는 길옆에 벼가 익어요. 길 한쪽에 큰 느티나무가 있어요. 마을 가까이 두 사람이 걸어가고 있어요…. 자, 다 그렸으면 눈을 떠요." 하고는 구도를 잡는 법, 물체의 크기가 원근을 나타내는 것, 멀리 있는 사람을 그릴 때 이목구비를 그리면 안 되는 것 등을 설명했다는 것이다.

그리고 다음 시간에 다른 반에 가서도 똑같이 학생들에게 눈을 감고 그림 그리게 했는데 마침 교감 선생님이 순시를 돌다가 이 괴이한 광경을 보고는 나중에 교무실에서 P를 불러 미술 수업은 과제물을 주고 똑바로 하라고 훈시하였다고 한다.

그래도 P는 고집스럽게 자기 식으로 나아가 한번은 공간 체험을 한다고 모두 종이비행기 10장씩 접어 오라고 해서 학교 뒷동산에 올라 하나씩 날리면서 종이비행기가 그리는 선을 잘 따라가며 직선과 곡선, 공간의 깊이를 생각해보라고 했다. 종이비행기가 멀리 갈 때 작게 보이다 한 바퀴 돌아 제자리로 올 때는 다시 크게 보이는 것을 눈으로 확인하라고 했다. 그렇게 종이비행기 공간 체험으로 한 학년 수업을 마치니 이번에는 환경미화 선생님이 그렇게 청소 일감을 만들면 어떡하느냐고 항의했다는 것이다.

그리고 P는 미술 교사를 이내 그만두고 화가로서 일생을 살아가게 되었는데, 세월이 흘러 그 시절 H 중학교 학생들이 졸업 30주년 홈커밍 행사에 담임도 맡지 않은 자신을 초청해 가게 되었다고 한다. 성대한 식이 다 끝난 뒤 기념촬영을 하는데 앞줄에 선생님들이 서고 뒷줄에 학생들이 네 겹으로 둘러싼 다음 사진을 찍을 때 한 학생이 "하나, 둘, 셋!" 하고 외치자 카메라 셔터 누르는 소리가 들리는 동시에 학생들이 일제히 종이비행기를 강당 가득 날렸다고 한다.

제3장 답사 여적(餘滴)

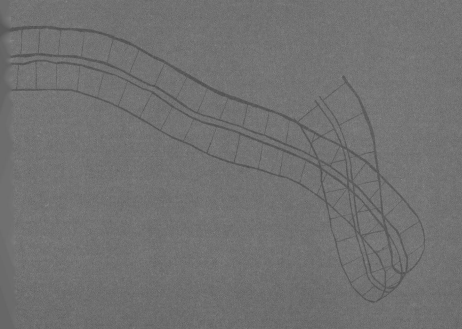

백두산 답사:
"그건 욕망이외다"

2018년 9월 18일부터 20일까지 제3차 남북정상회담이 평양에서 열렸다. 역사적이라고 말할 수밖에 없는 제3차 남북정상회담에 특별수행원으로 다녀온 것은 큰 영광이자 행운이었다. 특별수행원이란 특별한 임무가 주어진 것이 아니라 결혼식으로 치면 들러리이고 노래로 치면 백댄서 같아서 분위기메이커 역할을 할 뿐이다. 가라는 대로 가고, 시키는 대로 할 따름이었으나 이처럼 수동태로 움직인다는 것이 그렇게 행복한 줄 몰랐다. 특히나 휴대폰을 서울공항에 맡겨두고 왔기 때문에 완벽하게 모든 잡사로부터 벗어나는 해방을 누린 2박 3일이었다.

제3차 남북정상회담의 하이라이트는 백두산 천지에서 남과 북의 두 정상이 맞잡은 손을 높이 치켜들었을 때였다. 가슴이 뭉클

| 백두산 천지를 방문한 특별수행원 | 2018년 9월 제3차 남북정상회담 당시 특별수행원으로 북한을 다녀온 것은 큰 영광이자 행운이었다. 함께 간 탁구감독 현정화, 가수 알리, 시인 안도현, 축구감독 차범근 넷이서 나란히 앉아 망연히 백두산 천지를 바라보는 모습이다.

해지면서 나도 모르게 눈물이 고였다. 그날따라 백두산에는 구름한 점 없었고 바람도 불지 않았다. 그때 문화체육계 인사로 함께간 탁구감독 현정화, 가수 알리, 시인 안도현, 축구감독 차범근 넷이서 나란히 앉아 망연히 천지를 바라보는 모습은 가히 방북을 영원히 기념하는 사진으로 삼을 만하였다. 꿈결 같은 여정이었다.

백두산 천지에서 삼지연 비행장으로 내려오는 차에서 곁에 앉은 가수 알리가 삼나무 숲속에 고즈넉이 자리 잡고 있는 베개봉려관 앞을 지나자 감동을 주체하기 힘든 듯 내게 말을 걸어왔다.

"아, 여기서 며칠 묵어갔으면 좋겠네요. 선생님은 백두산 천지가 처음이 아니시지요?"

"이번이 네 번째이네. 근데 알리는 나를 어떻게 알아?"

"왜 몰라요. 중학교 3학년 국어 교과서에 「아름다운 월출산과 남도의 봄」이 실려 있어서 배웠어요. 근데…"

알리는 잠시 말을 멈추었다. 그래서 물었다.

"근데 뭐?"

"사실 저는 돌아가신 옛날 분인 줄 알았어요."

그도 그럴 것이 가수 알리가 교과서에서 내 글을 읽은 것이 20년도 넘었으니까. 우리는 한바탕 크게 웃고 나서 나의 길고 긴 백두산 천지 답사 이야기가 시작되었다.

*

1998년 권영빈 단장이 인솔한 제2차 중앙일보 방북취재단의 일원으로 북한을 답사할 때, 12박 13일 일정 중 마지막 코스로 백두산을 답사하였다. 그때 우리는 황공하게도 평양에서 전세기 편으로 삼지연 비행장까지 날아갔다.

순안공항을 떠나 백두산으로 향한 우리의 비행기가 높이 날아올라 하늘에서 내려다보는 북한 땅의 모습은 온통 산자락으로 이어져 들판이 거의 보이지 않았다. 마치 김정호의 〈대동여지도〉를

3D로 보는 듯하였다. 나는 지리 시간에 배운 대로 동서로 가로지르면 묘향산맥일 것이고 남북으로 내려 뻗으면 낭림산맥이라고 속으로 생각하며 창가에 바짝 붙어 뚫어져라 내려다보았다.

얼마만큼 날아가니 정말로 산줄기가 남북으로 치달리면서 그 너머로 넓은 고원이 나타났다. 낭림산맥 지나 개마고원이 펼쳐지고 있는 것이었다. 하늘에서 내려다본 개마고원은 바늘잎나무들이 천연 원시림을 이루고 있어 뾰족한 나무 끝이 마치 모판에 심어진 벼 포기처럼 빼곡히 이마를 맞대고 있었다. 아, 한반도에 이런 천연의 원시림이 있다니!

만약에 개마고원에 호수가 보이면 그것은 분명 장진강, 부전강, 허천강 수력발전소가 있는 저수지일 것이라며 절대로 놓치지 않으려고 이쪽저쪽 창으로 분주히 옮겨 다녔다. 세 발전소가 생산하는 약 80만 킬로와트의 전력과 수풍발전소의 약 70만 킬로와트의 전력이 8·15 해방 이전 우리나라 전국에 전기를 보급했다고 배웠기 때문에 그것이 보고 싶었다. 그러자 멀리 작은 호수가 보였다. 나는 안내원에게 물었다.

"저기 있는 호수가 장진호입니까?"
"장진호는 아까 지났습니다. 여기는 갑산(甲山)이니 허천(虛川)인가 봅니다. 근데 교수 선생은 어떻게 장진호를 다 압니까?"

안내원은 아마도 1·4 후퇴 때 최대 격전지였던 장진호 전투를 염두에 두고 물은 것 같았다.

"장진호 아래쪽에 황초령 진흥왕순수비가 있잖아요."
"황초령비는 지금은 함흥력사박물관에 있단 말입니다. 교수 선생은 아는 건 많아도 제대로는 모르는 것 같습니다."

나는 결코 질 의사가 없어서 되받아쳤다.

"안내원 동무는 허천이 왜 허천인 줄 압니까?"
"평양 사람인 내가 그걸 어떻게 압니까."
"개마고원은 수원이 얕아 비가 올 때는 내가 흐르지만 평소에는 냇물이 없어서 빌 허(虛) 자, 내 천(川) 자, 허천이라고 합니다. 순우리말로 '빈 내'입니다. 남쪽에서는 이런 경우 '마른 내'라고 해서 마를 건(乾) 자, 건천이라 합니다."
"야, 교수 선생은 이미 북한 답사기를 다 써놓고 이제사 구경 왔구나!"

옛날에 백두산으로 오르는 길은 갑산과 삼수를 거쳐 혜산에서 올라가는 길이 정코스였다. 그 삼수와 갑산은 백두산 자락의 첩첩산골이어서 삼수갑산으로 귀양살이 떠나는 유배객들이 하염없이 눈물을 흘렸던 곳이다. 바둑에서는 절박한 상황에서 결단을 내릴 때면 '삼수갑산을 가더라도 끊고 본다'라고도 한다.

이윽고 우리의 비행기가 삼지연 비행장에 도착하였다. 삼지연은 해발 약 1,400미터의 평평한 고원지대에 있어 7월인데도 서늘했다. 안내원에게 물었다.

"백두산에도 사계절이 있습니까?"
"있지요. 봄에 풀이 나서 여름에 꽃을 피우고 가을에 시들고 겨울에 눈이 쌓이니 사계절이 분명한 것이지요."
"언제가 봄인가요?"
"백두산엔 9월이면 눈이 내려 이듬해 5월까지 눈으로 덮여 있습니다. 눈이 덮여 있는 건 겨울 아니겠습니까. 그러니까 6, 7, 8월 3개월 안에 봄, 여름, 가을이 다 있습니다. 지금은 7월이니까 여름입니다."

삼지연은 이름 그대로 세 개의 호수가 나란히 붙어 있으며 가장 큰 호수에는 작은 섬이 있어 엷은 시정을 자아낸다. 안내원은 우리를 항일 빨치산 전적비로 안내한 다음, 해 지기 전에 천지까지 빨리 올라가야 한다며 서둘러 자동차에 오르게 했다. 삼지연에서 천지까지는 찻길로 약 40킬로미터, 한 시간 안쪽에 도착할 수 있다고 한다.

백두산으로 오르는 길은 사뭇 비스듬한 비탈길이었다. 길 좌우로는 바늘잎나무들이 빽빽이 들어차 있다. 마치 원시림 사이를 뚫고 지나가는 듯했다. 저 나무가 무슨 나무냐고 묻자 안내원 대신

| 백두산 오르는 길 | 길 좌우로 빽빽이 들어차 있는 나무가 무어냐고 묻자 북한의 운전사가 이깔나무라고 알려주었다.

운전사가 대답했다.

"삼지연 입구는 전나무이고 지금 이쪽은 이깔나무(잎갈나무), 저쪽은 가문비나무입니다."

"낙엽 지는 나무는 없습니까?"

"많습니다. 안쪽으로 들어가면 자작나무도 있고 사스래나무도 있습니다."

"짐승도 많습니까?"

"사슴, 토끼, 담비, 사향노루가 있습니다. 그리고 멧닭이라고 아

| 백두산 장군봉 가는 길 | 이깔나무들이 한쪽으로만 가지를 뻗치고 세찬 바람에 흔들리고 있다. 여기를 지나고 나면 나무는 없고 들꽃이 떼판으로 피어나는 산자락이 펼쳐진다.

섭니까. 산닭 말입니다. 이게 우리 천연기념물이란 말입니다.”

　“아! 저 숲속으로 한번 들어가보고 싶군요.”

　“저 안에 들어갔다간 5분도 못 되어 제격 길을 잃어버리고 맙니다.”

　그렇게 한참을 달려가는데 갑자기 풍광이 바뀌어 이깔나무들이 한쪽으로만 가지를 뻗치고 세찬 바람에 흔들리고 있다. 나무도 듬성듬성하여 안쪽이 훤히 들여다보인다. 조만간 고산지대가 나올 기세다.

| **백두산 장군봉 가는 길** | 백두산 정상 장군봉을 앞에 두고는 나무 한 그루 없이 찻길만 선명하게 나 있다.

삼지연에서 천지까지 가는 동안 풍광은 크게 네 번 바뀌었다. 처음에는 바늘잎나무 숲, 두 번째는 듬성듬성 바람에 시달리는 나무들, 세 번째는 온통 감자밭을 이루는 넓은 고원이 펼쳐진다. 그러다 들꽃이 낮게 깔린 산자락이 이어지다가 이내 백두산 준봉들이 홀연히 나타난다. 내 느낌에 10분마다 풍광이 바뀐 것 같았다.

처음에는 장중하고 느린 선율의 그레고리오 성가를 눈으로 보는 듯했다. 그러다 바람에 휘날리는 나무와 들꽃의 처연한 아름다움에서는 바흐의 칸타타를 듣는 기분이었다. 그리고 마침내 해발 2,750미터, 백두산 상상봉(장군봉)을 곁에 두고 400미터 발아래로

| 백두산 천지 | 상상봉(장군봉)을 곁에 두고 400미터 발아래로 펼쳐지는 천지를 내려다보는 환상적인 풍광. 그것은 음악으로 치면 여지없는 베토벤의 영웅 교향곡이었고 환희의 합창이었다.

펼쳐지는 천지를 내려다보는 환상적인 풍광이 펼쳐진 순간, 그것은 여지없는 베토벤의 영웅 교향곡이었고 환희의 합창이었다.

 그날 우리는 천우신조로 밝은 태양 아래 들꽃이 만발한 천지를 한없이 만끽했다. 안내원도 이렇게 좋은 날은 몇 년 만이라며 남쪽에서 손님 온 것을 천지도 환영하는 것 같다고 했다.

 천지에서 내려온 우리는 삼지연 마을 가까이 숲속에 자리 잡은 베개봉려관에 묵어갔다. 저녁 식단은 이 지방의 특산물로 차려졌다. 천지에서 잡은 산천어구이와 백두산 들쭉술, 그리고 감자구이가 나왔다. 특히 감자는 이곳의 특산 중 특산이었다.

| **베개봉려관** | 삼지연 마을 가까이 숲속에 자리 잡은 베개봉려관에서는 천지에서 잡은 산천어구이와 백두산 들쭉술, 감자구이 등 이 지방의 특산물로 차린 저녁 식사가 나왔다.

북한은 행정구역을 개편하면서 삼수, 갑산, 혜산, 개마고원, 삼지연에 이르는 지역을 양강도라고 부른다. 양강도 감자는 크기가 갓난애 머리만 하고 벌방지대 감자와 달리 전분이 많아서 달다. 이곳에서 감자는 부식이 아니라 주식이다. 5월 단오 때부터 햇감자로 밥을 짓는데 보리쌀과 땅콩을 약간 섞은 감자밥은 대단히 향기롭고 싱그러운 맛을 내며 소화도 잘된단다.

양강도 감자 중 백두산 감자는 첫서리를 맞고 9월에 캐기 때문에 '언감자'라고 한다. 그날 우리 저녁상에 나온 것은 가장 인기 있다는 언감자농마국수였다. 언감자로 뽑아낸 국수 오리가 쇠심

줄처럼 질기면서 오들오들 씹히는 맛이 아주 고소했다. 꾸미로는 쇠고기와 닭고기를 섞어 썼고 국물은 콩깨국이었다.

접대원이 다가와 우리가 감자요리를 맛있게 먹는 것을 흐뭇하게 바라보고 있었다. 내가 이틀 묵어가는 동안 이 집 감자요리를 다 먹고 가게 해달라고 했다. 그러자 접대원은 가당치 않다는 표정을 지으며 이렇게 대답했다.

"그건 욕망이외다."
"욕망이라니요?"
"우리 식당엔 감자요리가 여든두 가지 있습니다. 감자찰떡, 감자묵, 언감자지짐, 농마지짐, 막가리지짐, 막가리국수, 오그랑죽…"

그때 나는 욕망이라는 단어가 그토록 강력하다는 걸 처음 알았다. 아! 삼지연 배개봉려관에 다시 가고 싶다. 가서 여든두 가지 감자요리를 다 맛보고 싶다는 욕망을 채우고 싶다. 그때는 삼수갑산의 허천도 보고, 황초령과 마운령의 진흥왕순수비도 답사하고, 일본에서 찾아다 길주에 복원한 북관대첩비도 보고 싶다. 이것이 정녕 '욕망'이 아니길 바라는 기도하는 마음이다.

중국 답사 서설:
인인유책(人人有責), 사람마다 책임 있다

　전통적으로 중국이라는 나라는 동아시아의 문명을 주도한 강대국이었다. 그 기간이 줄여 잡아도 2천 년은 된다. 그런 중국이 1966년부터 근 10년간 문화대혁명이라는 상상할 수 없는 문명 파괴를 자행하면서 거대한 후진국으로 전락하였다. 그 기간에 우리나라는 근대화, 산업화로 높은 경제성장을 이루어갔다. 우리나라가 가발, 신발, 의류, 피혁 등 수출산업에서 호황을 누릴 수 있었던 것은 중국이 죽의 장막을 둘러치고 바깥 세계와 접촉하지 않은 덕분이기도 하다.

　잠자던 중국이 다시 잠을 깬 것은 1976년 마오쩌둥(毛澤東)이 사망하고 덩샤오핑(鄧小平)이 등장하여 마침내 시장경제를 받아들이는 실용주의 노선을 취하고부터다. 덩샤오핑은 '흰 고양이

든 검은 고양이든 쥐만 잡으면 된다'며 백묘흑묘론을 폈다. 이어 80년대에는 개혁개방을 추진하며 문호를 활짝 열면서 "들어오는 파리 모기는 때려잡으면 된다"면서 더욱 박차를 가했다. 그리고 90년대에 이르러서는 새롭게 한중 수교가 이루어졌다.

그렇게 우리 앞에 다시 나타난 중국은 그 옛날의 대국이 아니었다. "1억 명을 부자로 만들어 그들이 나머지 10억 명을 먹여 살리겠다"는 비장한 비전만 갖고 있던 때였다. 90년대만 해도 그들은 한 강의 기적을 부러움으로 바라보며 열심히 우리나라를 본받고 있었다. 그 무렵 중국에 답사 갔다가 한 아파트 건설 현장에 '한국식 최신 공법 시공'이라는 현수막을 보고 만감이 교차한 적이 있다.

그렇다고 중국이 대국으로서의 존엄까지 포기하고 자본 만능으로만 치달은 것은 아니었다. 중국중앙텔레비전(CCTV)이 야심작으로 방영한 다큐멘터리 「대국굴기(大國崛起)」를 보면 경제적·문화적 부흥을 향한 그들의 결연한 의지를 여실히 엿볼 수 있다.

내가 중국을 답사하면서 감동받은 것은 만리장성이나 자금성 같은 장대한 문화유산보다도 대국다운 그네들의 대범한 마음 씀씀이였다. 천안문 광장에 여전히 마오쩌둥의 초상이 걸려 있는 것부터 그러했다.

10년간의 끔찍스러운 문화대혁명으로 나라를 망조로 만든 마오쩌둥이 죽고 사인방(四人幇, 문화대혁명 기간 동안에 무소불위의 권력을 휘둘렀던 4명의 중국 공산당 지도자)도 마침내 처단되었을 때 마오쩌둥에 대한 격하 움직임이 일어난 것은 당연한 일이었다. 그러나 이때 새 지도자로 등장한 덩샤오핑은 공칠과삼(功七過三)론을 폈다. 마오쩌둥이 중국 현대사에 미친 '공로가 7이고 과오가 3이며 마오의 과오에는 나의 과오도 들어 있다'며 끌어안고 갔다. 참으로 대륙적이고 대인다운 포용력이었다.

중국은 2천 년간 동아시아 문화를 주도해온 역사적 경험 속에서 이런 대국적인 너그러움을 키워 간직해왔다. 1955년 인도네시아 반둥에서 아시아·아프리카회의가 열렸을 때 제3세계 나라들은 모두 식민지 피해를 입었지만 국가마다 사회체제를 달리하여 입장 차이가 있었다. 이때 저우언라이(周恩來) 총리는 구동존이(求同存異)를 제시하였다. '같은 것은 함께 추구하고 다른 것은 다름으로 남겨두자'는 것이었다. 한중 자유무역협정 협상 때 시진핑 주석이 제시한 기조도 이 '구동존이'였다.

중국은 국가 조직의 틀도 견실한 나라다. 특히 의전에서는 여전히 대국다운 예의와 존엄이 있었다. 2005년 문화재청장 시절 나는 중국 국가문물국 초청으로 북경(北京, 베이징)을 방문한 적이 있었다. 당시 중국은 2008년 북경올림픽을 앞두고 국가박물관의 대규모 기획전을 준비하고 있었는데 내가 '한·중·일 국보 300점' 특별전을 북경에서 열고 이후 파리, 런던, 뉴욕을 거쳐 도쿄와 서울에서 여는 순회전을 제안하여 업무 협의차 방문하게 된 것이었다. 내가 이 기획전을 제안한 데는 국제적으로 한국의 문화유산이 중국은 물론 일본보다 상대적으로 빈약한 것으로 인식되어 있어 이참에 우리 문화유산의 진수를 보여주자는 속셈이 있었고, 중국은 올림픽이라는 국제행사에 걸맞은 기획이라고 긍정적으로 받아들였다. 그러나 이 특별전은 일본의 사실상 거부로 성사되지 못했다. 일본은 이런저런 이유로 거부했지만 내심 자기 나라가 손해라는 생각이 있었던 것 같다. 이 프로젝트는 언젠가 실현해보고 싶은 환상적인 전시 기획이다.

그때 중국이 외국에서 온 손님을 맞이하는 방식에 놀라고 말았다. 5박 6일간 북경, 서안(西安, 시안), 남경(南京, 난징)을 방문하는 나의 일정이 분 단위로 짜여 있었고, 유적지, 연구소, 박물관을 방문할 때의 동선과 배석자의 명단이 정해져 있음은 물론이며 유물 해설사까지 미리 선발되어 있었다.

나와 엿새간 동행한 안내인은 문물연구소 부소장이었다. 방문하는 도시에선 시장 또는 시인민위원회 위원장이 반드시 오찬이나 만찬에 초대하였다. 서안으로 가면서 내가 안내인에게 현장법사의 대안탑을 방문하게 되면 저수량(褚遂良, 중국 당나라 초기의 서예가)의 비문 탁본을 구할 수 있냐고 묻자 서안 시장이 내게 줄 선물이 바로 그것으로 알고 있다고 했다. 준비해 간 내 선물이 부끄럽기만 했다.

모든 게 상상 밖이었다. 만약에 내가 중국에서 온 손님을 이런 식으로 대접했다면 사대주의적 태도라고 맹비난을 받았을 것이었다. 그러나 이런 것이 이른바 의전이라는 것이었다. 조선시대 사신들도 똑같은 경험을 했었다. 개인 대 개인으로 만나면 하등 꿀릴 게 없는데 의전을 갖추고 국가 대 국가로 상대하고 나오면

주눅이 들게 하는 것이었다. 조선시대 사신들이 그래도 자존심을 세울 수 있었던 것은 학식과 시문이었다.

나 역시 그들의 의전에 기죽고 싶지 않았다. 그래서 대화를 할 때면 내가 잘 아는 미술사 얘기로 화제를 이끌면서 친선적 분위기를 유도했다. 북경에선 부시장이 초청한 만찬이 있었다. 안내인이 나를 소개하며 유명한 저술가라고 하자 부시장은 나에게 "유 청장님, 북경을 위해 좋은 글 하나 써주십시오"라며 방명록을 내놓았다. 나는 그들 기분 좋으라고 최대의 찬사를 적었다. "북경이 중국이다(北京是中國)." 이에 힘찬 박수를 받으며 만찬을 마쳤다.

다음 날 서안에서는 시장이 마련한 오찬이 있었다. 안내인은 덕담을 한답시고 내가 "북경이 중국이다"라는 명구를 남겼다고 치켜세웠다. 그러자 시장은 서안을 위해서도 한마디 써달라며 방명록을 내놓았다. 무어라 쓸까, 가만히 생각해보니 진나라, 한나라, 당나라의 수도가 서안이 아닌가. 나는 자신 있게 써 내려갔다. "서안이 있어서 중국이 있다(西安有 中國有)."

남경에서는 시인민위원장이 마련한 만찬이 있었고 안내인은 칭찬이랍시고 북경과 서안에서 내가 방명록에 쓴 글을 얘기했다. 그러자 위원장은 남경을 위해서도 한마디 남겨달라는 것이었다. 남경은 남북조시대 때 여섯 나라의 수도였던 '육조고도'이고 신해혁명 후 쑨원(孫文)이 중화민국 임시정부 수도로 삼은 곳이다. 그래서 나는 이렇게 적었다. "남경이 일어날 때, 중국이 일어났다(南京興 中國興)."

귀국길에 오르는데 그동안 안내를 맡았던 연구소 부소장이 자기 고향인 상해(上海, 상하이)를 위해서도 한마디 써달라고 했다. 나는 서세동점 시절 어지러웠던 상해를 생각하며 한 문장 적어주었다. "상해가 흔들리면 중국이 흔들린다(上海搖 中國搖)."

　귀국 후 나는 중국의 의전에 대해서 곰곰이 생각해보았다. 그것은 오랜 기간 주변의 55개 민족들과 외교 관계를 맺어온 역사적 경험에서 나온 형식이었던 것이다. 우리의 의전과 비교해보면 마치 대대로 봉제사 접빈객을 오랫동안 해온 양반집과 어느 졸부집의 손님맞이 차이 같다고나 할까.

　오늘날 중국은 마침내 세계 제2의 경제대국으로 올라섰다. 그들이 원한 대로 대국으로 굴기한 것이다. 이렇게 되자 중국은 걸음걸이도 말하는 폼도 전과 같지 않게 되었다. 미사일 배치 문제를 놓고 미국에 강력한 견제구를 던지기도 하고, 과거사 문제를 놓고 일본을 준엄하게 꾸짖기도 한다. 남북한 양쪽 모두에 친선적 제스처를 보여주면서도 적당한 거리를 두는 능숙한 외교술도 보여준다.

　이제 중국은 다시 강대국으로 돌아온 것이다. 그러면 우리의 위상은 어떻게 되나. 그 옛날의 한중 관계로 되돌아갈 것인가. 아니다. 당당히 말하건대 우리도 만만치 않은 존재감이 있다. 지난 반세기 대한민국의 성취는 중국이 더 잘 알고 있다. 수많은 우리 기업들이 중국에 현지 공장을 갖고 있고 한류도 깊숙이 흘러들어가 있다.

| 소방안전 인인유책, 삼림방화 인인유책 | 중국 사람들이 입에 붙이고 사는 '인인유책'은 '사람마다 책임 있다'는 뜻으로 그들에게 특히 본받고 싶은 표어이다.

 중국은 우리와 함께 동아시아 문화를 주도해나가는 동반자일 뿐이다. 우리는 이런 자세로 당당히 나아가야 한다. 나라 밖을 바라보면 상황이 이처럼 중차대한데 작금의 우리 정치는 정파적 이해에 얽매여 있고, 사회는 진보 보수로 편을 가르는 부질없는 분열에 휩싸여 있는 것이 너무도 안타깝다. 이제 우리는 두 눈을 멀리 내다보며 나라를 위해 지혜와 힘을 모아야 한다. 그것이 골수병에 가까운 우리 사회의 갈등을 치유하는 유력한 처방전이다.

 내가 중국을 답사하면서 배우고 싶은 것은 무엇보다도 공칠과 삼, 구동존이 같은 마음 자세이다. 특히 그들이 입에 붙이고 사는

'인인유책(人人有責)', 즉 '사람마다 책임 있다'는 표어는 차라리 감동적이다.

'거리 청결 인인유책'
'문화재 보호 인인유책'
'문명 창달 인인유책'

이에 나도 하나 덧붙여본다. 국가와 민족의 장래에 대해서도 사람마다 책임 있다.

'민족 장래 인인유책'
'문화 창달 인인유책'

북경의 유리창:
"그런 안경 어디 가면 사나요"

한 나라의 원수가 외국을 국빈 방문할 때 대개 국립묘지를 먼저 참배한다. 그리고 그다음에 찾아가는 곳은 자기 나라와 연관된 상징적 공간이다. 예를 들어 1984년 고르바초프가 영국을 방문하였을 때 찾아간 곳은 마르크스가 『자본론』(1867~1894)을 집필한 영국도서관이었다. 소비에트사회주의공화국연방의 해체를 앞둔 소련의 입장에서 그네들의 자존심과 정체성을 보여주는 '신의 한수'였다고 평가되고 있다.

또 한 나라를 찾아온 외국 원수의 강연에는 양국 현안에 대한 속뜻이 은연중 들어 있다. 2014년 7월 시진핑(習近平) 중국 국가주석이 우리나라를 방문하였을 때, 서울대학교 강연에서 뜻밖에도 정유재란 때 이순신 장군과 함께 노량해전에서 싸운 명나라 장수

진린(陳璘) 제독의 후손들이 한국에 살고 있다며 역사적 친근감을 표시하여 많은 사람을 놀라게 하였다.

2017년 12월 15일 문재인 대통령이 중국을 방문하였을 때, 북경대학교 연설에서 『삼국지연의』의 관우는 충의와 의리의 상징으로 서울의 동묘를 비롯해 여러 지방에 관제묘가 설치되어 있고, 완도군에서는 조선의 이순신 장군과 명나라 진린 장군을 함께 기리는 사업을 전개하고 있다는 사실을 언급하였다. 이는 2014년 시진핑 주석이 서울대학교 강연에서 진린 제독의 후손들이 한국에 살고 있다고 한 것에 대한 화답이었다.

이날 문재인 대통령과 김정숙 여사는 북경의 유리창(琉璃廠) 전통문화 거리를 방문하였다. 천안문 광장 남서쪽에 위치한 유리창은 서울의 인사동과 비슷한 곳인데 고서적, 골동품, 서화 작품, 문방사우 상가들이 모여 있는 문화예술의 거리로 조선시대 문화교류의 상징적 공간이다.

유리창은 13세기 원나라 때 유리기와를 굽던 황실 가마를 설치한 곳으로, 17세기 청나라 때로 들어서면서 가마는 폐쇄되고 그 대신 서점가가 형성되었다. 18세기 '사고전서(四庫全書)' 편찬 작업이 진행될 때여서 전국 각지에서 엄청난 양의 고서들이 유리창에 몰려들어 성시를 이루었다. 조선의 실학자 담헌 홍대용이 연경(베이징)을 방문할 때, 유리창에서 엄성(嚴誠), 반정균(潘庭筠) 등 중국 학자들과 '천애지기(天涯知己)'를 맺었던 것이 청나라와의 긴밀한 문화교류를 이루는 계기가 되었다. '천애지기'는 아득히

| **북경의 유리창 거리** | 천안문 광장 남서쪽에 위치한 유리창은 고서적, 골동품 상가들이 모여 있는 문화예술의 거리로, 조선의 실학자와 중국의 학자들이 맺은 '천애지기'의 사연이 서린 곳이다.

떨어져 있지만 서로의 마음을 알아주는 각별한 친구라는 뜻으로 이는 중국 학자 엄성이 홍대용에게 보낸 글에 나오는 구절이다.

홍대용이 연경에 간 것은 그의 나이 35세 때였다. 동지사(冬至使, 조선시대에 동지 절기에 파견된 외교사절)의 서장관(書狀官, 외국에 가는 사신 중 고위직 관료)이었던 숙부 홍억의 자제군관 자격이었다. 자제군관은 사신의 아들, 동생, 조카 중 한 사람에게 수행원으로 가서 견문을 넓힐 기회를 준 제도다. 그래서 자제군관은 자유로이 학자와 예술가를 만나 교류할 수 있었다. 북학파의 연암 박지원, 추사 김정희도 자제군관 자격으로 연경에 다녀왔던 것이다.

홍대용은 지동설을 믿을 정도로 천문학에 조예가 깊었고 연경에 거문고를 어깨에 메고 갈 정도로 음악광이었다. 홍대용은 연경에 도착하자마자 마테오 리치(Matteo Ricci)가 세운 천주교회당을 방문하여 독일인 신부를 만나 서양 천문과 달력 만드는 법에 관해 물음을 던졌다. 그리고 천주교회당에서 파이프오르간을 보고는 그 구조를 자세히 물어 파악한 다음, 자신이 한번 연주해보겠다고 풍류 한 곡조를 대충 연주하고 나서 독일인 신부에게 "이것이 조선의 음악이랍니다"라고 말했다고 한다.

이처럼 왕성한 지식욕과 호기심을 갖고 있던 홍대용은 연경에서 운명적으로 엄성이라는 중국 학자와 만나게 되었다. 홍대용과 함께 갔던 이기성이라는 무관이 안경을 사러 유리창의 한 만물상을 찾아갔는데, 마침 가게 안으로 들어오던 멋쟁이 차림의 두 신사가 모두 좋은 안경을 끼고 있어서 불쑥 "저는 조선에서 왔습니다. 지금 안경을 사려고 하는데 시중엔 진품이 없으니 원컨대 귀하가 끼고 있는 안경을 살 수 없습니까?"라고 물었다. 그러자 그 신사는 자초지종을 묻더니 "그렇다면 그냥 드리겠습니다" 하고는 끼고 있던 안경을 벗어주었다.

이기성은 엉겁결에 안경을 받아 들고 사례하고자 했으나 그들은 한사코 뿌리치고 주소를 묻자 "우리는 절강성 항주에서 온 과거 응시생으로 성 남쪽 아무 여관에 기거하고 있소"라고 했다. 이들이 바로 엄성과 반정균이었다. 반정균은 훗날 큰 학자가 되어 규장각 사검서(四檢書, 규장각의 검서관 네 사람: 이덕무, 유득공, 서이수, 박제가)의 시집인 『사가시집(四家詩集)』의 서문을 쓴 분이다.

이기성은 숙소로 돌아와 홍대용에게 예의에 벗어나지 않게 처리할 수 있도록 그들을 같이 만나줄 것을 청했다. 그리하여 이틀 뒤 홍대용은 엄성과 반정균을 찾아갔다. 이것이 천애지기의 시작이었다. 엄성은 홍대용과 동갑으로 35세였고 반정균은 25세였다. 이들은 나이와 국적을 잊고 시와 학문을 깊이 있게 나누었다. 2월한 달 동안 일곱 번이나 만났고 만나지 못한 날은 편지를 주고받았다고 한다. 홍대용은 그때의 만남을 "한두 번 만나자 곧 옛 친구를 만난 듯이 마음이 기울고 창자를 쏟아 형님 동생 하였다"라고할 정도였다.

한 달 뒤 홍대용은 귀국하였고, 엄성은 홍대용이 "군자가 자신을 드러내는 것과 감추는 것은 때에 따른다"라고 한 말에 크게 깨달은 바가 있어 고향을 향해 남쪽으로 떠났다. 그러나 도중에 갑자기 학질에 걸려 앓아누웠다. 병석에서 엄성은 홍대용에게 받은 글을 가슴에 얹고 그리워하다가 선물로 받은 조선 먹의 향기를 맡으며 숨을 거두었다.

그의 형인 엄과는 동생의 이런 임종 장면을 자세히 적어 수천리 떨어진 연경의 반정균을 경유하여 서울의 홍대용에게 보냈다. 뜻밖의 비보를 접한 홍대용은 놀라움과 슬픔을 이기지 못하여 통곡을 하고는 피눈물을 흘리며 애도의 글을 써서 엄성의 영혼을 애도하였다.

홍대용은 이 애사를 중국 친구에게 부탁하여 8천 리 밖에 있는 엄성의 유족에게 보냈는데 공교롭게도 이 편지가 도착한 날이 엄성의 대상(大祥) 날이었다. 형 엄과가 강남의 학자들 앞에서 홍대용의 애사를 낭독하니 이를 듣고 감동하지 않는 사람이 없었고 앞다투어 홍대용과 엄성의 교우를 칭송하는 시를 지었다. 이 사실은 점점 중국에 퍼져 아름다운 우정 이야기로 인구에 회자되었고 우리 사신들이 연경에 가면 중국 학자들은 이 이야기를 하며 옷소매를 적셨다고 한다.

| 〈홍대용 초상〉 | 강남의 학자 엄성이 연경에 온 홍대용을 그린 것이다.

고국에 돌아온 홍대용은 연경에서의 일을 쓴 『을병연행록(乙丙燕行錄)』과 엄성, 반정균 등과 필담한 것을 모은 『회우록(會友錄)』을 저술하였다. 이 저서들은 신진 학자들에게 대단한 감동과 충격을 주었다. 박제가는 "밥 먹던 숟가락질을 잊기도 했고, 먹던 밥알이 튀어나오도록" 흥미로웠다고 했다. 이덕무는 『회우록』을 읽고서 「천애지기서(天涯知己書)」라는 글을 지었다.

홍대용의 연행 이후 13년이 지난 1778년엔 이덕무와 박제가가 연경에 갔고, 2년 뒤인 1780년엔 연암 박지원이 다녀와 『열하일기』를 저술했다. 10년 뒤 박제가는 유득공과 함께 다시 연경에 갔고, 박제가의 제4차 연행은 1801년에 있었다. 그리고 그의 제자인 추사 김정희가 연경에 간 것은 1809년이었다. 이것이 조선 후기 북학파의 연행 일지다.

우리 학자들이 연경에 가면 으레 유리창에 가서 책을 구하고 학예인을 만났다. 각 서점의 서가에는 선반에 책 내용을 표시한 꼭지가 달린 표갑이 수만 권씩 있었다고 한다. 우리 학자들이 자주 간 단골 서점은 서문 가까이 있던 '오류거(五柳居)'로 서점 주인 도정상은 조선 학자들에게 아주 많은 도움을 주었다고 한다. 그래서 한중 문화교류에 크게 기여한 그의 이름을 잊어서는 안 된다는 말이 나올 정도였다. 오늘날 유리창은 많이 변질되었지만 1672년에 문을 연 이래 300년 넘게 이어져오는 문방사우 상점인 영보재(榮寶齋)가 그 옛날을 증언하고 있다.

사실 문 대통령 내외가 여기에 들러 작품을 구경하고 차를 마신 것은 당시 고고도미사일방어체계, 일명 '사드(THAAD)' 배치로 중국과의 친선적 우호관계가 한창 어긋나고 있던 때여서 한중 문화교류사의 '천애지기'를 환기시키기 위함이었던 것이다.

일본 답사 후기:
"머리부터 꼬리까지 앙꼬"

　내가 『나의 문화유산답사기』 일본 편을 다섯 권으로 펴내자 일본이 전공도 아니면서 어떻게 쓰게 되었냐고 묻는 분이 있었다. 사실 일본에 대한 나의 전문성이란 문화유산에 국한된 것이다. 내가 일본 답사기를 쓴 것은 일본을 잘 알아서가 아니라 나부터 일본을 너무 모르는 것에 대한 반성에서 시작한 것이었다.

　우리가 중고등교육을 받는 과정에서 일본의 역사와 문화에 대하여 배우는 것은 거의 없다. 솔직히 말해서 개개인의 일본에 대한 상식은 각자의 관심 정도에 따라 개별적으로 알고 느끼는 정도라고 해도 과언이 아니다.

　다만 모두가 분명히 알고 있는 것은 두 가지다. 하나는 우리가 근대로 들어설 때 35년간 일제의 식민지 지배를 받았다는 사실이다. 식민통치 기간의 가혹한 폭정과 수탈, 징병, 징용, 위안부 등의 피해는 좀처럼 지워지지 않는 역사적 상처로 남아 있다. 이에 대해 일본은 미적지근하게 사과할 뿐 화끈하고 명확하게 사과하지 않았다고 생각하고 있다.

또 하나는 일본의 고대사회는 한반도의 영향을 받아 이루어졌다는 사실이다. 쌀농사, 철기문화, 문자, 불교, 도자기 등이 모두 한반도에서 전해진 것이다. 그래서 일본의 고대 문명은 '죄다 우리가 해준 것'이라는 생각이 널리 퍼져 있다. 그런 일본에게 식민지 지배를 받았다는 것이 억울하기만 한데 일본 극우들이 이 엄연한 역사적 사실을 왜곡하고 부정하는 모습을 보이면 화가 나는 것이다.

그런 일본이기 때문에 그들이 한때는 세계 2위를 차지했던 경제 대국이고, 노벨상 수상자가 25명에 달하는 문명국이며, 유럽의 유수한 박물관들이 중국문화실 못지않은 일본문화실을 갖출 정도로 일본이 세계인으로부터 존경을 받아도 한국인들은 전혀 인정할 마음이 없다.

이런 한일 정서는 열등의식으로 인해 서로를 왜곡하고 있는 것이다. 단적으로 이렇게 말할 수 있다.

"일본은 고대사 콤플렉스 때문에 역사를 왜곡하고, 한국은 근대사 콤플렉스 때문에 일본을 무시하고 있다."

나는 이 콤플렉스로 인한 색안경을 벗어던지고 있는 그대로의 일본을 이야기하고 싶었다. 역사는 유물을 낳고 유물은 역사를 증언한다. 그래서 2,300년 전 한반도로부터 쌀농사가 전해진 규슈 답사기는 '빛은 한반도로부터', 한반도에서 건너간 도래인들이 고대국가로 나아가는 길을 인도한 아스카·나라 답사기는 '아스카 들판에 백제꽃이 피었습니다', 불교 사찰과 정원에서 일본문화의 진수를 보여준 교토 답사기는 '일본미의 해답을 찾아서'라는 부제를 달고 '그들에겐 내력이 있고 우리에겐 사연이 있다'는 것을 말하였다.

일본의 문화가 한반도의 영향 하에 발전한 것은 사실이지만 그것을 소화하여 이룩한 문화의 내용은 일본의 특질이다. '죄다 우리가 가르쳐준 것'이 아니다. 우리가 중국의 영향을 받아 우리 문화를 성숙시킨 것과 마찬가지다. 이는 마치 이탈리아의 르네상스가 독일과 네덜란드로 퍼져 유럽의 르네상스 문화로 된 것과 마찬가지다. 그리하여 동아시아의 문화는 중국, 한국, 일본이 주요 구성원이 되어 유럽의 문명과 맞상대하고 있는 것이다.

일본 답사기에서 나는 한국과 일본, 두 문화를 계속 비교하였다. 대표적인 예로 일본의 정원과 우리나라 정원은 너무도 다르다. 일본은 나무를 일일이 가위질하며 인공미를 극대화하고 한국은 자연미를 더 존중한다.

대구 산격동에 사는 한 사업가는 일본과의 거래가 많아 아래 윗집에 한국식 정원과 일본식 정원을 꾸며놓고 손님을 맞이하고 있다기에 한번 이 댁을 답사해보았다. 주인에게 정원 만들 때 얘기를 들어보니 두 나라 정원사는 돌 다루는 자세부터 확연히 다르더라는 것이다. 정원에 돌 10개를 깔아놓는다면 일본 정원사는 9개를 반듯이 놓고 나서 1개를 약간 비스듬히 틀어놓으려고 궁리하는데, 한국 정원사는 9개는 아무렇게 놓고 나서 1개를 반듯하게 놓으려고 애쓰더라는 것이다. 일본은 인공미, 한국은 자연미를 그렇게 구현하는 것이다.

일본과 우리는 같은 문화권에 있으면서 이렇게 다르다. 한일 두 나라가 이룩한 각자의 문화적 결실은 중국의 그것과 함께 동아시아 문화의 내용을 이룬다. 그 다양한 문화적 성취는 동아시아의 세계적 위상을 그만큼 더 높여주는 것이다.

일본에는 있고 우리에겐 없는 것, 또는 일본에선 강한데 우리나라에서 약한 것도 많이 보인다. 문화유산의 입장에서 내가 본 일본의 가장 큰 장점 중 하나는 장인정신과 직업윤리 의식이다. 이 전통의 뿌리는 아주 깊고 오랜 것이다. 1,200년 전, 헤이안 시대에 천태종을 일으킨 승려 사이초(最澄)가 세운 절 엔랴쿠지(延曆寺)에는 그가 말한 경구가 큰 비석에 이렇게 새겨져 있다.

"조천일우 차즉국보(照千一隅 此則國寶)." 천 가지 중 오직 하나를 잘하면 그것이 국보라는 뜻이다. 한 가지 일에 충실하면 그것이 인생의 보람이고, 사회로부터 인정받고 나라에 기여하는 길이라는 신념을 말해주는 표어다. 그런 정신에서 일본은 장인을 존중하는 사회로 성장했고 직업윤리 의식이 형성되었다.

| **조천일우 차즉국보** | 1,200년 전 헤이안 시대의 승려 사이초가 말한 '조천일우 차즉국보'가 비석에 새겨져 있다. 천 가지 중 오직 하나를 잘하면 그것이 국보라는 뜻이다.

그래서 일본엔 대대로 가업을 이어가는 오래된 점포가 많다. 이를 일본에선 노포(老鋪), 일본말로 '시니세'라고 하는데 한자리에서 건물의 형태도 바꾸지 않고 변함없이 이어가는 상점들을 말한다. 이마미야(今宮) 신사 앞에는 1천 년 전에 개업하여, 25대째 내려오는 떡집 이치몬지야 와스케(一文字屋 和輔)가 있고 우지(宇治) 뵤도인(平等院) 앞에는 450년 된 찻집이 지금도 성업 중이다. 교토의 어떤 특급호텔보다도 높은 명성을 갖고 있는 다와라야(俵屋) 여관은 11대 당주가 경영하는 300년 전통을 갖고 있다.

장관을 지낸 사람이 퇴직 후 집안에 내려오는 포목점 시니세의 당주로 일하기도 하고, 대기업 전무가 부친이 돌아가시자 사표를 내고 철공소 주인이 되었다는 등의 예는 수도 없이 많다. 시니세는 집안의 자부심이고 그것을 지키는 것은 자손 된 자의 의무라는 인식이 뿌리박혀 있는 것이다.

2002 한일월드컵 당시 일본 쪽 조직위원장은 오카노 슌이치로

| 1천 년 된 떡집 | 교토 이마미야 신사의 참배길에 있는 떡집 '이치몬지야 와스케'는 일본에서 가장 오래된 노포 중 하나다.

(岡野俊一郎) 일본축구협회장이었다. 당시 한국 쪽 조직위원 중 한 명이었던 유병진 명지대 총장에게 들은 얘기다. 조직위원회 업무차 오카노 위원장을 만나러 도쿄 우에노에 있는 그의 사무실을 찾아갔는데 놀랍게도 우리나라 붕어빵 비슷한 '타이야키'라는 도미빵 가게 2층에 있더라는 것이었다.

사무실로 올라가니 오카노 위원장 하는 말이, 이 점포는 100년 전부터 대대로 내려오는 시니세로 현재는 자신이 4대째 당주라는 것이다. 소박하기 그지없는 응접실 한쪽엔 가훈이 걸려 있는데 이렇게 쓰여 있더란다.

"머리부터 꼬리까지 앙꼬(팥소)."

내가 일본에서 가장 배우고 싶은 문화는 바로 이것이었다. 일본
의 장인정신은 모든 제품에서 디테일이 아주 강하다는 미덕을 낳
았다. 빈틈없이 깔끔하게 마무리하는 것은 일본 제품의 가장 큰
장점이자 성공의 비결이기도 하다. 그런데 아이러니컬하게도 이
것이 IT시대에 일본이 발전하는 것의 발목을 잡는 요인이 되고 있
다고들 한다. 그러나 이는 일본 장인정신의 문제가 아니라 아직도
아날로그에 익숙하여 신용카드보다 현금 사용을 선호하고 인터
넷 소통이 우리처럼 원활하고 신속하지 못한 데 있는 것이다.

한일 두 나라는 지정학적으로, 운명적으로 함께 세상을 살아갈
수밖에 없다. 이미 두 나라의 경제적 협력관계는 떼려야 뗄 수 없
게 되어 있다. 문화적 교류도 한류가 말해주듯 아주 깊이 흘러갔
다. 이제 우리는 일본을 있는 그대로 인정할 줄 알아야겠고, 일본
은 혐한론을 멈추고 갈등의 원인인 과거사 문제를 깨끗이 정리하
여 두 나라가 공존과 공생의 길로 나아갈 수 있기를 간절히 바라
면서 일본 답사기를 썼다.

제4장 예술가와 함께

백남준: 나는 그분의 조문객이고 싶었다

백남준의 장례식

2006년 1월 29일, 백남준(1932~2006) 선생이 타계한 날은 일요일이자 설날이었다. 당시 나는 문화재청장을 지내고 있었는데 덕수궁 관리소장으로부터 급한 보고가 있다고 전화가 걸려 왔다. 국립현대미술관 측에서 만약 덕수궁 근대미술관에 분향소를 설치할 경우 허락해도 좋으냐는 것이었다. 나는 얼마든지 그렇게 하도록 하라고 지시했다. 전화를 끊고 나서 나는 그가 뉴욕을 중심으로 활동하는 21세기 세계 최고 예술가 중 한 분이라는 점보다도 단군 이래 세계 무대에서 그 분야 최고가 된, 몇 안 되는 한국인 중 한 분이라는 애국적 관점이 나도 모르게 앞서는 것을 어쩔 수 없었다. "한 시대를 울린 우리의 예술인이 결국 그렇게 돌아가

| 백남준 장례식 안내장 |

셨구나. 경기도에 건립하
는 백남준미술관 개관이라
도 보고 가셨으면 좋았으련
만…" 하는 아쉬움을 간직
하며 고인의 명복을 빌었다.

그런데 백남준 선생의 분
향소를 덕수궁이 아니라 과
천의 국립현대미술관에 마
련하기로 했다는 것이다.
게다가 백남준은 국적이 미
국이기 때문에 나라에서 주
관하지 못하고 한국미술협
회가 장소를 빌려 마련하는
형식이라는 것이었다. 참으
로 융통성 없는 조치였다. 외국 국적을 갖고 있기 때문에 예외를
둘 수 없다는 것인데 그렇다면 백남준 같은 예외가 또 있다는 말
인가.

뉴욕에서 열리는 장례식에 한국 정부의 누가 조문하는가 알아
보았더니 대통령 명의의 조화를 뉴욕 총영사가 가져갈 것이라고
했다. 나는 한국이 낳은 세계적인 예술인의 장례식에 그의 모국에
서 이 정도로 예우한다는 것은 말이 안 되는 의전이라고 생각했다.
백남준은 평생 '한국 태생(born in Korea)'임을 이력에 내세웠다.

그의 장례식에는 내로라하는 세계 예술인들이 추모하러 모여들 것인데 이런 자리에서 백남준이 자랑스러운 한국인임을 은연중에 보여주는 것이 국제적으로 '예술 한국'의 위상을 드높일 수도 있는 것이었다. 만약 그의 장례식에 한국인이 별로 보이지 않는다면 외국인들이 한국을 어떻게 생각할까라는 불안한 생각도 들었다. 나는 순간 나라도 참석하는 것이 옳다는 생각이 일어났다. 문화재청장이 아니라 미술평론가 개인 자격으로라도 백남준 장례식에 참가하기 위하여 4일간의 휴가를 내고 장례식에 맞추어 뉴욕으로 떠났다.

내일의 예술가

사실 나는 백남준 선생과 큰 인연은 없었다. 명성도 그렇지만 나이 차이가 많다. 1970년대 초 내가 대학생일 때 백남준은 이미 독일에서 이름을 날리며 '21세기의 예술가', '비디오아트의 선구자'라는 수식이 따라붙었다. 나는 백남준의 예술을 제대로 이해하지 못했고 다만 그가 한국인이라는 것이 자랑스러울 뿐이었다.

누구나 그렇듯이 내가 백남준의 예술을 처음 접한 때는 1984년 전 세계에 중계된 〈굿모닝 미스터 오웰(Good Morning Mr. Orwell)〉을 텔레비전으로 본 것이었다. 그때 나는 어리둥절한 충격과 신선한 감동을 받았다. 그러나 젊은 기백으로 민중미술 운동을 하던 입장이어서 이를 보고 기고한 나의 글은 솔직한 것이 아니었고,

아주 냉소적인 것이었다. 훗날『정직한 관객』(학고재 1996)에 이 글이 실리게 되었을 때는 대폭 수정하여 넣었다.

1992년 백남준 선생 회갑을 기념하여 서울과 경주의 힐튼호텔에서 '현대미술, 세기의 전환'이라는 대 심포지엄이 열렸다. 그때 외국인 미술평론가 30여 명이 백남준의 모국을 방문하여 자리를 함께하였다. 이 심포지엄에서 나는 80년대 민중미술을 소개하는「아방가르드 정신과 한국 현대미술의 정체성」(『다시 현실과 전통의 지평에서』, 창작과비평사 1996)을 발표하였다.

그때 강연 중 서구의 미술평론가들에게 현대미술이 테크놀로지를 받아들이는 시차가 컸기 때문에 한국에서는 백남준의 예술을 이해하기 힘들었음을 강조하였다. 백남준이 비디오아트를 펼치고 있을 때 우리 집에는 비디오는커녕 텔레비전도 없었다. 그래서 그 당시 나는 '백남준이 비디오라는 것을 발명했다'는 줄로 알았다고 우스갯소리를 하여 강연장에 웃음이 폭발하였다.

내가 백남준 선생을 직접 만난 것은 1995년 제1회 광주비엔날레 때였다. 당시 나는 커미셔너 중 한 명이었고, 백남준 선생은 특별전 초대작가로 참가하였다. 백남준 선생과 나는 광주비엔날레 선전을 위해 텔레비전에 함께 출연한 적이 있다. 이어서 나는 심포지엄에서 작은 발표를 하였고, 백남준 선생은 바로 그 장소에서 이튿날 있을 퍼포먼스를 위해 무대 뒤에서 한창 작업을 하고 계셨다. 전기실의 엄청나게 복잡한 스위치 박스에 백남준 선생은 "나 이외에는 아무도 손대지 마시오, 백남준"이라는 경고문을 백지에 써서 붙이고 계셨다. 내가 막 발표를 시작할 때 강당 뒷문이 열리면서 백남준 선생이 들어와 뒷자리에 앉아 나의 발표를 다 듣고 돌아가시는 것을 보았다. 그분이 평론가라는 자들은 무슨 얘기를 하는가 들어보려고 거기 있었던 것인지, 나 개인에 대한 관심의 표명이었는지는 모른다.

그리고 외국인 큐레이터들과 작가 몇 명이 함께 노래방에 갔는데 많은 사람들이 백남준 선생에게 노래를 시키고 싶어했으나 그는 한사코 사양하는 것이었다. 아는 노래가 없다는 식이었다. 그때 마침 스피커에서 그의 친구 존 레넌(John Lennon)이 속한 비틀즈의 「예스터데이(Yesterday)」가 흘러나왔다. 그래서 내가 기지를 발휘한다고 백남준 선생에게 마이크를 갖다대고 "백 선생님, 예스터데이입니다. 함께 부르시죠"라고 청했다. 그러자 백 선생님은 마이크에 대고 노래 대신 한마디 하였다.

"I don't like yesterday."

백남준 선생의 이 유머 감각에 모두들 한바탕 웃었다.

백남준이 사랑한 것은 확실히 어제가 아니라 내일이었다. 미술평론가로서 내가 백남준의 작품에 바친 헌사는 서울 올림픽공원 연못에 설치된 백남준의 〈올림픽 레이저 워터스크린 2001〉에 대한 소개였다(『중앙일보』 2001년 6월 23일 자). 그는 이미 뉴욕의 구겐하임미술관에서 새천년 첫 초대작가로 레이저아트 개인전을 가

| 백남준의 〈올림픽 레이저 워터스크린 2001〉 | 서울 올림픽공원 연못에 설치되었던 작품으로 분수를 스크린 삼아 상연된 레이저아트다. 순간순간의 장면들이 올림픽 경기 각 종목의 하이라이트를 형상화한 듯했고, '움직이는 기하학적 추상'의 진면목을 보여주었다.

졌고, 스페인 빌바오에 있는 구겐하임미술관에서도 초대전이 열렸지만 옥외 작품은 이것이 처음이었다. 매주 금요일 밤 9시에 분수를 스크린 삼아 10분 8초짜리 레이저 작품을 연속해 한 시간 동안 상연했는데 홍보가 부족하여 당시 사람들에게 잘 알려지지 않았던 것을 당시 서울올림픽미술관 이경성 관장이 안타까워하며 내게 소개 글을 부탁하여 쓴 것이었다.

　몽촌토성 성벽 아래 연못 한가운데서 뿜어내는 분수에 오색영

롱한 레이저가 오륜마크를 그리더니 이내 여러 가락으로 흩어지면서 혹은 뒤엉키고, 혹은 치달리다 사라지고, 혹은 유연한 곡선을 그리며 너울거린다. 순간순간의 장면들이 올림픽 경기 각 종목의 하이라이트를 형상화한 것 같았다. 혹은 백 미터 달리기의 스타트 같았고, 혹은 다이빙 장면 같았고, 혹은 축구의 슈팅 순간 같았고, 혹은 리듬체조의 펄럭이는 띠 같았다.

레이저가 그려내는 각 장면에서 '움직이는 기하학적 추상'이 펼쳐지다가는, 갑자기 레이저 여러 가닥들이 분수 한가운데로 집결하며 태극(太極)을 이루고 이내 팔괘(八卦)를 형성하고, 서로 다투듯 서로 포옹하듯 엉키다가 느릿하고 고운 곡선을 수놓는다. 태극의 상생(相生)과 상극(相克)이 그렇게 펼쳐지고 있는 것이다. 참으로 아름답고 신기하기만 했다. 백남준은 확실히 미래의 예술가였다. 모든 화가가 '오일 온 캔버스'라는 관념을 벗어나지 못할 때 비디오아트를 창시하더니 이제 다시 레이저아트로 우리를 즐겁고 놀랍게 하고 있는 것이었다.

"웃으면서 보냈다"

백남준의 장례식으로 가면서 나는 내가 차릴 수 있는 최고의 예의를 다하여 검정 양복에 검정 넥타이로 정장을 하였다. 집에는 후줄근한 싸구려 검정 넥타이밖에 없어 아내에게 부탁하여 백화점에 가서 사 온 유명 브랜드의 신품이었다.

백남준의 장례식은 비틀즈 멤버 존 레넌의 장례도 치렀던 뉴욕의 프랭크 캠벨 장례식장이었다. 장례식장에 들어서면서 나는 먼저 미망인 구보타 시게코(久保田成子) 여사께 애도를 표하고 건너편 앞자리에 앉았다. 잠깐 장례식장 뒤쪽을 둘러보니 엘리너 허트니(Eleanor Heartney)를 비롯해 백남준 회갑 기념 심포지엄 때 만난 서양 미술평론가들이 자리하고 있었고 미술평론가 이용우와 김홍희, 현대화랑 박명자 회장이 눈인사를 보냈다. 우리 미술계 인사들과 내가 미처 인사를 나누지 못한 한국인, 특히 뉴욕에 있는 젊은 한국인 예술가들이 적잖이 함께 자리를 하고 있어 고맙고 반가웠다.

무용가 머스 커닝햄(Merce Cunningham)이 도착할 때까지 시작이 약간 지체될 것이라는 안내가 나왔다. 조용한 장례식장의 시선이 갑자기 한쪽으로 쏠려 바라보았더니 존 레넌의 부인이자 백남준과 예술적 동반관계를 유지했던 오노 요코(Yoko Ono)가 들어오고 있었다. 그녀는 식장에 들어오면서 구보타 여사에게 다가가 조의를 표한 뒤 미리 마련된 맨 앞자리에 코트와 목도리를 걸쳐놓고 앉으려 했다. 이때 구보타 여사가 턱으로 백남준 선생의 시신이 앞에 있음을 가리키자 고개를 돌려 바라보고는 'Oh! No!'라고 낮게 입술로 외치는 것이었다. 고개를 계속 가로젓는 그녀의 모습에서 백남준에 대한 남다른 정이 느껴졌다.

머스 커닝햄이 휠체어에 의지하여 조문객 사이를 비집고 들어와 백남준 선생의 시신을 바라볼 수 있도록 자리를 잡을 때쯤 장

| **백남준 장례식장에서의 퍼포먼스 장면** | 장례식에서는 넥타이를 잘라 백남준 선생의 가슴에 얹어드리는 퍼포먼스가 있었다. 평론가 바버라 런던과 김홍희 씨가 내 넥타이를 한 가닥씩 끊어 갔다.

례식의 추도사가 시작되었다.

장례식은 과연 백남준의 장례식다웠다. 어느 신문이 장례식을 보도하면서 "웃으면서 보냈다"라는 표현을 쓸 정도로 인간미 넘치는 장례식이었고, 무슨 공연장에 있는 것으로 착각할 정도로 사람을 아주 편안하게 해주는 분위기가 흘렀다. 더불어 고인의 위업을 기리며 그의 족적을 남김없이 회상하는 하나의 감동적인 퍼포먼스였다.

오노 요코를 비롯한 대여섯 분의 추도사에 이어 한국인을 대표하여 송태호 경기문화재단 대표이사가 백남준미술관과 연관하여 추도사를 하였다. 장례식 마지막에 백 선생의 조카 하쿠다 켄(白田健)이 백남준 선생이 빌 클린턴(Bill Clinton) 대통령을 만날 때 바지가 흘러내린 사건을 추억으로 얘기한 것은 누가 보아도 좀 과하다는 생각을 갖게 했다.

그러나 그가 장례식의 상주 격으로 나서서 모두 넥타이를 잘라 고인에게 바치자고 제안하며 미리 준비된 가위를 진행요원들이 조문객들에게 나누어주기 시작하자 식장 안에 탄성과 웃음이 쏟아져 나왔다. 이는 1960년 백남준이 쾰른에서 퍼포먼스 〈피아노 포르테를 위한 연습곡〉을 공연할 때, 갑자기 객석으로 내려가 존 케이지(John Cage)의 넥타이를 가위로 잘라버려 '음악적 테러리스트'가 되었던 일을 상기하는 퍼포먼스였다.

오노 요코는 하쿠다의 넥타이를 잘랐고, 내 뒤에 앉아 있던 김홍희 씨가 내 넥타이 한쪽을 도려 갔고, 또 뉴욕현대미술관의 바버라 런던(Barbara London)이 달려들어 내 넥타이를 잘라 갔다. 내가 정성껏 차리고 간 고급 검정 넥타이는 그렇게 여러 동강으로 잘려 나갔다. 얼떨결에 나는 목에 매여 있는 나머지 자락을 그분의 시신 위에 공손히 올려놓았다.

그렇게 백남준 선생은 세상을 떠났고 나는 그분의 조문객으로 당신이 저세상 가시는 길을 배웅했다.

신학철: <모내기> 재판과 나

<모내기> 그림의 법정 재판

신학철의 <모내기>는 한국미술사와 사법사에 영원히 남을 기록이다. 1987년 그림마당 민에서 열린 제2회 통일전에 신학철은 <모내기>라는 작품을 출품하였다. 100호 크기의 대작으로 통일에의 염원을 농사꾼의 모내기에 빗대어 그린 것이다. 아래쪽부터 쟁기로 쓰레기를 걷어내며 논을 갈고 모내기를 하고 추수하는 장면으로 이어지고, 화면 위쪽은 복사꽃 핀 초가 마을과 천둥벌거숭이로 뛰노는 아이들, 그리고 통일의 상징으로 백두산을 그려 넣었다. 내용과 형식 모두가 아주 소박한데다 민화풍의 천도복숭아가 커튼처럼 둘러 있어 거의 '이발소 그림' 같은 순박함이 있다. 그 천진성 때문에 강력한 메시지를 담은 그림보다도 오히려 통일에의 열망이 살갑게 다가온다.

민족미술협의회(민미협)는 이 그림을 1989년도 달력에 실었다. 그런데 이를 이용하여 부채를 만든 인천 지역의 한 재야청년단체를 수사하던 서울시경 대공과에서 느닷없이 신학철 화백의 집을 압수수색하고 신 화백을 국가보안법 위반 혐의로 연행하였다. 경찰은 어이없게도 이 그림이 북한을 찬양한 것으로 보았던 것이다. 해석인즉, 그림 아래쪽에서는 남한 사람들이 힘겹게 노동을 하고 있고, 위쪽에서는 북한 사람들이 푸짐한 밥그릇을 앞에 놓고 춤을 추고 있다는 것이었다. 그리고 이 그림을 한반도 지형으로 보면 초가집은 평양의 김일성 생가를 암시한다고 주장했다.

이런 식으로 그림을 해석할 수 있다는 경찰의 대공적 상상력이 어처구니없음을 넘어 경이롭기만 했다. 미술비평엔 인상비평, 양식비평, 재단비평 등이 있는데 가히 '공안비평'이라 할 장르가 나타난 것이다.

결국 1989년 8월 17일, 신학철 화백은 구속되었다. 민미협에서는 최병모, 박용일, 박원순 세 분을 변호사로 선임하여 이후 치열한 법정 공방을 벌였다. 검찰은 사회구성체 논쟁까지 이끌어대며 이 그림을 민족해방노선(NL) 계열의 작품으로 몰아붙였고, 변호사들은 신 화백의 순수성을 변호했다. 특히 최병모 변호사가 이 그림의 서사적 전개방식을 논한 변론은 내가 미술평론가라는 사실이 부끄러울 정도로 치밀했다.

1심 판사는 아예 작품을 법정에 가져다 놓고 직접 심리하겠다

| **신학철 화백과 나** | 신학철 화백의 천안 작업실 '더불어 너른마당'에서

고 했다. 이리하여 희대의 그림 재판이 열리게 되었다. 〈모내기〉
작품이 법정에 나오는 날, 나는 일찍이 가서 신 화백의 가족, 민미
협 회원들과 방청석 앞자리에 자리 잡고 기다렸다. 얼마 뒤 법원
직원이 작품을 들고 들어와 법정 맨바닥에 놓는데 놀랍게도 천막
개듯이 여러 겹으로 접혀 있는 것이었다.

　순간, 민미협 화가들이 일어나 "작품을 이런 식으로 보관하면
어떡하냐"라고 항의했다. 그러자 담당자는 압수물 보관소에 있는
그대로 가져왔을 뿐이라고 했다. 그래서 내가 신 화백이 무죄가
되면 역사적인 그림으로 남게 될 것이니 우리가 피브이시(PVC)
파이프를 사 오면 그것으로 잘 말아 보관해달라고 부탁하고 함께

조용히 앉아서 재판을 기다렸다.

이윽고 판사가 들어와 개정을 선언하고는 법정 정리에게 양손으로 작품을 높이 펼쳐 쳐들게 하고 직접 피고인 신 화백에게 물었다.

"이 작품이 피고가 그린 〈모내기〉 그림 맞습니까?"

"예, 맞습니다."

"그림에 있는 것을 하나씩 묻겠습니다. 맨 아래쪽에 그려진 건 무엇입니까?"

"써레질하는 겁니다."

"써레질이라니요?"

"모내기를 하기 위해 쓰레기를 쓸어낸 것입니다."

"그러니까 통일에 방해되는 것을 제거하는 거지요. 무얼 그렸습니까?"

"철조망, 미사일, 탱크, 코카콜라, 람보… 그런 겁니다."

"람보가 왜 통일에 방해가 됩니까?"

"외세는 통일에 방해가 된다고 생각했습니다."

판사는 이해가 안 된다는 듯이 잠시 머뭇거리다 질문을 이어갔고 신학철은 더듬거리면서도 소신 있게 당당히 대답해갔다.

"좋습니다. 그러면 그 위에 있는 장면이 모내기하는 겁니까?"

| 신학철의 〈모내기〉 | 이 그림을 그린 신학철 화백은 1989년 국가보안법 위반 혐의로 체포되었다. 검찰은 아래쪽의 남한 사람들은 힘겹게 노동을 하고, 위쪽의 북한 사람들은 춤을 추고 있으니 북한을 찬양한 그림이라고 보았는데, 가히 '공안비평'이라 할 만한 해석이었다.

"아닙니다. 모를 찌는 겁니다."
"모를 찌다니요?"

이때 방청석에서 누군가가 큰소리로 "판사가 모 떠내는 것을 모르는구면"이라고 하였다. 그러자 신학철은 천연덕스럽게 말했다.

"모를 쪄내야(떠내야) 모를 내지요."

방청석이 떠나가라 웃음이 터져 나왔다. 이처럼 고지식할 정도로 순박한 신학철 화백이다. 판사도 웃음을 억지로 참으면서 다음 질문을 이어갔다.

"그 위는 무슨 장면입니까?"
"추수하면서 참을 먹는 겁니다."
"그 위에 그린 초가집은 김일성 생가를 그린 겁니까?"
"난, 그런 생각 한 적 없습니다. 무릉도원 같은 복사꽃 핀 시골 마을을 그렸습니다."

그러고 나서 판사는 그림을 꼼꼼히 살피더니 물었다.

"그러면 화면 아래쪽, 소 뒤에 서 있는 사람은 누굽니까?"
"아, 그분요. 그분은 우리 8촌 형님입니다."

방청석은 또 한번 떠나가라 웃음이 터졌다. 이 순박한 농사꾼 같은 화가에게 국가보안법 위반이란 있을 수 없음이 그렇게 증명되었다. 신학철은 구속 3개월 뒤 보석으로 풀려났고, 1심 재판에서 무죄가 선고되었다. 2심 재판에서도 무죄가 선고되었다.

그런데 이게 웬일인가. 10년 뒤인 1998년 대법원 상고심은 원심을 파기하고 서울지법 합의부로 되돌려 보냈다. 더욱 놀라운 것은 판결에 이의를 제기하는 '소수의견'을 낸 대법관이 한 명도 없었다는 사실이다. 결국 신학철은 1999년 11월, 징역 10월, 선고유예 2년 형이 확정되었다. 그리하여 신학철의 〈모내기〉 그림은 사건번호가 쓰여 있는 누런 봉지 속에 첩첩이 포개진 상태로 검찰청 압수물 보관창고에 남아 있게 된 것이다.

이에 예술인과 시민단체의 반발이 빗발쳤다. 유엔 인권위원회는 2000년 4월 한국 정부에 신학철 〈모내기〉에 대한 판결은 '시민적 및 정치적 권리에 관한 국제규약' 제19조, 표현의 자유를 침해했다는 사실을 인정하고 작가를 위한 구제 조처와 피해 보상을 하라고 결의했다. 그러나 사법부의 최종 판결은 움직일 수 없는 일이어서 불가하다는 회답만 되돌아왔다.

문재인 정부 시절 이 작품을 국립현대미술관으로 이관시키는 방법을 여러모로 강구하여 현재는 파손된 상태로 수장고에 보관되어 있다. 이처럼 한 시대의 쓰라린 사연이 담긴 신학철의 〈모내기〉는 한국미술사의 영원한 기록으로만 남을 수밖에 없게 되었다.

| **신학철의 〈마지막 농군〉** | 땅과 함께 꿋꿋이 살아가는, 우리 시대 마지막 남아 있는 농부의 전형을 표현한 그림으로, 신학철 화백의 8촌 형님을 그린 것이다.

신학철의 리얼리즘

나는 〈모내기〉 재판이 진행되는 전 과정을 한 번도 빠짐없이 방청하였다. 이는 미술평론가의 중요한 사명 중 하나는 '비평적 증언'이기에 한 작가의 작품에 그의 삶과 생각이 어떻게 들어 있는가를 동시대의 미술비평가로서 증언해두어야 한다고 생각했기 때문이다.

〈모내기〉에 등장하는 8촌 형님은 신학철의 예술세계를 이해하는 데 많은 시사점을 준다. 훗날 내가 신학철에게 저 8촌 형님에 대해서 물어보았더니 경상북도 김천시 감문면의 시골집으로 갈 때 버스에서 내려 마을로 들어서면 저 8촌 형님이 밭에서 일하다 말고 자신을 쳐다보곤 하여 언젠가는 저 형님을 그려야겠다고 마음먹었다는 것이다. 나중에 신학철은 이 8촌 형님을 따로 그려 발표하였는데 그림 제목은 〈마지막 농군〉이다. 땅과 함께 꿋꿋이

| 신학철의 〈되새김〉 | 황혼이 깃든 들녘에 소 한 마리가 앉아 여물 먹은 것을 되새김하고 있다. 단순히 농촌의 서정을 표현한 것이 아니라 마치 승려가 참선을 하는 듯한 모습으로 의인화해 이면을 생각할 수 있는 여지를 준다.

건강하게 살아가는, 우리 시대 마지막 남아 있는 농부의 전형을 표현하면서 구체적으로 8촌 형님을 그린 것이다.

신학철은 리얼리즘의 화가이다. 그러나 그는 외형적인 사실을 넘어서 대상의 내면에 깃들어 있는 내용 내지 정신까지를 그려내려고 노력한다. 이는 신학철 그림에 대한 나의 비평적 증언이다. 때문에 신학철의 그림에는 겉으로 나타난 것 이면의 이야기가 들어 있다. 이를테면 황혼이 깃든 들녘에 앉아 있는 소 한 마리는 단순히 농촌의 서정으로 소를 그린 것이 아니라, 저녁에 여물 먹은 것을 되새김하고 있는 소의 모습을 마치 승려가 참선을 하는 모습

| **신학철의 〈질경이〉** | 아무렇게 나서 자라는 질경이 주위로 하루살이가 맴돌고 새끼 개구리가 기어들어 오고 나비도 날아든다. 짓밟히면서도 끝끝내 살아나는 그 억센 생명력을 찬미하고 있다.

으로 의인화해 생각할 수 있는 여지를 둔 것이다. 작품 이름이 〈되새김〉이다.

신학철은 농촌 풍경을 그리면서 풀꽃도 여러 점 선보였다. 그런데 그가 그린 풀꽃은 우리가 기대하는 예쁜 꽃이 아니라 〈오랑캐꽃〉〈할미꽃〉〈질경이〉 등 잡초이다. 정성스레 가꾸는 화초가 아니라 돌보는 이 없이 아무렇게 나서 자라는 잡초를 그렸다. 잡초이지만 오랑캐꽃 곁에는 소똥이 있고, 할미꽃은 무덤 위에서 피어

| **신학철의 〈지게꾼〉** | "할아버지 지고 가는 나무 지게에/활짝 핀 진달래가 꽂혔습니다/어디서 나왔는지 노랑나비가/지게를 따라서 날아갑니다"라는 동요를 그린 그림인데 지게꾼의 발걸음이 너무도 가볍고 사뿐하다.

나 꽃잎이 흩어지는 모습이고, 질경이에는 하루살이가 맴돌고 새끼 개구리가 품으로 기어들어 오고 나비도 날아든다. 짓밟히면서도 끝끝내 살아나는 그 억센 생명력을 찬미하고 있다.

〈지게꾼〉이라는 작품은 신학철이 나에게 선물한 작품이다. 내가 농촌의 서정을 좋아하여 『나의 문화유산답사기』(6권)에서 지게를 예찬한 것을 보고 그려준 것 같다. "할아버지 지고 가는 나무 지게에 / 활짝 핀 진달래가 꽂혔습니다 / 어디서 나왔는지 노랑

| 신학철의 〈유홍준의 답사도〉| 『나의 문화유산답사기』 30주년을 맞이해 그린 그림이다. 전설적인 운주사 와불을 타고 뒤에는 우리 문화유산의 자존심인 감은사 탑을 실은 채 세계로 나아가는 모습을 그렸다고 한다.

나비가/지게를 따라서 날아갑니다"라는 동요를 그린 그림인데, 한 짐 짊어진 지게꾼의 발걸음이 너무도 가볍고 사뿐하다. 내가 이 그림을 보고 "지게에 진 것이 나무가 아니라 들깨 대궁인가 보죠?" 하고 물으니 "유 선생이 답사기 써서 한 짐 지고 가는 걸 생각하고 그렸어요"라고 겸연쩍게 웃음을 내보였다.

신학철 예술에는 서정과 서사라는 두 세계가 있다. 서정의 세계는 농촌화에 잘 나타나 있는 반면에 서사의 세계는 〈한국 근대사〉 시리즈에서 드러나는데 상상력의 고양이 뛰어나다. 대지에서 일어나는 회오리바람 속에 우리 근대사의 주요 장면과 인물들을 콜라

주한 작품들은 그 뛰어난 묘사력과 역사적 상상력이 결합하여 우리 근대사를 장편 다큐멘터리로 보는 듯한 감동이 있다. 신학철이 묘사력과 상상력이 얼마나 뛰어난 화가인가는 개인적인 얘기지만 『나의 문화유산답사기』 30주년을 맞이해 그린 〈유홍준의 답사도〉에서도 드러난다. 많은 상징적 의미를 담고 있는 화순 운주사의 와불을 뒤집어 타고 '신드바드의 항해'처럼 하늘을 날아가는 모습으로 나를 그린 그 상상력에 놀라지 않을 수 없다. 국내 답사를 벗어나 실크로드 등 해외 유적 답사를 떠나라고 그렸다고 한다. 그러면서 민족적 자존심의 상징으로 감은사 삼층석탑을 그려 넣었다.

〈신기루〉 이야기

신학철이 〈모내기〉 사건으로 감옥에 가게 되는 과정엔 나의 원죄가 일부 있었다. 남강고등학교 미술 교사로 안정적 삶을 살고 있는 신학철에게 교사를 그만두고 전업 작가가 되라고 강력하게 권한 이가 나였다. 화가는 작품을 많이 남기는 것이 시대의 사명이고 보람이라고 역설하였다. 난곡동 달동네 집을 몇 번이나 찾아가 설득했다.

그래서 신학철의 마음이 이쪽으로 많이 넘어왔는데 이번에는 부인이 반대했다. 그래서 나는 부인에게 먹고살 만큼은 화랑이 팔아줄 수 있게 해주고 나도 많이 도와주겠다고 했다. 그래서 결국 교사를 그만두었는데 그 이듬해에 감옥에 가고 만 것이었다.

| **신학철의 〈신기루〉** | 이 그림의 아래쪽만 완성되었을 때 한 미술애호가가 목가적 풍경에 반해 그림을 사고 싶으니 하늘만 칠해서 달라고 하자 신학철은 소리쳤다. "시골이 이렇게 평화로운 줄 아세요?"

해놓은 말값이 있어서 민중미술에는 동의하지 않지만 신학철의 작품성은 뛰어나다고 생각하는 미술애호가 '형님'에게 신학철의 대작을 팔아주기도 했다. 학고재와 가나화랑에도 소개해주어

신학철은 작품을 팔아가며 근근이 생활을 하였다. 화상들은 좀 예쁜 그림을 그려 와야 하는데 무서운 그림만 가져와 팔기 힘들다고 하소연하였다.

한번은 그 미술애호가를 모시고 난곡동 달동네 신학철 집까지 방문한 적이 있었다. 이때 신학철은 〈신기루〉라는 작품을 그리고 있었다. 화폭 아래쪽에는 들판에서 농사꾼들이 새참을 먹고 있는데 멀리 한 처녀가 서울로 떠나는 모습을 그린 것이다. 미술애호가는 아련하게 펼쳐지는 목가적 풍경에 반하여 이 그림을 사고 싶다고 했다. 그러자 신학철은 이 그림은 아직 미완성으로, 화면 위쪽에 도시 풍경이 신기루처럼 펼쳐질 것이라고 했다. 미술애호가가 지금 이 상태에서 하늘만 칠하고 달라고 하니까 신학철은 안 된다며 큰소리로 "시골이 이렇게 평화로운 줄 아세요?" 하고 화를 냈다. 이런 분이 신학철이라는 화가다. 그래서 신학철이다. 이것이 신학철에 대한 나의 비평적 증언 중 한 대목이다.

오윤: 바람처럼 떠나간 민중미술의 전설

    1986년 7월 6일, 오윤(1946~1986)이 나이 40세에 훌쩍 세상을 떠났을 때 동료 화가들은 서울 수유리 그의 집 마당에서 이제 막 태동한 민족미술인협의회 이름으로 조촐한 장례식을 치렀다. 그때 정희성 시인이 장례식 사회를 보고 있는 나에게 추모시를 건네주었다.

오윤이 죽었다 야속하게도
눈물이 나지 않는다
(…)
그는 바람처럼 갔으니까
언제고 바람처럼 다시 올 것이다

험한 산을 만나면

험한 산바람이 되고

넓은 바다를 만나면

넓은 바닷바람이 되고

혹은 풀잎을 스치는 부드러운 바람

혹은 칼바람으로 우리에게 올 것이다

이것이 나의 믿음이다

그리고 30년이 지난 2016년 시인의 예견대로 오윤이 바람처럼
다시 나타났다. 서울 평창동 가나아트에서 '오윤 30주기 회고전'
이 열린 것이다. 오윤의 예술은
풀잎 스치는 부드러운 바람으로
우리들을 다정하게 다독였다.

평론가 성완경의 지적대로 오
윤의 예술은 80년대 민중미술이
라는 카테고리 안에만 가둘 수 없
는, 더 높은 예술적 성취가 있다.
그래도 오윤 앞에는 '민중미술'
이라는 매김말을 붙여야 오윤답
다. 혹자는 오윤을 박수근의 뒤를
잇는 서민예술가로 말하기도 한
다. 그러나 오윤은 박수근처럼 마

| 원승덕의 〈오윤 상〉 | 국립현대미술관 소장

| 김지하가 그린 오윤 초상화 | 김지하가 69
년 수유리 오윤의 집에서 술을 마시다 그린
오윤의 초상이다. 김지하는 오윤의 얼굴을
'쌍통'이라는 비속어를 애칭 삼아 표현했다.

냥 순진무구하게 정태적으로 세상을 바라보지 않았다. 오윤 사후
열흘 뒤 대구에서 열린 추모회에서 평론가 김윤수는 우리 현대미
술사에서 오윤의 위상은 문학에서 신동엽과 같은 것이라고 했다.
오윤에게는 그런 의식과 예술적 성취가 있었다. 말하자면 오윤은
50년대 박수근의 '서민미술'과 60년대 신동엽의 '참여문학', 그
두 가지 가치가 분리되지 않은 '진짜' 민중미술가였다.

오윤은 80년대 민중미술 운동이 태동하기 이전부터 참된 민중
미술을 위해 끈질기게 고민하고 탐구해왔다. 그는 1970년 미술대
학을 졸업한 뒤 1980년 '현실과 발언' 창립전 때까지 10년간 작품
발표를 하지 않았다. 임세택, 오경환, 윤광주와 함께 조건영이 설
계한 우리은행 동대문지점(광장시장 옆) 테라코타 벽화를 제작하
기도 했고, 전돌공장도 차려보고, 선화예고, 서대문미술학원에서

| 오윤의 목판화가 실린 책 표지 | 이오덕의 『이 아이들을 어찌할 것인가』(청년사 1977)와 김창범 시집 『봄의 소리』(창작과비평사 1981) 표지.

미술 선생으로도 지냈지만 본격적으로 작품 활동을 한 것은 80년대 전반기 5년 동안이었다. 그 작가적 잠복기의 예술적 고뇌를 오윤은 이렇게 고백하였다.

미술이 어떻게 언어의 기능을 회복하는가 하는 것이 오랜 나의 숙제였다. 따라서 미술사에서, 수많은 미술운동들 속에서 이런 해답을 얻기 위해 오랜 세월 동안 나는 말 없는 벙어리가 되었다.

30주기 회고전에는 오윤이 그 침묵의 세월 속에 그린 수많은 스

| **오윤의 〈춤〉** | 오윤은 전통 민속예술에서 민중의 삶을 형상화하
곤 하였다. 특히 춤사위에서 민중의 힘과 희망을 담아냈다.

케치들이 전시되어 있었다. 그런 오윤이었기에 민중미술이 막 태
동할 때 어느 누구보다 일찍 민중적 형식을 제시할 수 있었던 것
이다. 오윤은 1946년 부산에서 태어나 서울대 조소과에 들어가면
서 화가의 길로 나서게 되었는데 그에게는 남다른 예술적 자산이
있었다.

오윤의 부친은 「갯마을」의 소설가 오영수이다. 그리고 6살 위
의 누님 오숙희 또한 서울대 미대를 나온 인간미 넘치는 분으로
오윤을 끔찍이 챙겼다. 부친과 누님은 사람을 좋아하여 그의 집에

| **오윤의 〈칼노래〉** | 오윤은 민중의 고통을 그냥 고통으로 표현한 적이 없다. 익살과 신명으로 민중적 삶이 한껏 고양되어 있다.

는 훗날의 많은 문사, 투사, 지식인 들이 드나들었다. 오윤은 이미 고등학생 시절에 김지하를 집에서 만났고, 일찍부터 김윤수, 염무웅, 김태홍, 방배추 같은 선배들의 지우가 되었다.

오윤의 사람 사랑은 내리 물림이었다. 대학 동기 김정헌, 오수환, 하숙집 친구 김종철 등을 비롯하여 70년대 오윤 주위에는 언제나 사람이 들끓었다. 가오리 그의 작업장 언저리, 이름하여 '수유리 패거리'들이 어울리는 모습은 가관이었다. 1976년 그가 아끼던 후배 한윤수가 출판사 '청년사'를 설립하자 로고로 '보리'를 그려주었고, 이오덕의 『일하는 아이들』(1978) 등 내는 책마다 표지화로 목판화를 제작해주었다. 이것이 이후 오윤이 수많은 책 표지화를 그리게 되고 목판화의 길로 가는 계기가 되었다.

청년사 편집실은 또 다른 꿀방이 되어 최민, 박현수, 정지창, 김성겸 같은 필자들이 곧잘 어울렸다. 그때 나는 금성출판사에 다니면서 사실상 청년사 편집장으로 첫 번째 출간한 『판초 빌라 전기』(1976)의 표지 디자인을 직접 했다. 칠흑 같은 70년대였지만 이들은 만나면 말술을 마시며 웃음을 잃지 않고 이야기꽃을 피웠다. 그 깡술이 오윤을 일찍 저승으로 데려갔다. 한창 떠들다가 얘기 소재가 궁해지면 으레 나오는 것이 벽초 홍명희의 소설 『임꺽정』(1928~1940 연재)의 되새김이었다.

오윤의 예술세계 형성에 가장 큰 영향을 준 것이 바로 이 『임꺽정』이다. 소설 전편에 흐르는 민초들의 풋풋한 삶과 흥건히 흐르는 조선인의 정감, 그 인간미, 오윤은 그런 세계를 한없이 동경했다. 그는 『임꺽정』의 광신도였다. 당시만 해도 금서였고 희귀본이었던 부친 소장 을유문화사본 『임꺽정』을 패거리들에게 빌려주는 전도사였다. 오윤은 『임꺽정』에 나오는 청석골 원주인 오가의 별명을 따서 자칭 '개도치'라고 했다. 실제로 그의 조각 작품에 개도치라고 서명한 것이 있다. 그러나 그가 좋아했던 인간상은 갓바치였다. 그 갓바치가 그리워 갓바치가 머물렀다던 안성 칠장사도 다녀왔다. 그래서 우리가 갓바치의 본명인 '양주팔'을 이끌어 '양주칠'이라고 불러주면 싫지 않은 웃음을 보내곤 했다. 그러고 보

| 오윤의 〈겨울새〉 | 오윤의 서정성을 가장 잘 드러낸 작품이다.

면 오윤의 패거리는 산적질만 안 했지 청석골의 군상들과 비슷했다. 오윤 예술의 인간미는 이렇게 우러나온 것이었다. 결국 벽초의 문학세계가 곧 오윤의 미술세계로 이어진 것이었다.

거기에다 오윤에겐 전통 민중연희라는 예술세계가 뼛속까지 자리 잡고 있었다. 오윤은 겉보기엔 이지적이지만 속에는 딴따라의 심성이 그득하여 기타도 잘 치고 춤도 잘 추었다. 그래서 채희완, 이애주, 김민기, 임진택 등 수많은 후배 연희패들과 잘 어울렸다. 그는 학생 시절부터 판소리 완창을 녹음하기 위해 남도로 내려갔다. 특히 동래 학춤을 아주 좋아하였는데 그의 외가 쪽으로는 동래 학춤의 전승자도 있었다. 춤꾼 채희완은 오윤의 그림 속 춤사

위는 여지없는 경상도 굿거리의 덧보기춤이라고 했다. 거기에다 이애주의 바람맞이춤 같은 현장성과 현재성을 부여했다. 오윤의 〈춘무인 추무의〉〈칼노래〉 같은 춤 시리즈는 그가 전통 민중연희라는 오염되지 않은 우물 속에서 오랫동안 길어 올린 정화수였다.

그래서 오윤의 민중미술에는 민중의 고통이 그냥 고통으로 표현된 적이 없다. 그것을 날 선 투쟁으로 형상화한 적도 없다. 울음도 없고 슬픔도 없이 때로는 익살로 때로는 신명으로 민중적 삶이 한껏 고양되어 있다.

오윤의 예술을 높이 평가하며 인간적으로도 진짜 좋아한 선배는 시인 김지하였다. 김지하가 『사상계』 1969년 5월호에 발표한 「오적」의 삽화는 기실 오윤이 그린 것이었다. 농구선수 마이클 조던이 은퇴했을 때 한 스포츠평론가가 '알리(권투선수)보다는 잘했고 펠레(축구선수)만은 못했다'라고 했을 때, 나는 김지하가 '오윤의 그림이 내 시보다 한 수 위다'라고 말한 것이 생각났다. 김지하는 오윤의 예술세계를 이렇게 말했다.

한(恨)과 그늘과 귀곡성(鬼哭聲)에서마저도 흥과 신바람이 터져 나오는 오윤 예술의 정점은 어디일까. '봄'이다. 그리고 '사랑'이다.

오윤이 세상을 떠나기 1년 전, 이미 복수가 차오르는 지경에 달해 진도에서 요양 중일 때 평생의 벗 김용태, 김정헌은 더 늦기 전에 그의 개인전을 열어주자고 했다. 그리하여 그림마당 민에서 열

| **오윤의 〈애비와 아들〉** | 민중적 삶의 비장한 의지를 담아낸 명작이다.

릴 첫 초대전을 위해 오윤은 생애 마지막 40점을 쏟아냈다. 그의 목판화 전체의 반에 이르는 양이었다. 거기엔 한바탕 벌어지는 신나는 굿거리가 있고, 임꺽정 패거리들처럼 고난 속에서도 잃지 않았던 인간애로 넘친다. 그것이 민중미술의 전설, 오윤의 예술이다.

아직 오윤의 기념관은 건립되지 않았다. 언젠가 어디엔가 세워질 것이다. 울산 언양에는 오영수문학관이 있는데 여기에는 오윤이 조각가답게 아버님이 돌아가셨을 때 떠놓은 '데스마스크'가 전시되어 있다. 그리고 전시실 패널에는 가족 사항에 아들로 오윤

| **오윤의 무덤** | 고양시 문봉리 국제공원묘지에 있는 오윤의 무덤에 1989년 3주기를 맞아 묘비를 세웠다.

이 있다고 자랑스럽게 기록되어 있다. 그러나 오윤의 작품은 걸려 있지 않다.

　나는 거기에 오윤의 목판화 중 다른 어떤 작품보다도 〈애비와 아들〉이 걸려 있으면 얼마나 좋을까 속으로 생각했다. 그런 바람이 통했는지 올봄 한 옥션에 이 작품이 나왔다. 나는 이를 낙찰받아 오영수문학관에 기증하였고 문학관에서는 내년(2025)에 전시실을 리노베이션해서 이 작품을 걸겠노라고 했다. 그때 다시 한번 언양을 찾아가서 자랑스러운 '아버지와 아들'을 추모해야겠다.

김지하: 꽃과 달마, 그리고 '흰 그늘'의 미학

타는 목마름으로

김지하(1941~2022)를 세상 사람들이 아무리 비난하고 외면하더라도 나는 그럴 수 없다. 나는 그의 세례를 받고 성장한 그의 아우로 그가 세상을 떠날 때까지 인연을 끊지 않았다. 개인적인 인연이 아니라 해도 김지하는 1970년대를 대표하는 위대한 시인이자 영웅적인 민주투사였다. 70년대에 그가 7년간 감옥살이를 한 것은 그 자체로 민주화운동의 한 축이라는 상징성을 갖고 있었다. 비유하자면 넬슨 만델라의 옥살이에 비견할 만한 것이었다.

그리고 김지하는 민족문화 운동의 선구로 오윤(미술), 김민기(노래), 이애주(춤), 채희완(탈춤), 임진택(창작판소리) 등 민족예술 제1세대들을 길러냈다. 80년대에는 생명사상과 동학을 다시 일으킨

| 내가 김지하를 추모하며 오윤의 〈무호도〉와 〈춤〉을 합성하여 그린 그림 | 김지하가 아끼던 후배 오윤의 그림. 이애주의 춤, 김민기의 노래, 채희완의 탈춤, 임진택의 판소리 등 모두의 스승은 김지하임을 기리었다.

사상가였다. 그러나 90년대에 들어와, 정확히 1991년 「죽음의 굿판을 집어치워라」를 발표한 이후 민주화운동의 변절자로 낙인찍히고 이후 이해할 수 없는 정치적 처신으로 그를 존경하고 따르던 사람들조차 그의 곁을 떠났다.

김지하의 변절이란 오랜 세월 가혹한 감옥생활에서 얻은 골병이 낳은 후유증이었다. 7년의 감옥생활 끝에 출소한 그는 말하자면 '상이군인'이었으면서도 자신의 몸을 돌보지 않고 생명사상의 기치를 내걸고 쉼 없이 나아갔다. 거기까지는 틀리지 않았다.

그러나 김지하는 가고자 하는 길을 너무 빨리 앞질러 갔다. 눈앞에서 민주화운동으로 수많은 사람들이 희생되고 민중은 6월민주항쟁으로 숨 가쁘게 나아가고 있는데, 생명운동을 시대의 과제

| 김지하의 자택에서 | 2019년 6월 김지하 형을 방문했을 때 임진택이 스냅으로 찍은 사진이다.

로 삼은 것이었다. 여기서 세상이 김지하에게 기대하는 것과 김지하가 세상에 바라는 것이 어긋나고 그 사이에 큰 간극이 생겼다. 급기야는 민주화운동의 열기에 찬물을 끼얹었고, 정치 노선마저 달리하며, 진보적 지성과 문인을 매도하는 일까지 저지르고 말았다. 그래서 김지하는 더욱 세상 사람들로부터 손가락질받고 외면당했던 것이다. 그것은 사실 병적 징후였다. 그때 김지하는 심신이 많이 아팠다. 정신과 치료도 여러 번 받았다.

그렇다 하더라도 1991년 이전까지 김지하의 삶과 예술은 한국 문학사와 민주주의 역사에 길이 남을 위대한 업적이었다. 김지하는 외로이 세상을 떠났다. 원주의 한 교회에서 치러진 그의 장례식은 내가 이제까지 본 장례식 중 가장 초라하고 쓸쓸하였다. 가족과 교인, 그리고 끝까지 곁에 남아 있던 벗과 후배 몇 명만이 그의 마지막 길을 배웅했다. 그것은 너무도 슬프고 안타까운 일이었다. 김지하를 그렇게 보낼 수는 없는 일이었다. 이에 그 자리에 있던 벗과 후배들은 서울에서 49재를 열어 그의 영혼을 위로하는 마당을 마련하기로 하였다.

2022년 6월 25일 오후 3시부터 수운회관에서 열린 김지하 49재에는 문인, 학자, 사회운동가, 정치인, 예능인, 시민 등 무려 400명(주최측 추산 700명)이 강당을 가득 메우고 야외 행사까지 자리를 같이했다. 김지하에게 마음의 빚이 있는 이들이 다 모여든 것이었다. 내가 이제까지 보아온 추모식 중 가장 성대한 자리였다. 김지하의 영혼이 저승으로 가던 길을 잠시 멈춘 것 같은 감동이 있었다.

그리고 김지하 1주기를 맞으면서 2023년 5월 6일 한국학중앙연구원에서는 '김지하의 문학·예술과 생명사상'이라는 학술 심포지엄이 열렸다. 문학인, 예술인, 생명운동가 35명의 발제와 토론이 있었고, 청중들로 대성황을 이루었다. 저녁 야외에서는 '노래가 된 김지하의 시' 공연이 있었고 관객들은 다 같이 그의 「타는 목마름으로」를 합창했다. 김지하의 영혼이 강림하는 것만 같았다.

그때 서울 인사동 백악미술관에서는 김지하 시인 1주기 추모 서화전이 '꽃과 달마, 그리고 흰 그늘의 미학'이라는 이름으로 열렸다. 이 전시회에는 김지하의 글씨와 그림 40여 점과 담시(譚詩) 「오적」 및 「앵적가」에 그가 직접 그린 삽화, 그리고 1991년 어느 날 인사동 술집 벽에 만취 상태에서 썼던 이용악의 시 「그리움」 전문이 전시되었다. 전시장을 찾아온 관객들은 김지하가 뛰어난 시인으로 난초도 잘 그렸다는 소문은 익히 들어왔지만 이렇게 다양한 소재를 이렇게 멋지게 그린 줄은 미처 몰랐다며, 이것이야말로 현대 문인화라며 놀라움과 찬사를 보냈다.

현대 문인화가 김지하

김지하는 본래 그림을 잘 그렸다. 『사상계』에 발표한 「오적」의 삽화는 오윤과 합작한 것이지만 1971년 잡지 『다리』에 발표한 「앵적가」의 삽화와 『동아일보』 1975년 2월 25일 자 1면에 실린 「고행 1974」의 수갑 찬 손을 그린 삽화는 김지하의 솜씨다.

80년대 초에는 사랑하는 후배인 춤꾼 채희완, 소리꾼 임진택, 그리고 존경하는 경제학자 박현채 등에게 그들과 걸맞은 삽화풍의 인물화를 그려주었다. 이런 그림에는 특유의 해학이 번뜩인다. 박현채 선생에게 그려준 그림은 선생이 부릅뜬 눈으로 파리채를 휘두르는데 파리는 선생의 머리 뒤로 날래게 도망가는 모습을 그린 것이다.

1980년 7년간의 긴 감옥생활에서 풀려나 원주에 칩거하던 시절, 김지하는 무위당 장일순 선생에게 그림을 배우면서 난초 그림을 그리기 시작하였다. 당시 김지하는 묵란에 의미 있는 화제(畵題)를 달아 그리운 벗들에게 선물하였다. 1984년 김민기에게 보낸 풍란에는 "바람에 시달릴 자유밖에 없는 땅에서 피어나는 기묘한 난"이라는 화제가 쓰여 있다. 이렇게 그려진 김지하의 난초 그림

| 김지하의 〈경제학자 박현채〉 | 박현채 선생이 부릅뜬 눈으로 파리채를 휘두르는데 파리는 선생의 머리 뒤로 날래게 도망가는 모습을 그린 것이다.

이 얼마나 되는지 모를 정도로 많다. 80년대 말, 90년대 초, 재야단체의 기금마련전이 성행할 때 김지하의 묵란은 최고의 인기 작품으로 널리 퍼져나갔다.

김지하가 늦게 시작한 난초 그림이 금방 장족의 발전을 보인 것은 그의 필체가 워낙에 아름다웠기 때문이다. 필체가 타고나는 것이라면 김지하는 타고난 서예가였다. 그의 글씨는 강약의 리듬이 아주 능숙하고 글자 크기도 자유자재로 구사하여 울림이 대단히 강하다. 원고지에 쓴 「황톳길」이나 붓글씨로 쓴 「불귀」를 보면 지면 전체에 글씨가 춤을 추는 듯하다. 한자도 마찬가지다.

김지하의 묵란은 장엽(長葉)의 난을 그리면서 한동안 유려한 율동미를 보여주었는데, 추사 김정희의 영향을 받으면서는 불계공졸(不計工拙), 즉 '잘되고 못됨을 가리지 않는다'는 파격을 추구하기 시작하였다. 90년대로 들어서면 김지하는 묵란에서 묵매로 옮겨갔다. 기굴(奇崛)하게 자란 노매의 거친 줄기에 가녀린 가지마다 꽃망울이 알알이 맺혀 있는 그의 묵매는 농묵과 담묵의 대비가 극명하여 화면상 일어나는 울림이 아련하면서도 강렬하다. 스스로 말하기를 난초보다 묵매가 더 적성에 맞았다고 했다.

| 김지하의 〈묵란: 하로동선(유홍준에게)〉| 춤사위를 연상케 하는 유려한 난엽의 아리따움을 보여준다.

당시 김지하는 생명운동에 전념하면서 「애린」 연작을 펴내며 '흰 그늘의 미학'을 말할 때였다. 흰 그늘이란 전통 연희에서 미묘한 소리 맛을 내는 '시김새'를 말하는 것이다. 시김새란 '식음(飾音, 음을 장식함)'에서 나온 말인데 소리의 맛을 꾸미는 오묘한 울림으로 '그믐밤에 걸려 있는 흰 빨래' 같은 것이고, '강철을 싸안은 보드라운 솜' 같은 것이다. 〈묵매: 백암(白闇)〉라는 작품이 이런 사실을 직접 보여준다.

그리고 김지하는 이내 달마도를 그리기 시작했다. 동학에 심취한 김지하가 불교의 달마도를 그린 것은 동학과 불교가 서로 통하는 바가 많기 때문이었다. 또 불교는 오랜 역사 속에서 갖가지 신상과 인물상에 대한 전형적인 이미지를 갖추고 있지만 동학은 그

| 김지하의 〈달마: 화락승장폐〉 | 김지하의 달마도는 풍자시를 연상케 하는 '코믹 달마'이다.

런 도상(圖像, icon)을 갖고 있지 않기 때문이기도 하다. 김지하는 스스로 말하기를 "동학은 내 실천의 눈동자요, 불교는 내 인식의 망막이다"라고 하였다.

그의 달마도는 풍자시를 연상케 하는 '코믹 달마'였다. '아니, 한겨울에 꽃이' 같은 화제가 달렸다. 김지하가 왜 갑자기 달마도로 그림 소재를 옮겼는가에 대해서는 스스로 말한 적이 없지만, 내가 추측하건대 그의 문학에서 보이는 풍자와 해학을 담아내기 위한 것이 아니었을까 싶다. 묵란이 적성에 맞지 않아 묵매로 옮겼듯이 그다음에는 코믹 달마로 나아간 것으로 보인다.

흰 그늘의 미학

김지하는 생애 세 번의 개인전을 가졌는데 2014년 전시회 때는 수묵산수와 채색모란도를 선보였다. 김지하의 그림이 또 다른 소

| 김지하의 〈묵매: 백암〉 | 기굴(奇崛)한 매화 줄기는 농묵으로 힘차게 그리고 빼곡히 피어난 작은 꽃송이는 담묵으로 섬세하게 나타내 그 극명한 대비가 자아내는 울림이 아련하면서도 강렬하다.

재로 옮겨 앉은 이유는 추측하건대 그의 문학에서 보이는 서정성을 담아내기 위한 전환으로 생각된다. 그래서 김지하의 수묵산수화와 모란도는 그의 시 어느 한 대목을 연상케 하는 시정이 있다.

김지하의 수묵산수화는 반(半) 추상화로 농묵과 담묵이 카오스를 이루면서 미묘한 조화를 이룬다. 그가 묵란과 묵매에서 추구해온 대로 화면 속에 '기우뚱한 균형'이 유지된다. 그는 작가의 변에서 "수묵산수는 우주의 본체에 대한 접근이다. (…) 산(어두움)과 물(밝음), 농경과 유목 문화의 대비 등을 담채(淡彩)와 진채(眞彩)로 드러내보았다"라고 하였다.

김지하의 수묵산수 〈갑오리〉, 〈여곡(女哭)길〉 같은 작품은 담묵을 배경으로 삼으면서 농묵으로 무언가의 이미지를 담아내는 것이었다. 여기에는 그가 시에서 보여준 뜨거운 서정성이 짙게 서려 있어 그가 노래한 「남한강에서」를 연상케 한다.

| 김지하의 〈수묵산수: 갑오리〉 | 농묵과 담묵이 미묘한 조화를 이루어내며 김지하가 시에서 보여준 뜨거운 서정성이 짙게 서려 있다.

둘러봐도 가까운 곳 어디에도

인기척 없고 어스름만 짙어갈 때

오느냐

이 시간에 애린아

모란에서는 그 서정이 더욱 아련하다. 김지하는 전시회 팸플릿에서 이렇게 고백하였다.

내가 어려서 제일 그리고 싶었던 건 뜰 뒤의 모란이었습니다.

이것이 김지하 그림의 마지막 모습이다. 김지하의 모란꽃 그림

| 김지하의 〈모란꽃: 붓 가는 대로〉 | 김지하가 말년에 그린 채색모란도에서는 아련한 서정과 여린 순정이 느껴진다.

은 붉은색 물감을 몰골법(沒骨法)으로 단숨에 뭉쳐 풀어낸 속필(速筆)의 꽃송이가 청순하고 싱그럽기만 하다. 그는 모란꽃의 화제로 "이월 보름은 봄이 가깝다"라고 희망을 말하기도 하고, "모란도 갈 길을 간다네"라며 아쉬움을 말하기도 한다. 그래서 그의 채색모란도는 화사하면서 '애린'을 생각하게 하는 아련한 아픔이 동반된다.

김지하는 결국 '흰 그늘'이 서린 모란꽃을 화사한 채색화로 그리다 세상을 떠났다. 묵란으로 시작하여 묵매로, 그리고 달마도로, 또 수묵산수화와 채색모란도로 화제를 옮기며 생애 후반 붓을 놓지 않은 김지하는 실로 위대한 현대 문인화가였다.

김가진: 동농의 '백운서경'

국로 김가진

2024년 7월, 예술의전당 서예박물관에서 열린 동농 김가진의 서예전 '백운서경(白雲書境)'은 잊혀가는 우리나라 근대의 위대한 역사 인물을 오늘에 되살리는 아주 뜻깊은 전시였다. 근대서예가의 개인전으로 이처럼 대규모 전시가 열린 것은 위창 오세창 이후 처음이다. 위창이 전서(篆書)에서 당대 일인자였다면 동농은 행초서(行草書)의 대가였다.

동농이 서예의 대가였음은 당대의 명성이 그러하였고 무엇보다도 그의 수많은 작품들이 말해준다. 창덕궁 후원의 부용정을 비롯한 정자 19곳의 현판과 주련, 안동 봉정사 등 전국 주요 사찰과 관아 현판이 그의 글씨로 되어 있다.

| **동농 김가진과 그 가족** | 동농의 아들 김의한과 그 며느리 정정화는 임시정부에 동참한 동농을 따라 상해에서 독립운동을 전개했다. 동농의 손자 김자동 역시 임시정부의 청년 대원으로 활동했으니 이들 가족은 3대에 걸친 독립운동 가문이다.

독립문 앞뒤 면의 한글, 한자도 동농의 글씨로 알려져왔다. 동농의 며느리로 대한민국임시정부의 안살림을 도맡았던 정정화 여사의 회고록인 『장강일기』(학민사 1998)에 자세히 나와 있다. 그런데 독립문이 건립된 지 약 30년이 지난 1924년, 『동아일보』가 '내 동리 명물'이라는 지면에 한 동네 주민의 말을 듣고 "독립문은 이완용 글씨라더라"라는 기사 한 줄을 내보내면서 혼선이 생

겼다. 아직 문헌 기록으로 확인하지는 못하였지만, 서예가들은 서체로 보면 동농의 필치가 분명하다고 한결같이 말하고 있다.

그런 동농 김가진이건만 사후 100여 년이 지나 이제 처음으로 작품전이 열리고 있다는 것은 그동안 우리가 서예와 근대 인물에 대해 무관심해왔음을 말해준다. 동농에게 참으로 미안하기만 한 일이다. 동농은 서예가이기 이전에 독립운동가로 대한민국임시정부 고문을 지낸 나라의 큰 어른이다. 당시엔 국로(國老)라 했다.

동농은 안동 김씨 명문가 출신으로 병자호란 때 순절한 선원 김상용의 후손이다. 김상용은 청음 김상헌의 친형으로, 서울 청운동 청풍계의 주인이다. 동농은 문과에 급제하여 왕조 말기와 대한제국 시절의 문신관료로 황해도·충청남도 관찰사, 농상공부대신까지 지냈다. 특히 중국어와 일본어에 능통한 외교관이었다.

그런가 하면 애국계몽 운동가로 독립협회에 참가하였고, 1908년 대한협회 회장으로 한일합방을 주장하는 일진회와 맞서 싸웠다. 그러나 1910년 강제합병이 이루어지자 두문불출하고 울분을 삼키며 지냈다. 이 시기 동농은 많은 서예작품을 남겼다.

그러다 1919년 3·1 만세운동이 일어나자 칩거를 거두고 분연히 일어나 조선민족대동단 총재를 맡아 일제에 대항하다 마침내 11월에 74세의 노구를 이끌고 대한민국임시정부를 향해 중국 상해로 망명하였다. 망명길에 동농이 쓴 시가 『독립신문』에 실려 있다.

| 3·1 독립선언 2주년 기념식 행사 | 임시정부는 매해 3월 1일에 기념식을 성대히 개최하여 독립선언의 의미를 되새기며 동포들의 단합을 도모했다. 1921년 개최된 2주년 기념식 행사 사진에 김가진이 보이는데, 단상 위의 왼쪽 네 번째 인물이다.

나라가 깨지고 임금도 잃고 사직이 무너졌도다

치욕스러운 마음으로 죽지 못해 여태 살아왔다만

비록 몸은 늙었어도 아직 하늘 찌를 뜻이 있어

단숨에 몸을 솟구쳐 만 리 길을 떠나노라

國破君亡社稷傾　包羞忍死至今生

老身尙有沖宵志　一擧雄飛萬里行

대한민국임시정부는 천군만마를 얻었다고 대환영하며 동농을 임시정부의 고문으로 모셨다. 박은식은 『한국독립운동지혈사』 (1920)에서 임시정부는 동농의 망명을 열렬히 환영하며 최고 원로로 대우했다고 증언하였다. 왕조의 대신 중 유일하게 임시정부에 참여한 국로였다. 그 후 3년 뒤인 1922년 동농은 세상을 떠났고 임시정부는 국장(國葬)의 격식을 갖추어 성대한 장례식을 치렀다. 이런 역사적 인물이 잊혀 있다는 것은 참으로 미안하고 부끄러운 일이다. 더욱이 동농의 아들, 며느리, 손자 모두가 임시정부에 참여했다. 아들 김의한은 부친이 망명할 때 길잡이로 따라가 임시의정원의 의원을 지냈고, 뒤이어 며느리 정정화도 합류하여 임시정부의 안살림과 독립군 자금을 모으는 역할을 하였으며, 거기서 태어난 손자 김자동은 임시정부의 청년 대원으로 활동하고 훗날 임시정부기념사업회장을 지냈다. 3대에 걸친 독립운동 가문이다.

동농 서예의 형성 과정

동농 김가진은 우리나라 근대서예사의 대가 중 한 분으로 꼽히고 있다. 그는 해서, 행서, 초서 모두에 능했고 그중에서도 행서, 또는 행서에 초서를 섞어서 쓴 행초서에 뛰어났다. 동농 행초서의 특징은 서예의 정도(正道)를 보여주는 데 있다. 동농은 어려서부터 역대 대가들의 글씨를 본받는 수련을 거쳤고 서예가라는 명확한 작가의식이 있었다. 동농의 이력서에는 글씨를 연마한 과정이 다음과 같이 소상히 밝혀져 있다.

5세에 가숙(家塾)에 나아가 배우니, 굳은 의지로 독실하게 공부하여 16세에 경사자집(經史子集)에 통달하였다. 이른 나이에 서법(書法)을 배워 붓글씨에 깊이 빠져, 땅바닥이건 이불이건 글씨를 연마하여 『환아첩』(換鵝帖, 왕희지의 글씨첩)에서 힘을 얻었다. 진당(晉唐) 이하 여러 이름난 서예가의 필의를 따라 배우지 않은 것이 없었고, 만년에는 미불(米芾)과 동기창(董其昌)을 좋아하였으나, 그 신골(神骨, 정신과 골격)은 특별히 타고난 스스로의 격조가 있었다. 화려한 정자와 이름난 사찰 및 한자를 쓰는 이웃 나라까지 필적이 매우 널리 퍼졌는데, 창덕궁의 비원에 있는 정자의 편액과 주련 및 각 관청의 현판에도 두루 손수 쓴 글씨가 걸렸다. 또 시에도 뛰어나 중당(中唐) 시대 이상의 체재를 얻었고, 5언시는 이따금 두보의 격조를 갖췄다. 초고(草稿) 10여 편이 집에 소장되어 있다.

이를 풀이하자면 '경사자집에 통달하고 시에도 뛰어났다'는 것은 동농의 서예는 글씨의 기교만이 아니라 학문의 연마와 시적 세계의 고양이라는 전인적 교양을 바탕으로 전개되었다는 것을 말해준다. 이 점은 동농 서예의 중요한 배경이자 특징이기도 하다.

'이른 나이에 땅바닥이건 이불이건 글씨를 연마'했다는 것은 어려서부터 서예의 연마에 전념하였고 왕희지의 '『환아첩』에서 글씨의 힘을 얻었다'는 것은 서예의 정도를 익히는 것부터 시작했음을 말해준다. '진나라 당나라 이하 여러 이름난 서예가의 필의를 따라 배우지 않은 것이 없었다'는 것은 고전을 익힌 연후에 개성을 찾는 창작 자세를 지켰다는 뜻이다.

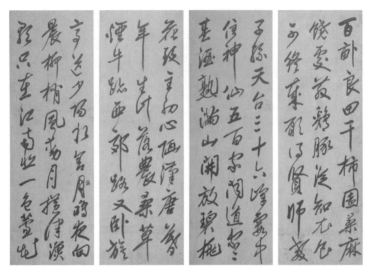

| 김가진의 〈당·송, 조선의 시문과 자작시〉(부분) | 김가진은 평생 시와 글씨를 즐긴 문인이었다. 역
대의 명시를 탐미하고 수많은 시를 지었으며 그것을 서예라는 조형예술로 승화하였다.

    동농은 65세 때 일제의 강제합병 이후 칩거에 들어가 74세 때
3·1 만세운동 이후 다시 세상에 나온다. '만년에는 미불과 동기창
을 좋아하였다'는 것은 그 칩거 기간 동안 글씨의 획에 서예가의
심회가 들어간 송나라 미불의 글씨와 글씨의 자태가 아름다운 명
나라 동기창의 글씨를 좋아했다는 것이다. 서예사에서 미불의 글
씨엔 '의(意)'가 있고, 동기창의 글씨는 '태(態)'가 아름답다고 했
다. 그러나 자신은 '특별히 타고난 스스로의 격조'가 있었다며 서
예가로서의 당당한 자부심을 말하고 있는 것이다. 한마디로 타고
난 자질을 바탕으로 고전으로 들어가 새것으로 나오는 입고출신
(入古出新)의 경지를 보여준 것이다.

| 『근역서휘(槿域書彙)』에 수록된 김가진의 글씨 | 오세창이 역대 서예 명인의 필적을 모아 편집한 『근역서휘』에 실린 글씨로, 단아하고 돈후한 맛이 있는 동농체의 진수를 보여준다. '청풍고인(淸風故人)'이라는 글씨가 맑은 바람에 휘날리는 듯하다.

    그리하여 동농이 마침내 이룩한 동농체는 군건함(健)과 부드러움(柔)을 획득하여 단아하고 돈후한 맛이 있는 서체로 된 것이다. 동농과 가까이 지내며 동농의 많은 인장을 새겨준 오세창은 『근역서화징(槿域書畵徵)』에서 '김가진은 원교 이광사의 서체를 썼다'고 했는데 동농 자신은 원교에 대해서 말한 적은 없다. 아마도 원교의 서체도 미불에게서 나온 것이 많기 때문에 그렇게 평한 것이 아닌가 생각된다.

    글씨의 기본은 어떤 경우에도 정서(正書)라 일컬어지는 해서(楷書)인데 동농의 해서는 아들의 글씨 공부를 위해 쓴 『천자문』과 박연폭포 암벽에 새겨진 〈김가진(金嘉鎭)〉이라는 대작에 잘 나타나 있다. 비문으로는 〈부휴대선사비명(浮休大禪師碑銘)〉과 〈건봉

| 창덕궁 관람정 편액 | 중추원부의장 시절 김가진은 창덕궁 후원의 여러 전각 공사를 수행하면서 다수의 편액과 주련을 썼다. 관람정은 연못가에 부채꼴 모양으로 지은 정자인데, 편액 역시 부채꼴 모양으로 휘어진 파초잎이 조각되어 있어 정자의 운치를 더한다.

사연회비(乾鳳寺蓮會碑)〉에 그의 해서가 유감없이 보이고 있는데 장대한 대작을 전혀 흔들림 없이 한 글자, 한 글자 가지런히 써 내려간 것에서 거의 수도하는 자세가 느껴진다.

동농체라 할 행초서는 대개 자작시나 유명한 시문을 쓴 것으로 무수히 많은 작품을 남겼다. 그중 대표작을 들자면 〈당나라 시인들의 칠언시 10수〉는 굳건한 행초서로 울림이 강하고 〈송나라 주희의 격언 경재잠〉(십곡병풍)은 단아하고 부드러운 멋을 잘 보여준다. 동농은 행서의 정법을 추구했으나 〈종오소호(從吾所好, 내가 좋

| **공해관 편액** | 공해관은 충청남도 보령에 있던 충청수영(水營) 수군절도사의 집무실이다. 김가진이 1906년 충청남도관찰사로 부임한 뒤에 쓴 것이다.

아하는 바를 따르겠다)와 〈관람정(觀纜亭, 뱃놀이를 바라보는 정자)〉은 글자에 멋이 들어가 있다. 이는 아마도 그 내용에 맞추어 썼기 때문이리라 생각된다.

동농 글씨의 진면목을 보여주는 것은 수많은 현판들이다. 본래 현판 글씨는 당대의 대가에게 부탁하게 되어 있다. 〈천등산 봉정사(天登山 鳳亭寺)〉〈보백당(寶白堂)〉 등 안동 지역의 현판들은 안동대도호부사를 지낸 인연으로, 〈소성아문(蘇城衙門)〉〈공해관(控海舘)〉 등은 충청남도관찰사 시절에, 〈부용정(芙蓉亭)〉〈희우정(喜

| **독립문 편액** | 독립문에는 한글로 쓴 '독립문', 한자로 쓴 '獨立門' 글씨가 새겨져 있다. 이완용 글씨라는 설도 있지만 서예가들은 동농의 필치가 분명하다고 한결같이 말하고 있고, 김가진의 후손가에도 그의 글씨라고 오래전부터 전해졌다.

雨亭)〉 등 창덕궁 후원 정자의 현판 15곳과 주련 4곳은 중추원부 의장 시절 비원 감독을 겸하던 시절에 쓴 것이다. 그 시절 그곳에 동농이 근무했다는 것은 그 지역의 행운이자 복이었다.

동농은 현판이나 암벽에 커다란 해서 글씨를 쓸 때 필획을 굵게 구사하면서 중봉(中鋒, 붓끝을 획의 중심에 놓고 똑바로 긋는 필법)을 강하게 견지하여 굳건한 골격미를 갖추었고, 획의 끝을 동그랗게 만드는 필법을 사용하여 이른바 잠두마제(蠶頭馬蹄, 누에머리와 말발굽)의 형태를 제거함으로써 부드러운 형태미를 갖추었다.

이 점은 '독립문' 글씨에도 그대로 나타나고 있다. 특히 한글 '독립문'의 경우『훈민정음』체를 방불케 하는 반듯한 예서체인데 정작『훈민정음해례본』이 발견된 것은 훨씬 훗날인 1939년이니

| **백운동천 바위 글씨** | 동농은 선대로부터 물려받은 백운동 땅에 '백운장'이라는 집을 짓고 그곳 암벽에 '백운동천'이라는 글씨를 새겼다. 단정함 속에 웅혼한 기상을 느끼게 하는 희대의 명작이다.

다른 데서 그 예를 찾아볼 수밖에 없다. 혹시 광개토대왕비문의 글씨를 본으로 삼은 것이 아닌가 생각하게 한다.

동농의 글씨를 바위에 새긴 암각서도 여러 곳에 있다. 그중 대표작은 서울성곽 창의문 아래 백운동 골짜기에 있다. 집안에서 대대로 내려온 별서 뒤편 큰 바위에 '백운동천(白雲洞天)'이란 대자를 새겨놓은 것이다. 동농은 한때 여기에 백운장을 짓고 살았다. 이 암각 글씨는 단정함 속에 웅혼한 기상을 느끼게 하는 희대의 명작이다. 동농 김가진의 서예전을 '백운서경(白雲書境)'이라 한 것은 여기에서 나온 것이다.

동농 김가진의 서예전을 보면서 나는 동농이 왜 정법의 행서만을 고수했는가 생각해보았다. 동농 이전만 하더라도 추사 김정희가 일으킨 '완당바람'이 풍미하여 글자 구성의 파격적인 아름다움을 추구하는 것이 크게 유행하였는데 동농은 철저히 정법을 추구한 것이다. 그것은 동농의 인품 자체가 그러하였고 또 왕조 말기 어지러운 상황과 일제강점기로 들어가는 불우한 시기를 살았기 때문이 아닌가 생각된다. 그 혼란스럽고 암울한 시기에 글씨에 멋을 부린다는 것은 세상을 가볍게 사는 태도에 다름 아니었기 때문이다.

'서여기인(書如其人)'이라고 해서 글씨는 곧 그 사람이라고 한다. 올곧게 일생을 살아온 동농 김가진은 세상이 혼탁할수록 정도를 지켜야 한다는 지조가 있었다. 그래서 동농은 정법의 행서로 일관하였던 것이고 그렇게 낳은 그의 서예는 우리 근대서예사를 대표하고 있다.

제5장 스승과 벗

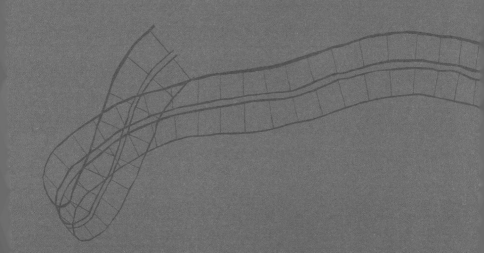

리영희: 나의 주례 선생님

리영희 선생과의 만남

리영희(1929~2010) 선생님은 내 결혼식 주례이셨다. 그때 선생님 나이 48세로 내가 첫 주례 제자였다. 리영희 선생님이 내 결혼식 주례를 맡게 된 것은 1970년대 유신독재가 낳은 시대의 인연이었다. 1974년 2월, 나는 3년(정확히 35개월)간의 군 복무를 마치고 그해 3월, 서울대 미학과 4학년에 복학하였다. 그런데 한 달 만인 4월, 일명 민청학련 사건으로 불리는 긴급조치 4호 위반으로 구속되어 제대 두 달 만에 감옥으로 끌려가는 신세가 되었다. 그때 비상고등군법회의는 무시무시해서 관련자들은 사형, 무기징역 등이 언도되었는데 나는 군 제대 두 달 만에 구속되었다는 사실이 좀 딱해 보였는지 '겨우' 징역 10년 형이 언도되었다. 비상고등군법회의 2심에 항소이유서를 써낼 때 나는 딱 한 문장만 썼다.

'나는 아무리 생각해도 징역 10년 살 행동을 하지 않았다.'

그런데 그게 통했는지 7년 형으로 감형되었다. 이에 나는 상고를 해보았자 별 소용이 없다고 생각하고 상고 포기를 해버렸다. '까짓것 7년 살고 말지' 하는 배짱이었다. 그러자 형이 확정되어 영등포교도소로 이감되어 출역(出役)하게 되었다. 내가 일하는 공장은 헝겊을 오려 '뻥튀기 꽃'(수국꽃)을 만드는 조화(造花)2공장이었다. 여기서 나는 공범인 백영서, 김학민, 최민화 등과 함께 징역을 살았다.

그런데 유신독재 정권은 한국의 인권 상황이 극도로 악화되었다는 세계 여론에 밀려 1975년 2월 15일, 긴급조치 4호 위반자 중 인혁당 관계자와 이현배, 유인태, 이강철, 김효순 등 졸업생 몇 명만 남겨두고 재학생 전부와 박형규 목사, 김지하 시인 등 재야인사 모두를 형집행정지로 석방하였다.

출소해보니 수감자 중 대법원에 상고한 사람들은 서류가 법원에 갔다 와야 하는 형식적인 절차가 복잡해 곧바로 석방되지 않았다. 그리고 이틀 뒤인 17일 저녁에 출소한다는 소식이 텔레비전 뉴스에 나왔다. 그래서 나는 '공범들'의 석방을 맞이하러 서대문구치소(서울구치소)로 갔다. 그때 나는 감옥 안에서 말로만 듣던 지하철을 처음 타보았다.

| 1975년 2월 15일 영등포교도소 출소 | 대학생 시절 일명 민청학련 사건으로 불리는 긴급조치 4호 위반으로 구속되었다가 1년 만에 형집행정지로 석방되었다. 교도소 밖에서 기다리던 친구들이 나를 헹가래 치는 사진이 당시 신문(『동아일보』 1975년 2월 17일 자)에 실렸다.

그날 현저동 서대문구치소 앞에는 일찍부터 많은 사람들이 모여 있었다. 가족들은 물론이고 재야인사들로 가득했다. 나처럼 갓 출소한 '빵잽이'들은 빡빡머리 아니면 모자를 쓰고 있었다. 당시 나는 모자도 쓰지 않고 다녔는데 키가 큰 바람에 나의 빡빡머리는 유난히 눈에 띄었던 모양이다. 이제나저제나 구치소 문이 열리기만 기다리는데 곁에 있던 한 중년의 신사가 내게 말을 걸어왔다.

"이번에 출소했소?"
"예, 서울대 문리대 미학과 학생입니다."

"거, 고생 많았소"

"선생님은 누구신가요?"

"나, 리영희라고 하오."

"예에? 선생님! 반갑습니다. 교도소 안에서 선생님의『전환시대의 논리』를 세 번 읽었습니다."

리영희 선생의『전환시대의 논리』(창작과비평사 1974)는 1974년 6월에 나온 것으로 알고 있다. 그리고 내가 그 책을 받아 읽을 수 있었던 것은 교도서에서 도서 열독이 허가된 그해 11월이었다. 여동생이 황석영의『객지』(창작과비평사 1974)와 함께 보내주었는데『객지』는 감방 잡범들이 돌려보느라 표지가 다 떨어질 정도였지만『전환시대의 논리』는 내 손에서 한 달간 떠나지 않았다.

사실 내가 리영희 선생을 글로 처음 만난 것은 군에 있을 때인 1972년 여름,『창작과비평』에 실린「베트남 전쟁 I」이었다. 이 글은 내게 세상을 보는 눈을 열어준 잊을 수 없는 글이었다. 지금은 그 내용을 다 잊어버렸지만 내 눈앞에 씌었던 모든 편견의 장막을 걷어버렸다는 통쾌감만은 가슴에 깊이 박혀 있다. 교도소 안에서 읽은『전환시대의 논리』는 다시 내게 사물을 바라보고 세계를 인식하는 방법에 대해 많은 것을 가르쳐주었다. 같은 조화공장에 일하던 백영서와 이 책에 대해 참으로 많은 감동을 나누었다. 그래서 리영희 선생은 내 마음속의 은사로 되어 있었다.

나는 리영희 선생님께 한번 찾아뵙고 싶다고 했더니 선생님은 아무 때나 놀러 오라고 하시며 전화번호를 알려주셨다. 그리하여 일주일쯤 뒤 나는 백영서와 함께 제기동 한옥으로 선생님을 찾아뵈었다. 선생님은 우리를 반갑게 맞이하시며 안방을 향해 사모님께 큰 소리로 외치셨다.

"여보, 여기 이번에 고생하고 나온 분들 오셨으니 어서 술상을 내오시오."

사모님이 차려 오신 술상 앞에서 우리는 선생님의 따뜻한 위로와 인생과 사회에 대한 진지한 철학을 들었다.

리영희 선생의 첫 주례

이렇게 나는 11개월 감옥생활 만에 자유의 몸이 되었다. 그러나 내 처지란 대학은 졸업 못 하였고, 형집행정지로 요시찰의 대상이 되어 담당 형사가 매달 동향 보고를 쓰기 위해 만나는 상태라 무얼 할 수 있는 것이 없었다. 무엇보다 부모님 뵐 면목이 없었다. 아버지가 실직 상태였기 때문에 나는 무조건 취직하여 돈을 벌어야만 했다. 결국 백기완 선생이 내 처지를 이해해주셔서 강민 시인이 편집국장으로 있는 금성출판사에 취직시켜주셨다. 나는 안정된 삶을 얻게 되면서 내가 구속될 때 중앙정보부에 끌려가 50일 동안 구류를 살았던 사랑하는 애인과 결혼하여 오붓이 살기로 마음먹었다.

　부모님의 허락을 얻은 나는 결혼식을 준비하면서 주례 선생으로 장준하 선생을 모실 생각이었다. 당시 나는 면목동 장준하 선생 댁에 자주 드나들어 장남인 장호권 형과도 가까이 지냈다. 그런데 그해 8월 17일 장준하 선생은 의문사로 돌아가셨다.

　결혼 날짜가 다가오는 나로서는 난감했다. 그래도 나는 주례 선생님만은 인생의 사표(師表)로 삼을 분을 모셔야 한다고 생각했다. 그래서 떠오른 분이 리영희 선생이었다. 그러나 나라는 인간은 학생운동을 하다 감옥을 살았다는 것 이외에는 내세울 것이 아무것도 없었고, 선생님과는 한번 찾아뵈었다는 인연밖에 없으며, 또 선생님은 나이가 젊어서 거절하실지 모른다는 생각이 들었다. 그러면서도 용기 내어 제기동으로 찾아뵙고 주례를 부탁드렸더니 뜻밖에 흔쾌히 승낙하시며 안방을 향해 사모님을 불렀다.

　"여보, 유 군이 결혼을 한다는구려. 술상 좀 내와요."

　나중에 알고 보니 선생님께서는 항상 술상을 내올 명분을 그렇게 강조하시곤 한 것이었다. 사모님은 그놈의 술 좀 작작 마시길 바랐고, 선생님은 항시 구실을 찾곤 했던 것이다. 사모님께서는 술상을 내오시며 내게 축하한다는 인사말을 잊지 않으시고는 술상의 안주 그릇을 가지런히 놓으며 지나가는 얘기로 이렇게 말씀하셨다.

| 주례 선생님 리영희 | 당시 선생님 나이 48세로 내가 첫 주례 제자였다. 리영희 선생이 내 결혼식 주례를 맡게 된 것은 1970년대 유신독재가 낳은 시대의 인연이었고, 내 결혼식 이후 리영희 선생은 '빵잽이들' 제적 학생들 주례를 도맡으셨다.

"엊그제만 해도 새장가 갈 판에 무슨 주례냐고 거절하시더니 어떻게 마음을 바꿔 잡수셨수?"

"그때는 그랬었지."

나는 그제야 선생님의 첫 주례가 나인 줄 알았다. 며칠 후 나는 내 처 될 사람과 함께 주례 선생님 댁에 인사드리러 갔다. 당시 관례에 따라 와이셔츠와 넥타이를 사 갔는데 사모님께서는 선생님 목과 팔 사이즈를 꼭 맞추었다며 역시 미학과 출신답다고 칭찬해주셨다. 그때 다른 한 쌍의 젊은이가 찾아와 우리는 이내 자리를 비켜주고 일어났는데 그는 바로 선생님의 글 「농사꾼 임 군에게 보내는 편지」의 '임 군'으로 나보다 일주일 뒤에 결혼을 하게 되어 인사 온 것이라고 했다.

'나라'가 아닌 '사회'

1975년 9월 27일 12시, 나는 리영희 선생님을 주례로 모시고 서울 퇴계로 2가에 있던 결혼회관에서 결혼식을 올렸다. 나의 결혼식장은 예기치 못하게 만원을 이루었다. 당시 민청학련 관련 공범들은 출소 후 당국의 감시로 친구들끼리 만나는 것조차 자유롭지 못했는데 이날 내 결혼식장이 '합법적인 만남'의 장소로 된 것이다. 식장 안팎이 대단히 소란했다. 민청학련 출소자들은 요시찰로 동향 보고를 계속하는 바람에 형사들도 적지 않게 왔고 내 담당 형사도 축의금으로 3천 원을 내놓은 것이 장부에 적혀 있다. 하객 중에는 황석영 형, 최민 형 등 선배들이 축하해주러 왔고 그런가 하면 재야인사 중 소설가 이호철 선생, 동아투위(동아자유언론수호투쟁위원회)의 박지동 선배 등도 축의금을 내고 갔다.

그런 중 내 결혼식을 더욱 큰 이벤트로 만든 것은 주례가 다름 아닌 리영희 선생이었기 때문이다. 나의 담당 형사는 왜 한양대 교수가 주례를 맡게 됐냐고 의아해했지만 나의 친구들은 글로만 뵙던 리영희 선생님의 얼굴을 이때 비로소 처음으로 뵐 수 있었던 것이다. 사회자가 식이 열림을 알리면서 "리영희 선생을 주례로 모시고"라는 말을 하자 하객 한쪽에서 "뭐, 뭐, 뭐라고?" 하면서 웅성거리는 소리가 들렸다.

재미있는 것은 당시 결혼 청첩장에는 신랑, 신부의 부모 이름과 함께 대개는 주례의 이름도 쓰여 있었다. 그러나 민청학련 '공범'들에겐 청첩장이 아니라 장소와 시각만 입으로 전해졌기 때문에 주례가 리영희 선생인 줄 모르고 있었던 것이다. 그래서 고개를 내밀며 선생님의 얼굴을 보려고 하는 사람, 밖에서 친구들과 얘기하다가 주례 선생님을 보겠다고 뛰어오는 사람도 있었는데 신랑이 입장하여 그 큰 키로 주례를 가려버리니 그때는 이미 늦어 얼굴을 못 봤다고 나중에 말한 친구도 있었다.

선생님의 주례사는 길지도 짧지도 않은 것이었다. 당시는 비디오라는 것이 없어 남은 흔적이 없고 내 기억 속에만 있는데 내게는 잊히지 않는 두 마디 말씀이 지금도 귓가에 쟁쟁히 들려온다.

"인생을 뜻있고 선이 굵게 사는 사람은 자잘한 것에는 잔신경을 쓰지 않는 것으로 생각되기 쉽지만, 매사에 정확하고 성실하고 섬세한 사람이 선이 굵고 멀리 볼 수 있는 법입니다. 신랑, 신부는 시간을 지킨다는 작은 일부터 소홀히 하지 말고 먼 곳을 생각하기 바랍니다.

그리고 두 사람이 살다 보면 의사 결정에서 의견이 달라질 때가 있습니다. 남자와 여자의 판단이 다를 때 작은 일은 남자 쪽이건

여자 쪽이건 어느 것을 따라도 무방할 것이니 서로 양보하는 미덕
이 해결해줄 것입니다. 그러나 결정적 순간의 큰일에서 의견 차가
생긴다면 신랑은 반드시 신부의 의견을 따르기 바랍니다. 이것은
인생의 선배로서 경험적으로 드리는 충고입니다.”

　나는 이 충고를 항시 잊지 않았다. 내 인생에 두어 번 큰 갈림길
같은 것이 있었을 때, 나는 내 아내에게 판단해줄 것을 물었고 그
때마다 그녀의 판단에 따랐다. 한번은 내가 『계간 미술』을 떠나 어
느 대학교수로 발령받았으나 신원 조회에 걸려 하루 만에 취소되
었을 때다. 『계간 미술』로 바로 복귀할 수도 있었고, 또 그곳은 내
게 3개월간 월급을 주며 기다렸다. 그러나 나는 미술평론가로 살
려면 백수가 될지언정 그곳을 나와야 한다고 생각했다. 안정된 직
장과 불안정한 프리랜서 중 어느 것을 택할 것인가에서 나는 주례
선생님의 충고대로 아내의 판단에 맡겼다. 내 아내는 “직장에서
나와도 당신은 나를 굶기진 않을 것 같다”며 내 길을 가게 해주었
다. 사실 그때 아내가 막는다고 내가 직장으로 돌아갈 것은 아니
었다. 그러나 주례 선생의 충고에 따랐기 때문에 우리 집에는 그
로 인한 마찰도 없었고 아내는 나의 어려운 처지를 항시 이해해줄
수 있었던, 일종의 삶의 슬기로운 형식 하나를 갖춘 셈이었다.
　나의 결혼식에는 잊을 수 없는 하나의 기념품이 있었다. 그것은
‘혼인서약’이다. 지금은 없어졌지만 그때는 ‘성혼선언문’ 이외에
‘혼인서약’이라는 것이 있었다. 일종의 맹세로, 군인의 맹세, 혁명

| 혼인서약 | 리영희 선생은 혼인서약 문장 중 '나라'라는 단어를 두 줄로 긋고 '사회'라고 고쳐 쓰셨다.

공약, 국민교육헌장 등과 연장선 상에 있는 형식적인 서약인데 그 문장은 어디나 똑같다.

"신랑 유홍준 군과 신부 최영희 양은 어떠한 경우라도 항시 사랑하고 존중하며 진실한 남편과 아내로서의 도리를 다할 것과 어른을 공경하고 나라에 공헌할 것을 맹서합니까?"

이 혼인서약서는 두꺼운 판에 파란 우단으로 덮여 성스럽게 신랑, 신부에게 전달하게 되어 있다. 물론 거기에는 '1975년 9월

27일 주례 리영희'라는 서명이 들어 있다.

그런데 나중에 신혼여행에서 돌아와 이 '혼인서약'을 펼쳐보니 주례 리영희 선생은 혼인서약 문장 중 '나라'라는 단어를 두 줄로 긋고 '사회'라고 교정보아놓았다. 만년필로 '사회'라고 고쳐 쓴 것이었다. 신혼여행을 다녀온 뒤 제기동으로 선생님을 찾아뵙고 '혼인서약'의 단어 고친 것을 물었더니 이렇게 말씀하셨다.

"그게 그거일 수 있으나, '나라'라는 말에는 파쇼 냄새가 나지만 '사회'라는 말에는 인간의 윤리가 살아 있다는 차이 아니겠어."

아! 나는 이런 분의 주례로 결혼했다. 이것이 나의 복인가, 아니면 내 생의 부담인가. 그것을 나는 아직도 분명히 가름치 못한다. 다만 주례 선생님께 변함없는 존경과 감사를 드리며 살아왔다.

주례 제자단

리영희 선생은 내 결혼식 이후 '빵잽이들', 제적 학생들 주례를 도맡으셨다. 서중석(성균관대 명예교수), 유인태(전 국회의원), 채만수(진보운동 이론가), 김세균(서울대 명예교수), 윤후상(『한겨레』 편집국장), 유인택(공연기획가), 백영서(연세대 명예교수) 등이 리영희 선생님의 '주례 제자들'이다.

그리하여 선생님 살아생전에 우리 주례 제자단은 해마다 설날이면 선생님께 세배를 다녔다. 1년에 한 번은 날을 받아 선생님과 사모님을 모시고 저녁을 하며 그 끈끈한 인간관계를 유지하였다. 멋진 한정식집으로도 모셨고, 소래포구로 나들이를 하기도 했다. 그럴 때면 참관인으로 선생님의 벗인 임재경 선생님이 함께하셨다. 선생님이 『8억 인과의 대화』(창작과비평사 1977)를 펴내실 때는 댁으로 찾아가 교정보는 일도 도와드렸다. 선생님 회갑연이 프레스센터에서 열릴 때는 식장 앞에서 주례 제자단이 접수를 맡았다. 선생님이 교도소에 무시로 끌려가 안 계실 때도 사모님을 뵈러 다니곤 했다.

그리고 선생님은 당신의 주례 제자들이 국회의원도 되고, 대학교수도 되고, 문화재청장을 하고 있다는 사실을 그렇게 흐뭇해하셨다. 내가 문화재청장이 되어 경복궁 경회루에 이어 창덕궁 후원과 희정당, 대조전을 개방할 때 선생님과 사모님을 모시고 시범 답사를 했고 그 시간을 그렇게 즐거워하셨다.

사모님인 윤영자 여사님도 우리 주례 제자단을 기특해하셨다. 사모님은 주례 제자 중에서 특히 나를 귀여워하셔서 우리들이 찾아가면 나를 '반장'이라고 하시며 우리 어머니 안부를 따로 묻곤하셨다. 민주화운동 가족모임으로 '한결모임'이 있는데 공덕귀 여사, 김지하 시인의 어머니, 이철 의원의 어머니 모두 돌아가시고 지금은 이해동 목사님 부부와 우리 어머니만 아직 생존해 계셔서 험난했던 지난 세월을 함께 버텨온 정이 각별하게 든 것이었다.

선생님이 돌아가신 이후에도 나는 사모님을 자주 찾아뵈었다.

일본 교토 답사에도 모시고 갔고, 부여문화원에서 열린 내 행사에
도 모시고 갔다. 그리고 내가 부여에 시골집을 짓고 주말을 거기
서 보내면서 해마다 가을이면 우리 집 앞산에서 수확한 부여 알밤
을 택배로 보내드렸다. 사모님께서는 그 알밤을 꼭 김치냉장고에
보관했다가 12월 5일 선생님 제삿날 제상에 올려놓고 "이거 당신
주례 제자 유홍준이가 보내준 겁니다"라고 고하신다고 했다.

　선생님의 아들딸, 건일이, 건석이, 미정이도 이런 나를 가까운
친척붙이로 생각하며 지내고 있다. 특히 성격이 밝고 매사에 당당
한 미정이와는 정이 많이 붙어 그때나 지금이나 나를 '아저씨'라
고 부른다. 그러면 사모님은 "너는 교수님이라고 하지 않고 꼭 아
저씨라고 하냐"라고 통박을 놓지만 매사에 당당한 미정이는 "어
때, 아저씨는 아저씨지"라며 히히히 웃는다. 나는 그게 얼마나 정
겹게 다가오는지 모른다.

　그리고 세월이 흘러 나는 미정이의 딸 지혜, 즉 리영희 선생님
의 외손녀 주례를 맡았다. 내가 미정이에게 "네가 나를 주례 시킨
거지?" 하고 물으니 "아냐, 우리 딸애가 부탁한 거야. 걔는 내가 시
킨다고 말 듣는 애가 아냐. 아저씨가 그만한 인물이 됐다는 증거
지. 히히히." 이 얼마나 기쁘고, 흐뭇하고, 행복한 인연인가. 유신
독재라는 캄캄한 세상을 살아가면서도 우리네 삶 한쪽 구석엔 이
런 인간적 행복이 있었던 것이다.

　아! 나의 주례 리영희 선생님!

백기완: 『장산곶매 이야기』와 『버선발 이야기』

　백기완(1932~2021) 선생은 평생을 민족통일, 반독재, 노동해방 운동에 앞장선 민주투사로 세상을 떠나는 그날까지도 투쟁의 횃불을 내려놓지 않았다. 데모대의 맨 앞장에 서서 바람결에 갈기머리를 휘날리며 호랑이 눈매보다 더 매서운 눈으로 불호령을 치는 영원한 거리의 투사가 백기완 선생의 본모습이다.

　그러나 투쟁의 현장에서 돌아오면 백기완 선생은 사라져가는 민족혼과 민중적 삶의 싱싱한 정서를 고양시키는 작업에 몰두했다. 그것이 『장산곶매 이야기』(우등불 1993)에서 『버선발 이야기』(오마이북 2019)까지 민중설화를 토속어로 이야기한 백기완 선생의 구비문학이다.

　백기완 선생이 구전 이야기를 책으로 펴낼 때 글쓴이의 한마디를 하면서 외래어는 물론 한자어도 하나 없는 순우리말로만 이렇게 말씀하셨다.

이것은 자그마치 여든 해가 넘도록 내 속에서 홀로 눈물 젖어온 것임을 털어놓고 싶다. 나는 이 버선발 이야기에서 처음으로 니나(민중)를 알았다. 이어서 니나의 새름(정서)과 갈마(역사), 그리고 그것을 이끈 싸움과 든메(사상)와 하제(희망)를 깨우치면서 내 잔뼈가 굵어왔음을 자랑으로 삼고 있는 사람이다. 그래서 지난해엔 더 달구름(세월)이 가기 앞서 마지막으로 이 이야기를 글로 엮으려다가 그만 덜컥, 가슴탈(심장병)이 나빠져 아홉 때결(시간)도 더 칼을 댄 끝에 겨우 살아났다. 이어서 나는 성치 않은 몸을 이끌고 몰래몰래 목숨을 걸고 글로 써서 매듭을 지은 것이 이 '버선발 이야기'라.(백기완 『버선발 이야기』, 오마이북 2019)

실제로 선생은 2018년에 수술을 마치고 마취에서 깨어나면서 원고지부터 찾으셨다고 한다. 그리고 책이 나온 날 저녁, 잠자리에 들기 전에 독자 입장에서 다시 한번 읽으면서 그만 눈물이 흐르는 것을 어쩔 수 없었다고 그 감회를 말하셨다. 사자 갈기머리에 지축을 흔드는 목청으로 어떤 폭압에도 거침없이 나아가는 '거리의 백발 투사' 백기완 선생이 왜 이 책을 펴내고 울었는가.

나는 그 눈물의 내력을 안다. 사람들은 백기완 선생을 '불굴의 통일 전사'로 먼저 떠올리겠지만, 선생은 한편으로는 여든 평생

뼛속 깊이 사무치도록 간직해온 민중의 이야기로 젊은이들의 영혼을 일깨워주셨다. 그리고 이 이야기들이 대대로 후손에게 전해져야 한다는 사명감이 있으셨다. 그렇게 펴낸 것이 거의 서른 편이나 된다. 백기완 선생이 일찍이 우리에게 처음 들려준 것은『장산곶매 이야기』였다.

옛날에 황해도 구월산 줄기가 황해바다를 만나 문득 멈춘 장산곶 마을의 솔숲에는 낙락장송을 둥지로 삼아 살고 있는 매가 있었다. 그중 장수매를 동네 사람들은 마을의 수호신으로 생각해왔다. 장산곶매는 1년에 딱 두 번 대륙으로 사냥을 나가는데 사냥 떠나기 전날 밤에는 자기 집에 대한 집착을 버리려고 '딱 딱 딱' 부리질로 자기 둥지를 부수고 날아갔다. 그래서 이 고장 사람들은 장산곶매가 부리질을 시작하면 같이 마음을 졸이다가 드디어 사냥에서 돌아오면 춤을 추며 기뻐하였다.

그런데 하루는 대륙에서 집채보다 더 큰 독수리가 쳐들어와서 온 동네를 쑥밭으로 만들었다. 그놈은 송아지도 잡아가고, 아기도 채어 갔다. 사람들이 어쩌지 못하고 당하고만 있는데 이때 장산곶매가 날아올라 맞대하였다. 동네 사람들은 징을 치고 꽹과리를 울리면서 장산곶매를 응원했다. 그러나 독수리가 큰 날개를 한번 휘두르면 장산곶매는 그 날개바람에 나가떨어져 피투성이가 되곤 했다. 그래도 장산곶매는 굴하지 않고 끝까지 대들며 싸우고 또 싸웠다. 장산곶매가 흩뿌린 피가 날리어 사람들의 흰옷을 붉게 물들였다. 그러다 장산곶매는 마침내 그놈의 약점을 알아챘다. 독수리가 날개를 활짝 다 펼치고 내리 치달리기 위해 잠시 허공에 멈추어 선 순간 가슴팍을 파고들어 있는 힘을 다해 날갯죽지를 찍어버렸다. 그러자 날개가 떨어져 나간 독수리는 땅으로 내리 곤두박혔다.

길고 긴 싸움이 끝나고 장산곶매는 피투성이가 된 지친 몸으로 낙락장송 위에 앉아 눈을 감고 쉬고 있었다. 바로 그때 피 냄새를 맡은 큰 구렁이가 나타나 장산곶매가 앉아 있는 나무를 감고 올라가기 시작했다. 마을 사람들은 빨리 날아오르라고 소리를 지르며 꽹과리를 쳐댔다. 그러나 장산곶매는 퍼덕이기만 할 뿐 날아오르지 못하고 다시 주저앉았다. 장산곶매가 새끼였을 때 사람들이 마을을 지키는 장수매라고 발목에 표시를 해놓은 끈이 나뭇가지에 걸렸던 것이다.

마침내 구렁이가 머리를 높이 치켜들고 달려들었을 때 장산곶매는 외다리로 이쪽으로 피하고 저쪽으로 피하면서 맞대하였다. 그러다 구렁이가 머리를 한껏 치켜올리고 내리꽂으려는 순간 장산곶매는 온 힘을 다해 한쪽 발톱으로 구렁이 눈을 찍었다. 순간 그놈이 잠시 휘청거리자 부리로 머리통을 쪼아버렸다. 구렁이는 나뭇가지를 부러뜨리며 땅으로 떨어졌고 장산곶매는 나뭇가지에 걸렸던 끈을 매단 채 높이 날아올랐다. 그러자 마을 사람들은 꽹과리를 치면서 기쁨의 함성을 질렀다.

그러던 어느 날 장산곶매는 하늘로 훨훨 날아가 멀리 사라졌다.

| **최병수의 목판화 〈장산곶매〉** | 백기완 선생은 뼛속 깊이 사무치도록 간직해온 민중의 이야기로 젊은이들의 영혼을 일깨워주셨다. 그중 장산곶매 이야기는 황석영의 소설 『장길산』의 서막에 인용되었고 최병수의 목판화로 형상화되기도 했다.

동네 사람들은 이제나저제나 기다리는데 다시는 마을로 돌아오지 않았다. 그러나 그 뒤로 장산곶매가 칠흑 같은 캄캄한 밤하늘에 대고 '딱' 하고 쪼기만 하면 샛별이 하나 생기고, '딱' 하고 쪼기만 하면 또 샛별이 하나 생겨 갈 길을 잃은 사람들의 길라잡이가 되었다. 지금도 장산곶매는 캄캄한 밤하늘을 가르며 '딱딱' 하고 부리질을 하면서 영원히 날아가고 있다는 이야기다.

이 감동적인 장편 서사는 황석영이 소설 『장길산』(1974~1984)의 서막에 그대로 인용하였고, 영화패 동아리 이름으로도 쓰였고, 최병수의 목판화로 형상화되기도 하였다. 백기완 선생은 어려서 이런 이야기를 엄마 품에 안겨 듣고 할머니, 할아버지 무릎에 앉아서 듣고 마을 누나 곁에서 들으며 그 속에 들어 있는 든메(사상)를 속으로 새겨왔다고 한다.

이 『장산곶매 이야기』는 어머니에게 들은 것이었다고 한다. 작고 어질고 착한 물고기인 이심이가 엄청난 덩치의 큰 물고기에게 당하다가 끝까지 싸워 마침내는 비늘이 철갑이 되어 힘센 바닷물고기가 되는 『이심이 이야기』(민족통일 1991)는 할머니에게 들은 것이고, 「쇠뿔이 이야기」(『우리 겨레 위대한 이야기』, 민족통일 1990)는 대장간 음전이 누나에게 들은 것이고, 「달거지 이야기」는 강원도 삼척으로 농민운동 갔을 때 영감님한테 들은 것이고, 『버선발 이야기』는 어머니와 할머니 그리고 일본 놈의 모진 고문과 옥살이를 이겨낸 여러 집안 어르신들에게 들은 것이었다고 한다.

백기완 선생은 민중들이 삶 속에서 엮어낸 이 이야기 속의 사상과 희망을 예리하게 간취하셨다. 탈춤에서 먹중이가 춘정을 못 이겨 추는 춤은 '멍석말이춤'을 각색한 가짜라고 했다. 그것은 본래 멍석에 둘둘 말려 매질을 당한 노비가 죽지 않고 꽹과리 장단에 맞추어 꿈틀꿈틀대며 일어나는 춤사위가 그렇게 변질된 것이라고 했다. 또 '살풀이춤'이라는 것도 몸에 박힌 화살을 하나씩 뽑아내는 몸짓에서 나온 것임을 해방 무렵 들쑥이 누나에게 들었다고 한다.

백기완 선생은 이를 틈틈이 기록으로 남기기도 하고 한판 이야기 마당으로 우리에게 들려주기도 했다. '백기완의 민중사상

| 2019년 『버선발 이야기』 기자간담회 날 백기완 선생과 함께 | 백기완 선생은 기자간담회에서 "성치 않은 몸을 이끌고 몰래몰래 목숨을 걸고 글을 써 매듭을 지은 것이 『버선발 이야기』"라고 말했다.

특강'이라는 이름으로 2015년 12월 소극장 학전 무대에 올린, 골난 사람들이 굿하는 떼거리의 이야기인 「꼴굿떼 이야기」는 그것이 곧 우리의 민족미학이고 민중예술의 한마당이었다. 문화재청장을 지낸 나로서는 선생은 전승도 이수도 불가능한 인간문화재라고 할 수밖에 없다. 이야기와 춤만이 아니었다. 대중가요로 일제강점기에 널리 불렸으나 지금은 어디에도 악보가 남아 있지 않은 「진달래 무르녹은 언덕 밑에는」이라는 노래를 가슴에 간직하고 계셨고, 『버선발 이야기』 출판 기념 기자간담회 때는 벅찬 감회를 이기지 못하여 "북만주 벌판"으로 시작하는 「아 싸우는 조국이

여」를 즉석에서 부르셨다.

1970년대, 유신독재 시절 충무로의 낡고 허름한 신영건물 2층에 있던 백범사상연구소에는 이런 이야기를 들으러 젊은이들이 드나들었다. 창작판소리의 임진택, 썽풀이춤의 이애주, 탈춤계의 교주 채희완, 가수 김민기, 화가 주재환, 김정헌, 홍선웅 그리고 판화가 오윤과 민예총의 김용태. 이들이 80년대 들어와 본격적으로 활동한 민족예술 제1세대이다.

후배들은 이들을 민족예술의 '백두혈통'이라고 부러워했다. 그러나 영원한 청춘인 백기완 선생의 곁에서 제2세대, 제3세대가 여전히 그 뒤를 이어 민중의 사상을 배우며 자랐다.

백기완 선생이 젊은이들을 품에 안고 그들을 일깨워준 말은 설교도 아니고 훈계는 더욱 아니다. 70년대 말에서 80년대 초까지 한동안 나는 벗들과 해마다 설날이면 장충동 선생님 댁으로 세배를 드리러 갔다. 신영건물 시절 백기완 선생의 귀여움을 독차지했던 간사인 '지연이'가 바로 내 여동생이기 때문에 선생님과 나는 더욱 각별했다. 그럴 때면 선생님은 이런저런 이야기의 한 대목을 들려주시곤 했다.

"야, 홍준아. 너 말뜸이라는 것 아냐. 말뜸이란 네 식으로 말하자면 문제제기야. 문제의식을 갖추어야 세상을 생각하는 틀거리가 서는 거지. 그 말뜸을 얻으면 흐릿한 눈이 활짝 열리고 생각도 열리고 마음까지도 열리지. 그 깨달음을 '다슬'이라고 한다."

선생이 마지막으로 펴낸『버선발 이야기』는 머슴의 아들 버선발(맨발)이 사람에게 땅이라는 것이 무엇인가라는 말씀을 얻는 것에서 시작한다. "호박 한 포기 심어 먹을 땅 한 줌이 없는" 버선발이 말씀을 얻어 비로소 깨친 다슬(깨달음)은 다름 아닌 노나메기였다. 노나메기는 너도 일하고 나도 일하고, 너도 잘 살고 나도 잘 살되 올바로 잘 사는 벗나래(세상)를 말한다.

백기완 선생의 이 이야기 속에는 이렇듯 은유와 상징으로 민중의 삶, 민중의 생각, 민중의 꿈이 그대로 담겨 있다. 그런데 백 선생님이『버선발 이야기』에 유독 목숨을 거는 마음으로 온 힘을 다하고 책이 나오자 기어이 눈물까지 흘리신 것은 아마도 두 가지 사실 때문이었을 것이다.

하나는 '장산곶매'는 새 이야기이고 '이심이'는 물고기 이야기지만,『버선발 이야기』는 다름 아닌 사람 이야기이기 때문이다. 새와 물고기 이야기에서는 피투성이로 싸운다는 것이 은유로 들려왔지만 버선발이 아픔을 당할 때면 내 살점이 떨어져 나가는 아픔이 그대로 전해진다. 두 번째는 이 이야기는 바로 백 선생이 어머니 품에서 들은 이야기이기 때문이다. '엄마 생각'에 절로 눈물이 났던 것이다.

2019년 3월『버선발 이야기』출판 기념 기자간담회에 일부러 찾아뵈니 선생님은 예쁘게 꾸며진 책을 가슴에 품고서 "나는 이제 늙어서 언젠가 죽겠지만, 이 책이 있어 죽지 않고 영원히 살 수 있

| **백기완 묻엄** | 2021년 2월 15일, 백기완 선생은 향년 89세로 세상을 떠나셨다. 순우리말로 민족혼을 부르짖던 백기완 선생을 기리기 위해 묘비에는 『훈민정음』 글씨를 집자하여 '백기완 묻엄'이라 새기었다.

겠구나"라며 감격해하셨다. 그래서 내가 "이제 한판 말림(온몸으로 하는 공연)으로 세상 사람들에게 들려주셔야 하지 않겠어요?"라고 하자 선생님은 내 손을 꼭 붙잡고 낮은 목소리로 이렇게 대답하셨다. "힘만 생기면 그렇게 해야지….'

2021년 2월 15일, 백기완 선생님은 향년 89세로 세상을 떠나셨다. 선생님의 장례식은 재야인사와 노동자들 중심으로 이루어진 '민주사회장'으로 치러졌고, 선생님은 먼저 떠난 민주열사와 노동해방 운동가들이 모셔진 마석 모란공원 민주열사 묘역의 정중앙, 전태일 열사 무덤 곁에 모셔졌다.

장례 후 닥친 어려운 문제는 묘비 제작이었다. 유족을 비롯하여 관계자들이 통일문제연구소에 모여 논의한 결과 '질경이'의 이기연이 구해 온 차돌바위에 군더더기 없이 간결하게 '백기완 무덤' 다섯 자만 새기기로 했다. 어떤 수식도 필요하지 않았던 것이다. 그러나 순우리말로 민족혼을 부르짖던 백기완 선생의 묘비로는 어딘지 부족하게 느껴졌다. 그때 생각난 것이 상해에 있는 백범 김구 선생의 부인 최준례 여사의 묘비를 한글학자 독립군인 김두봉이 '최준례 묻엄'이라고 쓴 것이었다. 이를 본받아 우리는 훈민정음 글씨를 집자하여 '백기완 묻엄'이라 새기고 뒷면에 우리들의 노래를 선생님 글씨체로 써넣었다.

사랑도 명예도 이름도 남김없이

신영복: 무문관(無門館) 20년이 낳은 해맑은 영혼

2016년 1월 15일, 우리 시대의 '참스승' 신영복(1941~2016) 선생님이 기어이 가셨다. 마음의 준비를 안 한 건 아니지만 이제 선생님을 다시 뵐 수 없다고 생각하니 이렇게 허전할 수가 없다. 부음이 전해진 그날 밤부터 인터넷에는 선생님의 서거를 애도하는 글이 쉴 없이 올라왔다. 장례식장에선 선생님 가시는 길에 꽃 한 송이를 바치고 싶어하는 조문객들이 열 명씩 조를 이루며 문상하였다. 각계의 인사들이 다녀감이야 마땅한 일이지만 이렇게 많은 국민들이 선생님을 사모하고 있음을 보셨다면 아무리 하늘의 명을 받아 가시는 길이지만 잠시 발길을 돌려 생전의 그 밝은 미소로 손이라도 한번 들어주실 만하지 않은가.

나는 이제껏 선생님처럼 맑은 영혼을 갖고 사신 분을 알지 못한

| 신영복 | 생의 창조적 열정이 고조에 달하는 나이 27세부터 47세까지 20여 년을 어두운 감옥에서 보내셨으면서도 단 한 번도 당신이 받은 고통에 대하여 불평을 말하신 적이 없었다.

다. 선생님처럼 결이 고운 분을 본 적이 없다. 선생님처럼 마음이 따뜻한 분을 뵌 적이 없다. 그래서 선생님과 만난 사람들은 모두 자기가 선생님과 제일 친한 걸로 생각하고 있다. 지금도 선생님의 글, 선생님의 글씨, 선생님의 얼굴 사진을 보면 절로 마음이 표백되는 것만 같다.

선생님은 삶과 글과 강의와 글씨로 우리에게 너무도 많은 일깨움을 주셨다. 선생님은 생의 창조적 열정이 고조에 달하는 나이 27세부터 47세까지 20여 년을 어두운 감옥에서 보내셨으면서도 단 한 번도 당신이 받은 고통에 대하여 불평을 말하신 적이 없었다. 감옥생활 20년이라는 가누기 힘든 상황 속에서도 삶의 기본을 잃지 않고 『감옥으로부터의 사색』(햇빛출판사 1988)을 세상에 내보이셨을 때 나는 선방의 죽비가 내려치는 듯한, 솜방망이로 뒤통수를 한 대 얻어맞은 듯한 충격과 감동을 받았다. 20년이라는 세월을 감옥에서 청춘과 중년의 나날들을 보내야 했지만 그 철저한 차단에서 오는 아픔과 고독을 깊은 달관으로 승화시켜 진주처럼 빛나는 단상(斷想)들을 우리에게 선사해주었던 것이다. 고전으로 읽히는 어떤 명상록도 이 책이 담고 있는 삶에 대한 생각의 깊이를 따라오지 못할 것이다. 소설가 이호철 선생은 파스칼(Blaise Pascal)의 『팡세』(Pensées, 1670)를 능가하는 수상록이라고 했다.

얼마 전에 매우 크고 건장한 황소 한 마리가 수레에 잔뜩 짐을 싣고 이곳에 들어왔습니다. (…) 더운 코를 불면서 부지런히 걸어오는 황소가 우리에게 맨 먼저 안겨준 감동은 한마디로 우람한 '역동'이었습니다. 꿈틀거리는 힘살과 묵중한 발걸음이 만드는 원시적 생명력은 분명 타이탄이나 8톤 덤프에는 없는 '위대함'이었습니다. 야윈 마음에는 황소 한 마리의 활기를 보듬기에 버거워 가슴 벅찹니다.(신영복 『감옥으로부터의 사색』, 돌베개 2018)

가누기 힘든 상황 속에서도 삶의 희망을 잃지 않은 이런 글을 읽으면서 가볍게 살았던 나의 삶을 얼마나 부끄러워했는지 모른다. 출소 이후 신영복 선생은 성공회대에서 교편을 잡고 '인문 공부'를 주창하시면서 『나무야 나무야』(돌베개 1996) 『더불어 숲』

| **신영복의 '어깨동무체'** | 선생의 글씨체를 나는 '어깨동무체'라고 불렀는데 기울어진 획들이 서로 의지하는 글자의 구성이 마치 어깨동무를 하고 있는 것 같은 연대감을 느끼게 해준다.

(중앙M&B 1998)『처음처럼』(랜덤하우스코리아 2007)『담론』(돌베개 2015) 등 많은 저술을 통해 우리에게 인간적인 삶에 대하여 그리고 세상을 옳게 사는 자세에 대해 온화하고 낮은 목소리로 들려주셨다. 이 책들에서 인간의 본분에 대하여 하신 말씀은 무문관(無門關)의 수도사만이 전할 수 있는 인생 교본이었다. 옛사람이 말하기를 명문이란 "가득 담았지만 군더더기가 없고, 축약했지만 빠진 것이 없는 글"이라 했는데 선생님의 글이야말로 그러했다. 나는 선생님의 책을 정말로 아껴가며 읽었다.

선생님의 글씨로 말하자면 한국 서예사에 홀연히 나타난 금자탑이었다. '여럿이 함께' '길벗 삼천리' '처음처럼' 등 네다섯 글자로 화두(話頭)를 던지고 그 아래에 "돕는다는 것은 우산을 들어주는 것이 아니라 함께 비를 맞는 것입니다"라고 풀이를 단 작품들은 한글 서예의 새로운 지평을 열어주는 것이었다.

감옥 시절에 장인적 수련과 연찬을 쌓은 선생님의 글씨는 고요한 사색과 해맑은 서정을 일으켜 세상 사람들로부터 많은 사랑을 받아왔다. 신영복 선생의 글씨체를 나는 '어깨동무체'라고 불렀다. 거친 듯 리듬이 있고, 기울어진 획들이 서로 의지하는 글자의 구성이 마치 어깨동무를 하고 있는 것 같은 연대감을 느끼게 해주기 때문이다. 실제로 신영복 선생은 평소 연대감과 '관계'라는 것을 아주 중요하게 생각하였는데 글씨에서도 마찬가지였다.

일껏 붓을 가누어 조신해 그은 획이 그만 비뚤어버린 때 저는 우선 그 부근의 다른 획의 위치나 모양을 바꾸어서 그 실패를 구하려 합니다. 획의 성패란 획 그 자체에 있지 않고 획과 획의 '관계' 속에 있다고 이해하기 때문입니다. (신영복 『감옥으로부터의 사색』, 돌베개 2018)

〈더불어 숲〉은 신영복 선생이 세상을 떠나기 보름 전에 쓴 작품이다. 이 마지막 작품은 대작인 데다 획에 흔들림이 없어 전혀 절필 같지 않고 오히려 이제까지 당신이 살아온 삶과 사상과 예술이 이 한 작품에 담긴 것 같은 웅혼함이 있다. 그 '더불어 숲'이라 쓴 네 글자 아래에는 작은 글씨로 이렇게 쓰여 있다.

나무가 나무에게 말했습니다. 우리 더불어 숲이 되어 지키자.

이는 어쩌면 신영복 선생이 세상 사람들에게 마지막으로 들려

나무가 나무에게 말했습니다. 우리 더불어 숲이 되어 지키자. 서화남들 신영복

| **신영복의 〈더불어 숲〉** | 신영복 선생이 세상을 떠나기 보름 전에 쓴 작품으로 이제까지 당신이 살아온 삶과 사상과 예술이 이 한 작품에 담긴 것 같은 웅혼함이 있다.

주고 싶었던 절명구였는지도 모른다.

선생님은 스스로 호를 지어 우이(牛耳)라 하고, '쇠귀'라고 쓰면서 소처럼 우직하기를 원한다고 하셨지만 우리에게 비친 당신의 삶은 그 반대였다. 고단한 삶이 이어지는 힘들고 강퍅한 세상을 살면서도 선생님 같은 분이 우리 곁에 있다는 것이 얼마나 큰 위안이었는지 모른다. 그런데 이제 이 모든 것을 과거형으로 돌리자니 너무도 허전하다. 그러나 선생님이 남기신 말씀과 글씨들은 저 하늘의 북극성처럼 언제나 우리 머리 위에서 밝은 빛을 발할 것이다.

이애주: 다시없을 인간문화재 춤꾼

2021년 5월 10일 이애주(1947~2021) 님이 끝내 병마를 이기지 못하고 이승을 떠나셨다. 석 달 전 몹쓸 병에 걸렸다는 소식을 듣고 한생을 같이해온 몇몇 벗들과 과천 댁으로 찾아갔을 때 벌써 온몸이 피폐해졌으면서도 꼭 홀홀 털고 일어나 한바탕 춤을 출 거라고 희망의 끈을 놓지 않으셨는데 그것이 우리들과의 마지막 만남이었다.

이애주는 경기아트센터 이사장이자 서울대 명예교수이고, 국가무형문화재(인간문화재) 제27호 승무의 보유자이지만 당신은 그저 춤꾼이라 불리기를 원했다. 실로 이애주는 우리 시대 불세출의 춤꾼이었다. 그는 말했다. 춤은 몸의 언어이자 시대의 언어라고. 이애주에게 있어서 전통춤과 현대무용은 둘이 아니었고 무대도

따로 없었다.

나이 드신 분들은 생생히 기억하실 것이고, 나이 어린 분들은 그때의 전설적인 장면을 사진으로 보아 알고 있을 것이다. 1987년 7월 9일 이한열 열사 장례식 때 흰 치마저고리에 머리띠를 동여매고 멍석말이 속에서 나뭇가지 장단에 맞추어 꿈틀거리며 일어나 무명 한 필을 둘로 가르며 민주열사가 쓰러지면서도 외친 민주화를 몸짓으로 되받으며 연세대에서 시청 앞까지 맨발로 앞장서서 운구를 인도했던 그 춤꾼 이애주.

당시 언론들은 이 낯선 아스팔트 위에서의 춤을 '시국 춤'이라고 했지만 그 춤은 '바람맞이춤'이었다. 춤꾼은 말했다. "그 시대 사람들의 열망이 내 몸을 통해 바람맞이춤으로 나타났던 것으로 그냥 바람 부는 대로 내 몸이 따라갔을 뿐이다." 그리고 정확히는 '멍석말이춤' '썽풀이춤'이라고 했다.

이애주는 1947년 황해도 사리원 우체국장의 딸로 태어나 다섯 살 때부터 국립국악원의 김보남에게 춤을 배우기 시작하여 어린 시절 전국무용대회 우승을 휩쓸었다. 서울 교동초등학교, 창덕여자 중고등학교를 거쳐 1969년 서울대 사범대 체육과를 졸업한 뒤에는 인간문화재 한영숙의 이수자가 되어 전통춤을 익혀갔다. 그리고 우리 전통미학을 보다 깊이 배우기 위하여 서울대 문리대 국문과 3학년에 학사 편입하여 그때 채희완, 김민기, 임진택, 김영동, 김석만, 그리고 시인 김지하, 화가 오윤을 만나 평생의 벗이자 문화예술패의 동료로 일생을 같이했다.

| 이애주의 승무 | 이애주는 국가무형문화재 '승무'와 '살풀이춤'의 보유자였다. 인간문화재로서 이애주의 춤은 최고의 경지로 높이 평가되고 있다.

　이애주가 춤을 발표하기 시작한 것은 1974년 '땅끝' 공연이었지만 본격적으로 활동한 것은 1984년 '춤패 신'을 창단하고 '도라지꽃'을 공연한 때부터였다. 그때 이애주의 춤은 대단히 감동적이고 신선하고 충격적이었다.

　그 무렵 막 창단한 민예총, 민미협, 민족극, 탈춤패 들의 고민, 즉 민족·민중 예술은 어떻게 현실을 담아낼 수 있고, 전통과 현대는 어떻게 하나로 어우러질 수 있는가에 대해 이애주의 춤은 하나

| 1987년 이한열 열사 장례식 당시 이애주의 '바람맞이춤' | 춤꾼 이
애주는 연세대에서 시청 앞까지 맨발로 운구를 인도했다.

의 계시이자 모범이었다. 오윤의 판화에 등장하는 춤의 모델이 이
애주이다.

그림마당 민, 한마당, 연우무대 등 민중문화 운동의 현장에는
이애주의 춤이 있었고 그 춤이 87년 6월 민주화대행진의 출정식
무대를 장식했고, 급기야 7월엔 이한열 열사 장례식으로 이어진
것이었다.

그러던 이애주가 87년 대선 때 백기완 후보 선대본부 명예위원

장으로 텔레비전 찬조연설에 나서자 많은 사람들이 놀랐다. 왜 정치에 뛰어들었고 왜 하필 백기완 후보냐고 실망을 말하는 사람도 있었다. 그때 이애주는 백기완의 민중미학에 깊이 심취해 있었다. 그는 백기완의 「묏비나리」 첫 구절에서 많은 영감을 얻었다.

맨 첫발
딱 한 발떠기에 목숨을 걸어라
목숨을 아니 걸면 천하 없는 춤꾼이라도
중심이 안 잡히나니
그 한 발떠기에 온몸의 무게를 실어라

1990년대에 문민정부가 들어서면서 이애주는 민주화운동의 현장을 떠나 한성준, 한영숙으로 이어지는 살풀이춤과 승무의 계승에 매진하여 1996년엔 그 자신이 무형문화재 제27호의 보유자로 지정되었다. 국가 공인 인간문화재가 된 것이다.

그리고 2000년을 넘어서면 과천에 춤 연구소를 개설하고 춤의 미학 연구에 몰두하며 우리 조상들의 제천의식이었던 영고, 무천, 동맹을 추적하여 고구려 춤무덤(무용총)을 찾아가고, 독도에서 백두산까지 우리 민족의 상징적인 장소를 찾아가 춤을 추어 사진작가 김영수의 사진집(『우리땅 터벌림』, 예술과사진 2012)으로 펴내기도 했다.

이애주는 춤의 미학을 더 본질적인 것에서 찾겠노라고 대산 김

| **오윤의 〈비천〉** | 이애주와 오윤은 민족·민중 예술을 함께했던 평생의 벗이자 동료였고, 오윤의 판화에 등장하는 춤의 모델은 이애주였다. 전통과 현대는 어떻게 하나로 어우러질 수 있는가에 대해 이애주의 춤은 하나의 게시이자 모범이었다.

석진 선생의 주역 강좌를 여러 해 수강하고 민족혼의 뿌리를 찾아 바이칼호까지 가서 한판 춤을 벌였다. '몸이 알아서 자연적인 몸 장단으로 응할 수 있는 경지'가 춤꾼이 다다라야 할 마지막 단계 라고 생각했다.

이애주는 몸이 자연과 합일하는 '자연춤'의 세계가 이제야 손 에 잡힐 듯하다고 느낄 때, 갑자기 몹쓸 병에 걸려 몇 달을 못 넘 긴다는 진단을 받았다. 세상을 떠나기 석 달 전, 평생의 벗 임진택, 최열, 박용일과 나를 불러 재단법인 '이애주문화재단'을 설립해

| **이애주의 영정** | 이애주의 장례식 때 영정 모시는 일은 나의 몫이었다.

달라고 과천 집과 땅을 내놓았다. 그리하여 경기도로부터 마침내 재단법인 인가증을 받은 지 딱 열흘 만에 저세상으로 홀연히 떠나가신 것이다.

나는 이애주문화재단 이사장을 맡아 이애주의 묘소를 마석 민주열사 묘역 백기완 선생의 무덤 곁에 모시는 장례식을 마치고 뒤돌아서면서 남몰래 눈물을 감추며 낮은 목소리로 이별하였다.

이애주 님이시여,

춤꾼이시여,

나의 누님이시여.

한생을 같이 살아 행복했습니다.

264

박형선: 광주 민주화운동의 대들보

　2022년 12월 24일 광주 민주화운동의 대들보 박형선(1952~2022)
이 급환으로 세상을 떠났다. 부음을 전해 들은 친지들은 한결같이
믿기지 않는 죽음에 넋을 놓았다. 타동네 사람들에겐 박형선이라
는 이름이 낯설 것이지만 지난 반세기 민주화운동에서 박형선은
대체 불가능한 넉넉한 품으로 주변을 껴안는 『수호지』의 시진 같
은 분이었다.

　박형선에게는 남주 형, 한봉이 형, 인태 형, 강철이 형 등 '성님'
이 1천 명, 권행이, 광우 등 아우가 1천 명은 된다. 게다가 우리가
부르는 「임을 위한 행진곡」은 5·18 민주화운동 때 시민군 대변인
으로 최후를 맞은 윤상원과 불의의 사고로 숨진 '들불야학' 선생
박기순의 영혼결혼식을 위해서 김종률이 작곡하고 황석영이 백

기완의 「묏비나리」를 가사로 만든 민중가요인데, 그 박기순이 바로 박형선의 여동생이다. 그리고 광주 민주화운동의 대부이자 상징인 합수 윤한봉의 매부이기도 하다.

박형선은 1952년 전남 보성에서 농사꾼의 아들로 태어나 광주일고와 전남대를 나온 호남 토박이다. 1974년 민청학련의 유신철폐 운동 때 긴급조치 4호 위반으로 징역 10년을 선고받았다. 그때 비상고등군법회의에서 그는 "군인들이 나라는 안 지키고 지금 여기서 뭣 하고 있는 거냐"고 호통쳤다.

출소 후 1976년 박형선은 고향으로 내려가 가톨릭농민회 회원으로 농민운동에 투신하였다. 그러나 고문 후유증으로 생긴 허리통증으로 앉아 있기도 힘들어 양의, 한의 명의를 찾아가고 요가도 해보았지만 낫지 않자 민간요법으로 뱀탕이 좋다 하여 이를 있는 대로 끓여 먹고 움직일 만하게 되었다.

1980년 비상사태가 선포되자 그는 광주로 올라가 윤한봉과 합류하였는데 5·18 예비검속에 걸려 상무대 영창으로 끌려가 갖은 고문을 당했다. 그때 제발 허리는 때리지 말아달라고 했는데 오히려 허리에 더 매질을 가했다고 한다.

구속에서 풀려난 뒤 박형선은 보성건설을 창업하고 한편으로 민주화운동에 헌신하였다. 6월항쟁 직후 김대중은 그에게 광주 서구에 출마하라고 권했다. 그러나 그는 정치는 안 한다고 거절하였다. 그리고 1993년 미국으로 망명했던 윤한봉이 귀국하면서 함께 들불열사기념사업회, 민족미래연구소를 설립하고 민중운동을 열성적으로 전개하였다.

그리고 2002년 봄, 노무현이 민주당 대통령 후보로 나섰을 때 이른바 '광주의 선택'을 주도하였다. 노무현 대통령은 이를 죽을 때까지 고마워하였지만 그는 거리를 두었고 청와대에는 여럿이 식사 초대를 받았을 때 한 번 갔을 뿐이다.

2002년 박형선은 민주화운동의 물적 토대를 마련하겠다고 해동건설을 설립하여 중견기업으로 성장시켰다. 그리고 2007년 윤한봉이 유언으로 남긴 민주화운동을 위한 재단을 만들기 위해 사업에 열중하였다. 그러면서 부산저축은행에 투자한 것이 뜻하지 않은 재앙으로 돌아왔다.

2012년 부산저축은행이 파산하면서 수사기관은 이 은행이 광주일고 출신들의 회사이고 박형선이 대주주로 들어온 것과 해동건설이 급성장한 배경에 노무현 정부의 개입이 있었다고 의심하였다. 그러나 박형선의 해동건설은 회계가 투명하였고, 탈세도 없었고, 비정규직이 한 명도 없었다. 권력을 낀 특혜나 비리란 애당초 없었다. 해동건설은 오히려 이명박정부 때 급신장했다. 결국 박형선은 알선수뢰라는 죄목으로 1년 6개월간 감옥을 살았다.

출소 후 박형선은 여전히 민주화운동의 성님, 아우 들과 돈독한 인간관계를 맺으며 민주화운동을 위한 재단을 만드는 일에 열중하던 중 갑자기 세상을 떠난 것이다. 그의 성님, 아우 들은 박형선이 강철같이 튼튼한 줄 알고 있었지만 내장 수술을 두 번이나 받은 병력이 있었다. 그 모두가 고문으로 얻은 병이었다.

| 파미르고원 답사에서 **왼쪽부터 박형선, 유홍준, 안병욱** | 광주 민주화운동의 대들보 박형선이 세상일을 잊고 즐겁게 노닐던 것은 나와 답사여행을 다닐 때였다.

그가 세상일을 잊고 즐겁게 노닐던 것은 나와 답사여행을 다닐 때였다. 그는 나와 함께 파미르고원에 다녀온 것을 평생의 추억이라고 했다. 지난여름엔 합수 윤한봉 기념사업회 회원들과 부여로 나를 찾아와 백마강 달밤을 한껏 즐기고 "성님, 내년엔 경주로 갑시다이" 하더니 홀연히 혼자 떠났다.

박형선은 억울한 옥살이를 하면서 마음을 달래기 위해 장편 자서전을 집필하였다. 그는 이 책의 마지막을 이렇게 끝맺었다.

어머니가 있는 내 고향, 하얀 아카시아 흐드러지고 붉은 찔레꽃

밭두렁 무리 지어 있던 곳, 그곳에서 농부로 살 수 있었더라면 내 인생이 얼마나 행복했을까.

　윤경자 제수씨! 형선이의 자서전을 읽어보았나 모르지만 형선이가 당신을 얼마나 사랑하고 존경했는지 아오. 그리고 아들 찬아! 지웅아! 너희 아버지가 얼마나 존경스러운 우리 시대 위인인지 알았으면 쓰겠다.
　형선이! 몹시도 서운하네만 편히 잘 가게나. 가서 자네 성님, 아우 맞이할 터를 좋게 닦아놓고 있게나.

---

*　박형선의 묘는 광주 5·18 구 묘역 김남주의 묘 가까이에 모셔져 있다.

홍세화: 올곧은 지성, 또는 소박한 자유인

마로니에 그늘에서

『나는 빠리의 택시운전사』(창작과비평사 1995) 홍세화(1947~2024)
가 세상을 떠났다. 홍세화의 이름 앞에는 여러 수식어가 붙는다.
한 시대를 울린 명저의 작가, 『한겨레』 초대 시민편집인과 『르몽
드 디플로마티크』 한국판 편집인, 잡지 『말과 활』의 편집·발행인
을 지낸 언론인, 명칼럼 「빨간 신호등」의 진보 논객, 협동조합 '가
장자리' 이사장, '소박한 자유인' 대표, '학벌 없는 사회'의 공동대
표, 진보신당 대표, 그리고 장발장 은행장을 지낸 사회운동가….

사람이 살아 있을 때는 현재의 모습으로 이야기되지만, 죽음은
그의 삶 전체를 드러낸다. 홍세화는 1947년 해방공간의 서울에서
태어났다. 아버지는 일본에서 활동하던 아나키스트로 8·15 해방

이 되자 귀국하여 새 가정을 꾸려 홍세화를 낳았다. 그 기쁨과 희망을 담아 아들의 이름에 세상 세(世) 자, 고를 화(和) 자를 넣어 세상을 평화롭게 하라며 세화라 지었다.

그러나 아버지는 남쪽에서도 북쪽에서도 발을 붙이지 못하였고, 가정마저 파탄이 나 홍세화는 5세 때부터 외가에 떠맡겨졌다. 그러나 홍세화는 반듯하게 자라 경기중고등학교를 졸업하고 1966년 서울대 공대 금속공학과에 입학했다. 그런데 바로 그해 가을 아버지를 따라 선조의 묘가 있는 충남 아산군 염치면 황골 마을에 성묘 갔다가 남양 홍씨 집안 어른으로부터 6·25 동란 때 황골 양민학살 사건에서 어머니와 함께 기적적으로 살아났다는 이야기를 듣고는 엄청난 충격을 받았다.

삶과 죽음, 국가와 민족, 전쟁과 평화, 이런 상념들이 온몸을 휩싸고 돌아 아무것도 할 수 없었다고 한다. 이 민족적 비극의 현장 이야기를 몰랐다면 자신은 어영부영한 생을 평범하게 살았을 것이었다고 회고했다.

그는 학업을 팽개쳐 낙제를 했고, 마침내 자퇴하고 말았다. 사람들과 말을 섞기 싫어서 입에 물을 한 모금 물고 다녔다고 한다. 사르트르(Jean Paul Sartre)를 비롯한 실존주의 책을 열심히 읽고, 고전음악 감상에만 열중했다. 그러다 종로에 있는 르네상스 음악감상실에서 박일선이라는 여인을 만나 사랑하게 되었다. 호방한 풍모의 박일선은 방황하는 홍세화에게 다시 대학에 입학하라고 권했다. 그는 사랑을 붙잡기 위해 공부하여 1969년 서울대 외교학과

| 홍세화와 박일선 부부 |

에 입학했다.

국제정치에 관심이 있어 외교학과에 들어갔지만, 우리나라 외교의 총량이라는 것이 미국의 동아시아담당차관보 한 명의 역할만도 못함에 실망하고는 연극반장 임진택의 권유로 연극에 열중했다. 그때 나는 연극무대 미술을 맡으면서 홍세화와 친해져 그가 반말하는 몇 안 되는 친구의 하나로 아주 가까이 지냈다. 우리들이 술자리에 어울릴 때면 그는 언제나 "지금도 마로니에는 피고 있겠지"로 시작하는 노래를 가수보다 더 처연하게 잘 불렀다. 그래서 홍세화를 생각하면 마로니에를 먼저 떠올리게 된다. 우리에겐 그런 낭만이 있었다. 그러나 1971년 위수령이 발동되고, 홍세화는 학생들이 군대에 끌려가는 폭압에 저항하여 '민주수호선언문'을 작성하여 배포하다 학교에서 퇴학당하고 군대로 끌려갔다.

1975년 제대를 하여 민간인으로 돌아왔을 때는 학교 졸업까지 한 학기가 남아 있었고 망우리 고개 너머 구리에서 장모님과 함께 살아가는 살림이 아주 어려웠다. 당시 금성출판사에 근무하던 나는 세화가 복학을 해야 해서 직장을 구할 처지가 못 되는 것을 보고 고등학생인 내 동생 세준이에게 수학을 가르치는 아르바이트를 하게 했다. 당시 우리 아버지 집은 휘경동 위생병원 뒤에 있어 세화의 구리 셋방집과 봉천동 학교 사이에 있는 셈이었다.

어느 날 내가 직장에서 퇴근하여 아버지 집에 들렀는데 마침 세화가 내 동생을 가르치고 있었다. 우리는 오랜만에 만나 이런저런 얘기를 하였다. 내가 특유의 명랑성으로 금성출판사에서 『현대작가 100인 선집』 편집을 맡고 있어서 우리 예술계의 구조와 생리를 관찰하는 임상실험장 같은 기분으로 열심히 다닌다며 직장생활 얘기를 늘어놓자 세화는 묵묵히 듣고 나서 이렇게 물었다.

"혹, 자신이 소시민으로 되어간다는 생각은 안 해봤니?"

"아니, 나는 한 사람의 엑스퍼트로 미술평론가가 되기 위해 10년은 더 이렇게 일하면서 공부할 거야. 너는?"

"난 이 유신독재의 질곡을 깨뜨리기 위해 무엇을 해야 하나 고민 중이야."

"무얼 할 생각인데?"

"도시 게릴라!"

우리의 대화는 거기에서 그쳤다. 그는 나를 포섭할 수 없고, 나는 그를 설득할 수 없음을 서로 잘 알기 때문이었다. 이것이 그가 남민전(남조선민족해방전선)에 가입하여 활동하게 되는 과정이다.

남민전은 1977년 자생적으로 조직된 사회주의 단체로 반독재 투쟁조직이었다. 문화계 인사로 시인 김남주, 문학평론가 임헌영 등이 있었다. 그는 1978년 여름 어느 날, 종로 2가 YMCA 앞에서 애드벌룬에 삐라를 넣어 살포하려고 하였지만 비가 내려 실패하였다. 1979년 홍세화는 생계를 위해 한 기업에 취직했는데 곧바로 유럽 지사로 발령이 났다. 그래서 파리에서 근무하던 중 남민전 사건이 터져 귀국하지 못하고 프랑스에 망명하게 되었다.

『나는 빠리의 택시운전사』

그는 택시 운전을 하며 힘들고 외로운 망명생활에 들어갔다. 교민들로부터는 외면당했고 고국에 있는 벗들이 찾아가주는 것은 아주 드문 일이었다. 요즘 사람들은 이해하기 힘들겠지만 1989년 해외여행이 자유화되기 이전엔 외국에 한번 나간다는 것은 대단히 까다롭고 어려운 일이었다. 그렇게 10년이 지나면서 홍세화는 국내에서 점점 잊혀갔다. 임진택과 박호성(서강대 명예교수)은 홍세화가 그간에 파리에서 겪고, 느끼고, 생각한 것을 책으로 펴내고 그것을 계기로 귀국시키는 것이 좋겠다고 생각했다. 시국선언문을 담담하게 썼던 그의 문장력에 대한 믿음도 있었다. 홍세화는 동의하였지만 매일 택시 운전을 하며 살아가면서 저서를 펴낸다는 것은 물리적으로 힘든 일이었다. 이때 평생의 후견인이 된 이영구 목사가 생활비를 지원하는 물질적인 도움을 주었다. 그리고

4년이 지난 1995년 봄, 홍세화는 마침내 원고를 완성하여 임진택에게 보내왔다.

세화는 책 출간의 모든 것을 나에게 위임하였다. 나는 이 원고를 전달받아 창작과비평사로 달려갔다. 당시 창작과비평사의 고세현 사장은 이 시대가 요구하는 명저라고 판단을 내리고 곧바로 출간 작업에 들어갔다. 책 제목을 정할 때 나는 반드시 '나의'가 들어갈 것을 주장했다. 민주화 투쟁 시절에는 '나'를 잊고 집단적이고 공통적인 목표를 향하는 자세가 필요하였지만 민주화를 어느 정도 쟁취한 지금의 시점에선 '나'를 찾아야 한다고 생각했다. 그 '나'는 저자 개인을 말하는 동시에 우리가 집단적으로 겪었던 시대의 아픔을 넘어서려는 공통의 이상을 담고 있기 때문이었다. 내 책 『나의 문화유산답사기』가 베스트셀러가 된 것도 '나의'에 포함된 개인적 감성이 대중적 동의를 얻어냈기 때문이라고 생각했던 것이다. 이리하여 1995년 3월 25일 홍세화의 『나는 빠리의 택시운전사』가 출간되었다.

1995년 4월 11일, 사간동 출판문화회관에서 『나는 빠리의 택시운전사』의 '저자 없는 출판기념회'가 임진택 사회로 열렸다. 많은 옛 동지들이 참석하였다. 이영구의 아내가 축가를 불러주었다. 우리는 출간 경위를 보고한 뒤 국제전화로 홍세화를 연결하여 저자의 소감을 긴 시간 들었다. 그리고 마지막으로 홍세화는 아내 박일선과 듀엣으로 「산 너머 산 그 너머 또 산」을 불렀다

홍세화의 『나는 빠리의 택시운전사』는 단박에 베스트셀러가

되었다. 1년 만에 30만 부가 팔리고 현재까지 50만 부가 나간 것으로 알고 있다. 워낙에 명문인 데다 그 사연이 절절하고 우리가 몰랐던 서구 사회의 이야기가 새롭게 다가오고 그가 주장하는 내용에 독자들이 크게 공감했기 때문이었다. 특히 그가 프랑스에서 수입하고 싶은 제1덕목으로 내세운 톨레랑스(tolerance)는 정말로 우리 사회에 긴요하고 간절한 것이었다.

톨레랑스는 타인과의 차이를 받아들이는 것으로 '관용(寬容)'이라고 번역되고 있지만 홍세화는 이보다는 '용인(容認)'에 가깝다고 했다. 프랑스 사전은 이 단어를 '다른 사람이 생각하고 행동하는 방식 및 다른 사람의 정치적·종교적 의견의 자유에 대한 존중'이라고 풀이한다. 한자로 풀자면 '화이부동(和而不同)'에 가깝다. 즉 '(남을) 존중하시오. 그리하여 (남으로 하여금 당신을) 존중하게 하시오'라는 뜻이다. 홍세화의 화(和)이다.

소박한 자유인

김대중 대통령의 국민의 정부가 들어서기 직전인 1998년 초, 시국사범에 대한 대사면 조치가 내려졌다. 그런데 여기에서도 홍세화의 이름이 빠져 있었다. 그때 홍세화는 또 큰 충격을 받았다. 그래서 법무부에 문의했더니 한때는 아닌 것처럼 말하더니 공소시효가 이미 1987년에 끝나 사면해줄 것이 없다는 것이었다. 법무부의 해석은 이처럼 자의적인 것이었다. 이제 홍세화의 귀국에 아무런 걸림돌이 없었다.

이에 1998년 2월, 나는 임진택과 곧바로 '홍세화 선생 귀국 추진 모임'을 구성하였다. 추진위원으로는 그의 옛 동료뿐만 아니라 백낙청 선생, 리영희 선생, 신경림 시인, 김근태 의원, 박형규 목사 등 각계 인사 85명이 흔쾌히 참여해주셨고 내가 위원장을 맡았다. 그리고 나는 파리로 세화를 만나러 갔다.

1999년 6월 14일, 홍세화는 부인과 함께 귀국하였다. '마지막 망명인사 홍세화 선생 귀국 환영대회'는 프레스센터 국제회의장에서 열렸고, 이즈음에 한겨레출판에서 출간된 『쎄느강은 좌우를 나누고 한강은 남북을 가른다』의 출판기념회를 겸하기도 했다.

홍세화의 일시 귀국은 3주간의 일정으로 여러 매체의 출연과 강연으로 꽉 짜여 있었다. 나는 홍세화와 박일선 여사에게 문화유산 답사를 직접 안내하겠다고 어디를 가고 싶으냐고 물으니 산과 절집이 보고 싶다고 했다. 그래서 내가 박물관장으로 있는 영남대 초청 강연회 뒤에 학교에서 멀지 않은 청도 운문사를 답사하고 거기에 묵었다. 운문사에서 하룻밤을 보낼 때 세화는 재래식 뒷간에서 일을 보는데 모기가 발등을 무는 것이 정겨워서 가만히 있었다고 했다.

그리고 이튿날 나는 홍세화 부부를 데리고 지리산 달궁으로 가서 또 하룻밤을 같이 보내고 26일에는 광주 초청 강연에 함께 가서 망월동도 참배하였다. 그리고 부부는 7월 7일 거주지인 파리로 돌아갔다.

| 홍세화와 함께 | '김지하 1주기 서
화전' 때 전시장 앞에서 담소를 나누
던 중 누가 찍어준 것이다.

홍세화가 영구 귀국한 것은 2002년 1월이었다. 그는 『한겨레』
초대 시민편집인으로 '왜냐면'이라는 토론 코너를 주관하면서 진
보 논객으로서 깊이 있는 성찰을 담은 『빨간 신호등』(한겨레신문
사 2003) 『결: 거칢에 대하여』(한겨레출판 2020) 등을 펴냈다. 그리고
진보정치와 사회운동에 온몸을 던져 잡지 『말과 활』의 편집·발행
인, 진보신당 대표, 학벌 없는 사회의 공동대표 등을 지냈다. 그는
항시 공부를 중하게 여겨 학습공동체 협동조합 '가장자리'의 이
사장을 지내기도 했다. 그리고 외국인 보호소에 갇힌 난민이나 이
주노동자를 지원하는 '마중'의 일원으로 참여하며 언제나 소외된
사람들의 벗이 되고자 했다. 그는 어려서 받아보지 못한 사랑을
그렇게 이웃에게 나누어주며 살아갔다. 그의 마지막 직함은 '소

박한 자유인'의 대표였고, 벌금형을 받고 돈을 낼 수 없어 징역을 사는 이들에게 무이자 무담보로 돈을 빌려주는 '장발장은행장'이었다.

홍세화는 평생 무신론자였다. 그런데 작년(2023) 12월 15일이었다. 암 투병으로 고통스러워할 때 사촌 여동생이 성공회 이대용 신부님을 모시고 와서 기도를 해주었다. 이때 신부님이 기독교에 귀의할 것을 은근히 권하자 그러겠다고 했다. 이에 신부님이 세례명을 무어라 하면 좋겠냐고 묻자 홍세화는 한참을 생각하다가 자신은 『레미제라블』(Les Misérables, 1862)에서 장발장을 구원해준 미리엘 주교의 선행을 가슴속에 담고 살아왔다고 했다. 그래서 그는 미리엘이라는 세례명을 받았다.

프랑스에는 소설 속에 미리엘 주교가 있다면, 대한민국 현실 속에는 미리엘 홍세화가 있었던 것이다. 돌이켜 보건대 홍세화는 인생을 참 올곧게 산 사람이다. 많은 이들이 오래도록 그를 그리워할 것이다. 1970년 서울대 문리대 교정 마로니에 그늘에서 만나 50년 넘게 함께 지낸 벗으로서 작별한다.

잘 가라! 세화야!

김민기: '뒷것' 이전, 김민기의 앞모습

김민기 장례식

「아침 이슬」의 김민기(1951~2024)가 세상을 떠난 것은 올해 (2024) 7월 21일이었다. 향년 74세이다. 장례식은 조용한 분위기 속에서 가족장으로 치러졌다. 영결식도 따로 없었다. 그게 고인의 뜻이란다.

나는 이것이 많이 서운했다. 그나마 영구차가 떠난 뒤 학전 앞 텅 빈 골목길에서 색스포니스트 이인권이 김민기가 작곡한 「아름다운 사람」을 가랑비를 맞으며 구슬프게 연주한 것이 추도객들의 슬픈 마음을 어루만져주었다.

죽음은 자신의 몫이지만 떠나보내는 이의 몫은 몫대로 있는 것이다. 그와 한생을 같이한 벗도 그의 가족이고, 그가 반생을 바쳐

온 '학전(學田)'에서 일구어낸 수많은 가수와 배우도 그의 자식이나 다름없다. 최소한 이들이 고인의 죽음을 애도하며 맘껏 울 수 있는 자리를 마련했어야 했다. 그래서 영결식이라는 죽음의 형식이 있는 것이다.

그의 운구가 장지인 천안공원묘원으로 떠나기 전에 그의 혼이 남아 있는 학전에 잠시 머물러 가는 노제가 있었지만 이보다는 장례식장에서 학전까지 추모객들이 걸어서 그 뒤를 따라갔어야 했다. 그렇게 했다면 누가 시키지 않아도 모두들 「아침 이슬」을 목 놓아 불렀을 것이다. 그것이 김민기를 저세상으로 떠나보내는 사람들의 마음이었을 것이다.

하기야 그렇게 말없이 조용히 떠나가는 것이 평소 김민기의 모습에 맞다. 그는 수줍고 사회적 형식이라는 것을 아주 거북해하였다. 김민기는 매스컴에 나오는 것을 극도로 싫어하여 방송사에서 찾아오는 인터뷰와 다큐멘터리 요청을 모두 거절해왔다. 김민기가 세상을 떠나자 방송사에서는 추모 방송으로 그가 김동건의 「11시에 만납시다」와 「주병진 쇼」에 출연했던 낡은 영상을 찾아 보여주었지만 그것은 김민기가 학전 소극장 문을 열면서 홍보를 위하여 어쩔 수 없이 출연했던 것으로 우리가 그에게 보고 싶어 하는 「아침 이슬」의 가수 김민기의 본모습은 드러내지 않았다.

그러던 김민기가 세상을 떠날 준비를 하였기 때문이었을까. SBS에서 기획한 김민기 다큐멘터리를 허락하여 「학전 그리고 뒷 것 김민기」 3부작이 그가 죽기 3개월 전인 2024년 4월 21일부터

| 김민기 3집 음반 커버 |

3회에 걸쳐 방영하였다. 여기에서 우리는 그동안 베일 속에 감추어져 있던 김민기의 참모습을 볼 수 있었다. 누구 못지않게 각별한 사이였던 나조차 몰랐던 그의 삶의 세세한 편린들을 보면서 '아, 민기가 그때 저런 일이 있었구나' 하며 많이 미안했다.

「아침 이슬」발표 이후 독재정권이 그를 회유하는 데 넘어가지 않고 1977년 군에서 제대한 후 경기도 연천 민통선 마을로 내려가 농사지으며 자신을 감추고 그 동네 주민들과 어울리던 모습은 실로 장해 보였다. 원인 모를 화재로 연천 집을 잃고는 인천 피혁공장에 들어가 일하며 여공들과 어울리는 모습은 너무도 아름다웠다. 잡히면 의문사로 희생될 줄 알면서도「공장의 불빛」을 송창식의 녹음실에서 제작하여 채희완의 집에서 카세트테이프로 만들어 비밀리에 알음알음 보급하던 그 용기에는 내가 초라해지고 부끄럽기만 하였다.

김민기는 난곡동 판자촌 달동네의 야학교에 교사로 나가기도 했다. 1978년 전남대 2학년생 박기순이 광주 들불야학 선생을 하면서 위장 취업으로 공장에서 일하다가 불의의 사고로 사망했을 때 김민기가 장례식에 내려가「상록수」를 불렀다는 대목에서는 절로 눈물이 흘렀다. 그 박기순은 내 친구 '광주 민주화 운동의 대들보'인 박형선의 여동생이어서 더 그랬는지도 모르겠다.

다시보기로 세 번 돌려보면서 앞으로 누군가가 김민기를 이야기하고 그의 평전을 쓰려면 그 기준을 여기에 두지 않으면 안 될 것이라 생각했다. 이것은 김민기를 위하여, 그리고 우리들을 위하여 다행이었다. 내가 여기에서 그 내용을 새삼 소개할 필요성은 전혀 못 느끼며 다만 그 속에 삽입하고 싶은 몇 장면을 덧붙인다.

고등학생 때 작곡한「친구」

김민기는 1951년 전라북도 익산에서 10남매의 막내로 태어났다. 의사였던 부친이 전쟁 중에 피살되어 어머니 슬하에서 성장했다. 1953년 서울로 이주하여 북촌의 재동초등학교를 나와 경기중고등학교를 졸업한 인재였다. 중고등학교 시절 그의 모습은 알려진 것이 별로 없지만 중학교 시절부터 기타를 독학하며 음악에 관심을 두었던 그가 고등학교 3학년 때 작사·작곡한 「친구」라는 노래가 많은 것을 말해준다.

학창 시절 보이스카우트에 들어가 대원들과 함께 동해안에 여름 야영을 갔다가 동료 중 한 사람이 익사를 하는 사고가 났다. 이때 선임자였던 김민기는 익사한 동료의 부모에게 이 사실을 알리기 위해 서울로 돌아오던 야간열차에서 그때의 심정을 노래한 것이 바로 「친구」이다.

검푸른 바닷가에 비가 내리면
어디가 하늘이고 어디가 물이오
그 깊은 바닷속에 고요히 잠기면
무엇이 산 것이고 무엇이 죽었소

고등학생이 작사·작곡한 노래라고는 믿기 어려울 만큼 세련된 곡으로, 노래를 부르면서 작사·작곡도 겸하는 우리나라 최초의 싱어송라이터(singer-song writer)가 이렇게 탄생한 것이다. 더욱이 이 노래의 백미는 세 번째 소절이다.

눈앞에 보이는 수많은 모습들
그 모두 진정이라 우겨 말하면
어느 누구 하나가 홀로 일어나

그는 이미 개인적 감정을 보편적 감성으로 전환시켜 이 노랫말의 사연과 관계없이 유신독재 시절에 많은 이의 마음을 위로하고 대변해주었던 것이다. 노래의 천재였다면 천재였다.

대중가요가 사랑, 이별, 눈물로 감성의 과소비를 낳을 때 노래라는 것이 철학적 사색과 시대적 고민을 담는 지성의 예술이 될 수 있음을 모범적으로 보여준 것이다. 그가 말한 적은 없지만 당시 존 바에즈(Joan Baez)가 청바지 입고 월남전 반대 데모에서 「솔밭 사이로 강물은 흐르고」를 부른 것에서 영향받은 것이 아닌가 생각되기도 한다. 물론 예술적 성취는 바에즈보다 민기가 훨씬 위다.

대학 시절의 '딴따라 패'

1969년 서울대 미술대학 회화과에 입학한 김민기는 그림 대신 음악에 몰두했다. 고교·대학 동창 김영세와 축제 때 둘이서 포크 듀오로 노래하자 여학생들이 이름 지어준 '도비두(도깨비 두 명)'로 활동하고, 세시봉에서 아르바이트하면서 송창식, 조영남과 교류하고, 1970년 당시 청년문화의 집결지였던 서울 명동 YWCA회관 '청개구리의 집'에서 만난 양희은에게 「아침 이슬」 곡을 주어 1971년 9월 양희은이 데뷔 앨범에 먼저 싣고, 김민기도 한 달 뒤인 10월 자신의 데뷔 앨범에 실었다. 이때만 해도 아름다운 노랫말로

| 1999년 홍세화 일시 귀국 당시 환영 모임 | 외로운 망명생활 끝에 귀국한 홍세화를 축하하기 위해 그 옛날의 벗들이 오랜만에 학림다방에 모였다. 오른쪽부터 홍세화, 김지하, 민혜숙(미학과, 그림마당 민 대표), 장선우(인류학과, 영화감독), 이상우(미학과, 연극인), 미상, 정한룡(물리학과, 연극인), 강준혁(미학과, 공연기획가), 유홍준, 김영동(국악가, 대금 연주가), 김민기, 김문보(물리학과, 클래식기타 연주가), 김재찬(의예과, 의사).

1973년 '건전가요 서울시문화상'을 받았다.

대학 시절 김민기는 노래 이외에 서울대 연극회, 통칭 '문리대 딴따라'들과 어울리면서 성장했다. 이들의 어울림을 증언하는 하나의 흐릿한 사진이 있다. 20년간의 망명생활 끝에 1999년 7월 일시 귀국한 홍세화를 환영하는 행사 뒤풀이로 학림다방에 모두 모였을 때 임진택이 찍은 사진이다.

여기에 빠진 사람이 있다면 임진택(외교학과, 창작판소리 명창), 채희완(미학과, 탈춤꾼), 김석만(지리학과, 연극인), 이종구(작곡가, 한양대 교수), 이애주(국문과, 춤꾼), 홍석화(치의예과, 토종연구가) 등이다. 이

들의 '두목'은 김지하였다. 임진택이 자신의 호를 '한목'이라고
한 것은 두목이 못 되어 '한목'하겠다고 지은 것이다. 이들이 모이
면 이렇게 술자리를 갖고 예술과 세상살이에 대해 때론 학문적으
로, 때론 깊이 있게, 때론 재미있게 이야기하면서 자신들을 키웠
다. 집단적 성장이라고 할까. 이런 시대 분위기 속에서 김민기의
예술은 배태되고 성장하였다.

한편 이 '딴따라'들이 진정 스승으로 모신 분은 미술평론가 김
윤수 선생님이었다. 김민기를 포함하여 우리들은 시도 때도 없이
김윤수 선생님 정릉 댁에 찾아가곤 했다. 김윤수 선생은 김민기의
노래를 아주 높이 평가하셨다. 한번은 임진택과 함께 찾아뵈었을
때 선생님은 김민기의 노래는 노랫말이 가락을 자연스럽게 타고
있다고 하시면서 직접 「꽃피우는 아이」를 노래해 보이며 "무궁화
꽃을 피우는"에서 '궁'을 노래하려면 입이 동그랗게 말린다고 하
셨다. SBS 다큐 「학전 그리고 뒷것 김민기」에서 송창식도 똑같은
견해를 말한 바 있다.

김민기와 나의 그림에 대한 대화

김민기와 나는 2살 차이로 각별하다면 각별한 사이였다. 그는
내 이야기, 속칭 구라를 들으며 많이 웃곤 하였다. 통행금지가 있
던 시절인지라 우리 집에도 여러 번 와서 자고 갔고, 어느 날은 내
여동생에게 기타를 하나 선물로 가져왔고, 내가 입대하기 며칠 전

에는 내 책을 두 보따리 싸서 가져갔다.

그런 중 김민기와 그림에 관해서도 곧잘 얘기를 나누었는데 내게 명확히 기억되는 일이 셋 있다. 한번은 그가 1학년 때인 1969년, 김지하가 문리대 연극회에서 김영수의 「혈맥」을 연출하면서 한창 후배들과 어울리며 훈도할 때다.

"민기야, 지하 형이 너에게 키리코(Giorgio de Chirico) 그림을 좀 알려주라고 하더라."

"키리코요! 나 키리코 진작부터 좋아했고 이미 졸업했어. 〈거리의 신비와 우울〉이라는 작품에서 굴렁쇠 굴리는 소녀의 이미지가 아주 선명하게 남아 있어요. 그런데 너무 차가워. 그 그늘을 조금 더 따뜻하게 할 수 없을까."

또 한번은 그가 대학 2학년 때인 1970년 한국일보사에서 주최한 제1회 한국미술대상전이 열렸을 때였다.

"형, 한국미술대상전 가봤어?"

"아니, 아직."

"경복궁 국립현대미술관에서 열리고 있어. 꼭 가봐. 김환기의 〈어디서 무엇이 되어 다시 만나랴〉는 감동적이야. 수많은 점들이 화면 가득 꽉 차 있는데 그냥 추상이 아냐. 그 울림이 굉장해. 무언가 있어."

세 번째는 1986년 7월 5일, 오윤이 세상을 떠나 수유리 그의 집에서 초상을 치를 때 내가 장례식 사회를 보았는데 김민기가 검정 양복에 검정 넥타이를 하고 들어왔다. 묘소로 향하는 차를 같이 타고 가면서 얘기를 하다가 "너 정장을 한 것 처음 본다"라고 하자 이렇게 말했다.

"이래야 될 것 같아서. 더 많은 작품을 하셨어야 하는데… 사람들은 「아침 이슬」을 대단하게 말하는데 오윤 형 그림에 비하면 발끝에도 못 미쳐. 형이 예전에 누군가의 이론을 들면서 리얼리즘에 있어서는 전형성(典型性)의 제시가 생명이라고 말한 적이 있지. 윤이 형은 바로 그걸 해냈잖아. 언젠가는 사람들이 알아주겠지."

그때 아마 내가 루카치(György Lukács)의 리얼리즘론을 읽고 얘기했던 모양이다. 우리는 이렇게 서로가 서로의 선생으로 자신을 키워왔다. 이게 우리들의 20대, 30대 때 이야기이다.

한살림 사무국장 김민기

「학전 그리고 뒷것 김민기」 3부작에는 김민기의 삶 중 아주 중요한 한 부분이 빠져 있었다. 그것은 1989년에 설립한 '한살림 소비자 생활협동조합', 약칭 '한살림'의 초대 사무국장을 맡은 일이

| **왼쪽부터 장일순, 김민기, 김지하** | 한살림의 초대 사무국장 시절, 김민기가 가장 존경한 장일순 선생, 김지하 시인과 원주에서 모처럼 즐거운 술자리를 가지고 있다.

었다.

한살림은 농민운동가 박재일이 설립하고 원주의 장일순, 천규석, 김지하 등이 참여하면서 일으킨 운동으로 '모든 생명을 살려 낸다'는 뜻을 품고 현대 산업문명이 낳고 있는 생명 위기를 극복하는 시민운동으로 출발하였다. 지금은 친환경·유기농산물 직거래 사업으로만 인식되고, 2022년 기준 출자자 수가 약 85만 세대에 총거래액은 약 5천억 원에 달하는 기업이 되었지만, 1989년에 발표된 한살림 선언에서는 자연에 대한 생태적 각성에서 출발하여 생명의 질서를 실현하는 사회실천 활동을 지향한다고 하였다.

김민기가 한살림 운동의 초대 사무국장을 맡은 것은 연천 농부

시절에 유통구조의 불합리로 생산자와 소비자가 모두 손해 입는 것을 보고 마을에서 지은 농산물을 소비자에게 직접 연결하여 큰 반향을 일으킨 경험에서 나온 것이기도 했지만, 그보다는 무위당 장일순 선생과 김지하 시인에 대한 무한한 존경에서 나온 봉사이기도 했다. 김민기는 정말로 장일순 선생을 스승으로 모셨고 외로울 때나 누군가에게 위로받고 싶어질 때면 원주로 갔었다. 그분들로서는 가장 믿을 만한 후배에게 사무국장을 맡긴 것이었다.

여기 한 장의 사진, 장일순, 김지하, 김민기 셋이서 술자리를 하고 있는 모습은 각기 자기 세계를 갖고 있으면서 한살림이라는 하나의 목표로 모였던 순간을 상징적으로 보여준다. 그러나 김민기에게 이 자리는 선생님과 형님을 위한 봉사라는 성격도 없지 않았다. 결국 2년 못 되어 한살림 사무국장을 남에게 넘겨주고 1991년 김민기는 대학로에 소극장 학전을 세우고 제2의 인생을 살아갔다.

학전 시대

학전 창립 자금을 마련하기 위하여 김민기는 자신의 음악 인생을 정리한 네 장짜리 음반을 발매하였다. '배울 학(學)'에 '밭 전(田)' 자를 쓴 이름을 두고 그는 "못자리 농사를 짓는 곳"이라고 말했다. 모내기할 모를 기르는 조그만 논에 빗대 나중에 크게 성장할 예술가들의 디딤돌 구실을 하겠다는 뜻이었다.

1994년 첫 공연을 시작한 김민기 연출의 록 뮤지컬 「지하철 1호선」(원작은 독일의 폴커 루트비히Volker Ludwig 대본, 비르거 하이만Birger Heymann 작곡)은 공전의 대히트 작품이 되었다. 2008년까지 18년 동안 무려 4천회를 공연하고 일단 막을 내렸고, 2018년부터 재개하여 2023년까지 4,257회를 끝으로 공연을 종료함으로써 어마어마한 기록을 남겼다. 2001년에는 독일에서 공연을 갖기도 했고 독일 정부에서 수여하는 문화 훈장인 괴테 메달을 수여받았다.

학전은 그의 뜻대로 많은 예술가를 배출하는 못자리가 되었다. 동물원, 들국화, 강산에, 장필순, 박학기, 권진원, 유리상자 등이 이곳에서 노래했고, 김광석은 생전 1천회 공연을 채웠다. '학전 독수리 5형제'로 통하는 배우 설경구, 김윤석, 황정민, 장현성, 조승우를 비롯해 세계적인 재즈 가수 나윤선도 이 무대를 거쳤다. 윤도현은 1995년 「개똥이」로 첫 뮤지컬 출연을 했다.

김민기는 친절한 교사였다. 많은 배우, 가수 들이 한결같이 형님 같고, 아버지 같다고 회상한다. 그러나 동시에 김민기는 지독한 완벽주의자였다. 디테일에 온 힘과 정성을 다하는 예술가였다. 「기생충」, 「오징어게임」의 음악을 맡았던 정재일은 21세 때부터 학전의 음악감독을 맡으며 김민기에게 많은 가르침을 받았음을 회상하였다. 「학전 그리고 뒷것 김민기」에는 김민기가 정재일에게 지도하는 이런 대목이 나온다.

"단모리를 들어가면서 굉장히 빠르기 때문에 '힘내, 힘내' 이렇게 몰아주는 것이거든."

"(그러면) 여기서 자진모리로 계속하다가 밀고 받고 하다가 페이드아웃 하는 거로 한번 (해볼게요)."

2004년 이후는 어린이와 청소년을 대상으로 한 노래극과 연극에 깊은 관심을 보였으며, 뮤지컬「분홍병사」, 어린이 노래극「고추장 떡볶이」 등을 무대에 올려 불모지나 다름없던 아동극의 세계를 열었다.

나의 학전 미술사 강좌

학전 30년 역사에는 '유홍준 영상강좌 한국미술사'가 카메오처럼 등장한다. 당시 나의 미술사 강좌는 재야 문화판에서 제법 인기가 높았다. 1985년 신촌 우리마당에서 '젊은이를 위한 한국미술사 슬라이드 강좌'를 시작하여 86년에는 그림마당 민에서 '미술 교사를 위한 한국미술사'를 강연하고, 그 후로는 한마당, 예술마당 금강, 민예총 문예강좌, 대구 예술마당 솔 등 마당이란 마당은 다 돌아다니며 한국미술사를 전도하였다. 그러다 1993년『나의 문화유산답사기』가 베스트셀러가 되면서 일반인들도 내 강좌를 듣고 싶어하였다. 이때 김민기가 나에게 학전에서 강의해달라고 하여 학전 미술사 강좌가 시작되었다.

학전에서 나의 첫 강연은 일찍 마감되었고 수강 희망자가 끊이지 않아 낚시의자 30개를 놓아 더 받았다. 그리고 2회 때는 15주

강의를 매 월요일 낮반(2~5시), 저녁반(7~10시)으로 나누고 지정석(224석) 9만 원, 비지정석(50석, 낚시의자와 방석) 8만 원으로 진행했다. 그래서 다음 해엔 무대를 학전 밖으로 옮겨 오전반은 코엑스 국제회의장(500석), 저녁반은 기독교100주년 기념관(800석)을 빌려 강좌를 이어갔다. 그렇

| 학전에서 열린 '유홍준 영상강좌 한국미술사' 포스터 |

게 해도 모두 만석이었다. 이때의 재미있는 에피소드 하나는 강좌 진행을 맡은 기획실의 전상섭이 관객 서비스를 충실히 한다고 강좌 전체의 교재를 두툼하게 만들어 나누어주었더니 강남의 수강생들이 "이렇게 무겁게 만들면 어떡하냐"고 불평을 말하더라는 것이었다.

그때 김민기와 초대 총무부장인 강신일은 내 강좌 수입금으로 「지하철 1호선」 공연을 무사히 준비할 수 있었다고 고마워했다. 그런데 고마운 건 오히려 나였다. 우선 재야의 마당판을 맴돌던

내가 대처로 나아가 일반인들도 만날 수 있는 계기가 된 것이다. 그리고 강사료로 큰돈을 받았다. 마당에서 강연할 때는 수강자와 관계없이 거마비 정도만 받고 수익금은 단체 운영비로 사용하였다. 그런데 학전은 공연의 수익금을 객석이 만석일 때, 75퍼센트 찼을 때, 50퍼센트 이하일 때로 나누어 개런티를 누진으로 지급하였다. 나의 강좌는 언제나 만석이었고 수강자도 많았기 때문에 목돈을 지급받았다.

학전에서의 나의 미술사 강좌는 2014년에 한 번 더 있었다. 김민기가 학전 운영에 도움이 필요하다고 요청하여 조계사중앙문화회관 대강당을 대관하여 '화인열전' 강좌를 했다. 그때도 12주간 350석 만석이었는데 나는 개런티를 누진으로 받지 않고 강사료로만 받겠다고 하였다. 조계사 강좌 때는 직장인이 많아 중간 휴식 시간에 간식을 제공하여 일손이 많이 필요했다. 그래서 끝날 때면 김민기가 아들과 조카까지 동원해서 장내를 정리하던 모습이 눈에 선하다.

그 강좌 때 남한강의 폐사지 답사가 있었는데 김민기도 함께하였다. 나는 답사 때면 내가 선곡한 노래로 CD를 만들어 버스 안에서 틀곤 하는데 우리 연구원이 김민기에게 "여기에 선생님의 노래 「친구」가 들어 있어요"라며 듣기 좋으라고 말했는데 김민기가 펄쩍 뛰며 못 틀게 해서 그 답사는 노래 없는 답사가 되었다.

김민기를 보내며

근래엔 한동안 서로 만나는 일 없이 지냈는데 2018년 12월 20일 김민기가 부여문화원에서 열린 '제4회 유홍준 교수 기증유물 전시회'를 둘러보고 갔다고 한다. 왜 연락도 없이 다녀갔냐고 물었더니, 학전 어린이 영상음악극 「아빠 얼굴 예쁘네요」가 부여군 초등학생을 대상으로 공연이 있어 부여에 갔는데 형님 전시회가 있는 걸 알고 어떻게 안 갈 수 있냐고 했다.

그리고 한참 지나 2023년 7월 8일 김민기가 갑자기 내게 "학전 한국미술사 강의 기록 보내드리려 하니 주소 좀"이라는 문자를 보내왔다. 바로 주소를 알려주었더니 열흘 뒤 우편으로 두툼한 USB가 왔다. 이를 받고 나니 자료를 받아서 기쁘다기보다 '민기가 왜 갑자기 주변을 정리하고 있을까?' 의아했는데 얼마 후 그에게 암이라는 진단이 내려졌다는 소식이 들려왔다.

금년(2024) 6월 8일 모처럼 김민기와 긴 통화를 하였다. 유튜브로 내 강연 동영상을 보고 있다며 문자로 주소를 보낼 테니 내 책 좀 보내달라고 했다. 전보다 목소리에 힘이 있고 무엇보다 책을 보겠다는 것이 반가웠다. 기력이 있다는 말이 아닌가. 곧바로 『나의 문화유산답사기』네 권과 『한국미술사강의』여섯 권을 보내주니 6월 11일 바로 "책 잘 받았습니다. 감사합니다"라는 문자가 왔다.

그래서 나는 김민기가 병세가 호전된 것으로 알고 있었다. 가족들도 그렇게 생각했다고 한다. 그런데 불과 한 달 지난 7월 21일 세상을 떠난 것이다. 부음을 듣고 옷차림을 갖출 새도 없이 장례

| 김민기의 친필 악보 「주여, 이제는 여기에」 | 김민기가 '김지하 서화전' 때 출품해준 악보이다.

식장을 찾으니 정문 앞에 방송국 카메라들이 조문객을 취재하기 위해 줄지어 있었다. 기자가 나를 알아보고 마이크를 가져다대며 고인에 대해 말해달라고 했을 때 나는 황망 중에 한마디만 하였다.

"김민기는 항상 겸손하여 자기 자신을 뒷것이라고 낮추었지만 그가 남긴 노래는 위대한 문화유산으로 영원히 남을 겁니다."

부록: 나의 글쓰기

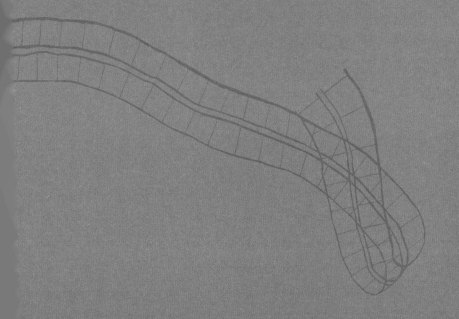

좋은 글쓰기를 위한 15가지 조언

『나의 문화유산답사기』 발간 20주년을 기념하여 국립중앙박물관 대강당에서 열린 강연회 때 한 독자가 글쓰기의 조언을 말해달라고 해서 생각나는 대로 편하게 이야기한 것을 당시 정재숙 부장(전 문화재청장)이 『중앙선데이』(2013년 6월 2일 자)에 '유홍준의 대중적 글쓰기 15가지 도움말'이라는 제목으로 기사를 실어주었다. 이렇게 신문에 실린 것이 고맙기도 했지만 한편으로는 많이 부끄러웠다. 자기가 무슨 대가라고 이렇게 글쓰기 강연을 하였는가 흉볼 것만 같았다. 그러나 어차피 세상에 공개된 것이기에 이번에 그 내용을 많이 고치고 보완하여 내 나름의 '문장강화'로 정리하였다.

1. 주제를 장악하라

글쓰기의 핵심은 주제를 장악하는 것이다. 주제가 명확하지 않으면 글이 흔들린다. 간혹 소재와 주제를 혼동하는 경우가 있는데 소재는 글의 재료이고 주제는 말하고자 하는 뜻이다. 비유하자면 깍두기는 주제이고 소재는 무이며 양념의 배합은 글의 구성이다.

제목만으로 그 주제를 전달할 수 있을 때 좋은 글이 된다. 제목만으로 전달이 잘 안 될 때는 부제(副題)를 달아보면 명확해질 때가 있다. 이를테면 「남도답사 일번지: 강진·해남 답사기」, 「봄의 전령: 홍제천변의 개나리」 같은 식이다.

나는 제목이 먼저 정해져야 글을 쓰기 시작한다. 글을 다 써놓고 제목을 달려면 늦다. 글만 쓰고 제목은 편집자에게 맡기는 것은 주제가 약한 글이다. 「전함 포템킨」으로 유명한 몽타주 이론의 영화감독 예이젠시테인(Sergei Mikhailovich Eisenstein)은 영화의 내용을 요약할 수 있는 한 컷의 장면을 찾아내기 위해 심혈을 기울였다고 한다.

2. 잠정적 독자를 상정하라

글이란 내가 아는 것, 내가 하고 싶은 이야기를 쓰는 것이 아니라 남에게 들려주고 싶은 이야기를 쓰는 것이다. 누군가가 읽어줄 것을 기대하고 쓴다는 점에서 공급자 입장이 아니라 소비자 입장을 염두에 두고 써야 한다. 그래서 나는 글을 쓸 때 항상 내 글을 읽을 잠정적 독자를 머리에 떠올리고 쓴다. 이 점은 아주 중요하다.

내 전공인 미술사 논문을 쓸 때는 미술사를 전공하는 분들을 염두에 두고 쓰지만, 산문, 칼럼, 답사기 등 대중적 글쓰기를 할 때는 전공이 다른 독자들을 머릿속에 두고 쓴다. 심지어 미술평론을 쓸 때도 미술평론가나 미술가를 염두에 두는 것이 아니라 미술에 관심 있는 일반인이 읽는다는 것을 잊지 않는다. 잠정적 독자가 이해 못할 얘기나 용어는 설명을 덧붙여야 한다. 예를 들어 '미니멀 아트'라는 용어를 써야 할 경우, 전공자들이라면 그 단어로 족하지만 일반인을 염두에 둘 때는 '조형적 표현방식을 최대한(맥시멈)이 아니라 최소한(미니멈)으로 압축한다는 미니멀아트에서는' 하는 식으로 풀어 써준다.

독자는 그 글을 읽을 준비가 되어 있는 사람이다. 독자는 일단 성실하게 읽는다. 그러나 독자는 언제고 글이 시시하면 읽다 말 수 있다. 그 점에서 독자는 매우 단호하다.

글을 쓸 때는 독자를 가르치려들지 말고, 독자에게 호소해야 한다. 신문에 실린 칼럼을 읽다 보면 많은 필자들이 정연한 논리로 정론을 펴지만 어떤 글은 필자가 유식하고 똑똑하다는 것은 알겠는데 독자 입장에서 '야단맞는 것' 같아 끝까지 못 읽는 경우가 많다.

독자를 우습게 보다가는 크게 다치거나 망신당한다. 독자 중엔 나보다 훨씬 명석하고 사회적 경험이 많은 분이 많다. 다른 분야에서 일가를 이룬 분이 나의 독자일 수 있다는 사실을 염두에 두어야 한다. 즉 독자 앞에선 겸손해야 한다. 이는 글 쓰는 이의 좌우명으로 삼을 만하다.

3. 기승전결을 갖추고, 유도동기를 활용하라

나열식 서술은 읽는 이를 피곤하게 만든다. '지루한 웅변'이라는 말이 있다. 이는 절대 금물이다. 하나의 글은 어떤 식으로든 기승전결(起承轉結)이 있어야 한다. 이것이 글의 짜임새이다.

기승전결에서 기(起)는 들어가는 말로 여러 방식이 있다. 예를 들어 가을에 열리는 어떤 서예전에 대해 쓴다고 할 때 "9월로 들어서면서 가을이 성큼 다가왔다"라고 편하게 말머리를 시작하는 방법, "지금 예술의전당에서는 근대서예전이 열리고 있다"라고 첫머리부터 치고 나오는 방법, "서예는 현대사회로 들어오면서 대중적 관심이 점점 멀어져가고 있지만" 하고 주제를 암시하고 풀어가는 방법 등이 있다. 여러 방법 중 자신의 취향 또는 글의 내용에 따라 선택하면 되는데 중요한 것은 그런 출발 의식을 갖고 시작했냐 아니냐의 문제이다.

승(承)은 글의 내용에 해당하므로 있는 사실대로 풀어가면 되지만 전(轉)에서는 글에 활력을 넣어주어야 한다. 이때 반전을 드라마틱하게 구사할 수 있으면 좋은 글이 된다.

결(結)에 이르기 전에 주의할 점은 결론은 감추고 전개해와야지 미리 예측할 수 있게 늘어놓으면 맥이 빠진다. 결을 맺는 데도 여러 방법이 있다. 핵심을 요약하는 법, 말하고자 하는 것을 다시 한번 강조하는 방법, 잔잔하게 조용히 마무리하는 방법 등이 일반적인 마무리인데 때론 무대에서 마지막에 징을 한 방 울리듯 간결하게 끝내는 방법도 있다. 내가 이 책의 「꽃차례」에서 "나이가 드니 이제 꽃이 보이기 시작하네요"로, 「우리 어머니 이력서」에서 "우리 어머니 이름은 신 자, 영 자, 전 자이다"로 끝낸 것이 이 수법이다.

긴 글을 쓸 때는 독자를 계속 끌고 갈 계기가 필요한 경우가 있다. 이럴 때는 오페라나 교향시에서 일정한 곡조가 반복적으로 나오는 유도동기(誘導動機, 독어 leitmotiv) 기법을 빌려올 수 있다. 한 예로 답사기 2권의 청도 운문사 답사기에서 나는 자칫 지루해질 수 있는 절집 이야기를 끝까지 끌고 가기 위하여 내가 잘 알고 있는 지기 스님을 등장시켰다. 이름은 밝히지 않고 계속 그분의 설명, 잊을 만하면 그분과의 대화를 삽입하면서 글을 전개하였다. 그리고 마지막에 이 긴 이야기를 이렇게 끝냈다. "나의 지기, 그분의 법명은 진광이다."

4. 에피소드로 생동감을 불어넣어라

글을 쓰면서 그 주제에 맞는 에피소드가 있다면 그 글은 무조건 성공한다. 답사기 1권의 경주 답사기에서 〈삼화령 애기부처〉는 그 이름에서 알 수 있듯 애기처럼 귀여운 모습을 하고 있다. 문화재 해설하듯 하자면 이와 같은 통일신라 직전 고신라의 불상 조각은 절대자의 친절성을 반영하여 인간적인 이미지를 보여주고 있다고 설명할 수 있다. 그러나 이것만으로 애기부처가 보여주는 예술적 감동을 말했다고 할 수 없다.

다행히도 나는 이 애기부처에 얽힌 생생한 에피소드 하나를 알고 있었다. 국립경주박물관장을 지낸 정양모 선생님이 애기부처의 발가락이 까맣게 된 내력을 얘기해준 것이다. 박물관의 유물은 절대로 손으로 만지면 안 되게 되어 있다. 그런데 박물관에 단체로 견학 온 초등학생들이 인솔 교사를 따라 진열장 유물들을 보면서 지루하게 지나가다가 이 애기부처를 보는 순간 그 귀여운 모습에 예술적 공감 내지 어린이로서 동질감을 느껴 경비원 몰래 발가락을 살짝 만지고 돌아서는 바람에 애기부처의 발가락이 까맣게 되었다는 것이다. 사실 이 에피소드가 있어서 〈삼화령 애기부처〉 답사기를 쓸 수 있었다.

5. 이미지를 차용하라

누구나 글을 쓰면서 가장 애태우는 것 중 하나는 어휘력의 부족이다. 특히 슬프다, 그립다, 안타깝다, 아쉽다 등 감정을 나타내는 형용사의 경우는 너무도 슬프다, 한없이 그립다, 애가 타도록 안타깝기만 하다, 마냥 아쉬운 감정이 일어난다 등 걸맞은 부사만으로는 부족한 경우가 많다. 이럴 때는 비슷한 감정을 경험했던 이미지로 대체하여 그 감정을 나타내는 것이 좋을 때가 많다.

답사기 1권의 강진 답사기에서 다산초당에서 백련사로 넘어가는 만덕산의 야트막한 산길은 봄이면 길가에 춘란이 피어나고 솔밭 속에서 벌 나비가 날아들고 산새 소리가 답사객을 맞이해주는, 우리네 야산의 정겨운 고갯길이다. 그런데 어느 해 찾아갔더니 솔잎혹파리 피해로 소나무들이 모두 죽어 마른 가지가 허공을 향해 뻗어 있고 살충제를 살포하는 바람에 벌 나비가 다 사라져 산새 소리가 들리지 않았다. 그 적막강산에 대한 아쉬움을 나는 형용사만으로는 다 표현할 수 없었다. 그래서 내가 살아가면서 아쉬움을 느꼈던 때로 당시의 감정을 대신했다.

솔밭과 산새가 사라진 만덕산의 봄, 그것은 마치 외할머니 돌아가신 외갓집을 찾는 듯한 허전함으로 다가왔다.

대상에 대한 인식이나 감정에서도 이미 독자들에게 익숙한 이미지를 차용하는 것이 얼마든지 가능하다. 답사기에서 불국사 석가탑의 단아한 아름다움과 고선사탑의 장대한 멋을 이야기하면서 서양 여배우를 예로 들어 석가탑은 잉그리드 버그먼, 고선사탑은 소피아 로렌에 비유한 바 있다. 당시 독자들은 그것을 나의 유머 감각과 함께 절묘한 비유로 받아들이고 그 미감을 선명히 이해했다. 그러나 이런 비교는 시효가 있어 지금 MZ세대들에게도 통하는지는 알 수 없다.

6. 유머를 적절히 구사하라

유머는 글의 재미와 멋을 살려준다. 유머는 단순히 재미있는 이야기에서 나오는 것이 아니라 글이 전개되는 상황과 긴밀히 맞물릴 때 효과가 있다. 요즘 시골은 젊은이를 보기 힘들고 노인들만 모여 사는데, 안타깝지만 이것이 시골의 현실이다. 이런 상황을 나는 답사기 6권의 부여 답사기에서 내가 반교리 마을에 휴휴당을 마련하고 이장님에게 마을회비를 건넸을 때 이장님이 내 얼굴을 한참 들여다보고 한 말로 대신 전했다.

"아직 환갑은 안 됐지유?"
"안 되고말고요."
"그럼 청년회로 들어가슈."

또 답사기 2권에서는 동학농민전쟁 100주년을 맞이하여 동학의 현장을 답사하는데 들판에는 사방으로 교회당 첨탑들이 처처에 있을 뿐 동학의 자취는 볼 수 없었다. 그래서 동학군이 죽창을 들고 집결했던 그 유명한 백산을 찾아갔다. 당시엔 백산에 안내판 하나 없었다. 백산은 지평선이 보이는 너른 들판 한가운데 우뚝하지만 높이 40미터밖에 안 되는 낮은 언덕이다. 여기가 과연 백산이 맞나 안 맞나 모를 정도였다. 그런데 언덕 비탈길로 한 할머니가 내려오고 있어 달려가 여쭈어보았다.

| 〈무용총 수렵도〉 | 고구려인이 사냥하는 힘찬 모습이 전면에 배치된 와중에 화면 한쪽 구석에는 말을 타고 졸면서 서서히 나타나는 청년이 묘사되어 있어 웃음을 자아낸다.

"안녕하세요. 할머니, 여기가 백산 맞지요?"

"맞지라우. 근데 뭐땀시 왔능가?"

"옛날 동학군이 모였던 곳이라서요."

"동학군이라구. 잡을 소리 하덜마. 그나저나 학생들인가?"

"예, 일요일이라 답사 온 거예요."

"에구, 안됐구먼. 배웠다는 사람들이, 쯧쯧. 주일인디 교회는 앙 가구."

유머는 이처럼 예기치 못한 대답에서 나오는데 이 대화 속에는 동학혁명이 불온시되고 동학이 쇠퇴하고 기독교가 번성한 것 등 역사와 현실이 들어 있기 때문에 제빛을 발한다.

그림에서도 유머가 구사된 경우가 있다. 고구려 고분 무용총의

〈수렵도〉는 호랑이를 쫓아 치달리는 장면과 뒤를 돌아보며 사슴을 향해 활시위를 당기는 힘찬 모습으로 유명한데, 화면 한쪽 구석에는 말을 타고 졸면서 서서히 나타나는 고구려 청년이 묘사되어 있어 웃음을 자아낸다.

7. 은유를 음미하게 하라

문장 속에 은유와 상징이 함축될 때 독자들의 사색을 일으킨다. 설명이 아니라 글의 행간에 서린 의미를 음미해볼 수 있는 계기를 제공할 때 좋은 문장이 나오는 경우가 많다. 답사기 1권의 강진 무위사 답사기에서 극락보전 건축의 단아한 모습을 보면서 나는 이렇게 말하였다.

"너도 인생을 가꾸려면 내 모습처럼 되어보렴" 하는 조용한 충언을 들려주는 것 같다.

답사기 1권의 문경 봉암사 답사기에서는 가양주 9단이 과실주 담는 과정을 설명했다. 가양주 9단이 과실을 맑은 물에 헹구어 병에 넣고 증류주를 넣은 다음 3개월 후에 과실은 빼어내고 엑기스만 담아 밀봉한 다음 어두운 곳에 놓아두어야 한다고 했을 때 한 사람이 선반에 놓고 보면 안 되냐고 물었다. 그러자 가양주 9단은 느린 어조로, 그러나 단호하게 반드시 어두운 곳이어야 한다며 이렇게 말했다.

"술은 자기가 변해가는 모습을 남에게 보여주고 싶어하지 않아요."

이런 은유 속에는 인생이 들어 있는 것이다. 이 경우 거기서 끝내야지 여기에 잇대어 "인생도 마찬가지겠지요"라고 풀어놓으면 말의 밀도가 확 떨어진다. 독자가 음미하며 사색할 수 있는 여지를 없애는 것이 되기 때문이다.

8. 비판하려면 문학적 수사를 동원하라

답사기를 쓰면서 나는 아둔한 현실에 대해 맹렬한 비판을 가하기도 하였다. 특히 초기의 1권, 2권이 심하다. 그로 인해 명예훼손으로 고소도 당하였고 개인적으로 사과를 드리기도 하였다. 그것은 내가 글쓰기에 서툴러 직설적으로 비난했기 때문이다. 문학적 수사를 동원하여 불특정 다수를 비판한 경우는 좋은 유머로 받아들이는 경우도 많다.

『국토박물관 순례』 1권의 부산 영도 답사기에서 나는 부산의 중요한 문화유적지로 복천동 고분군을 말한 적이 있다. 복천동 고분군은 가야 고분군으로 여기서 출토된 유물을 전시하고 있는 복천박물관은 한때 박물관문화대상을 수상할 정도로 잘 꾸며져 있다. 그런데 정작 부산 사람들에게는 덜 인식되어 있어 이를 비판하면서 이렇게 말했다.

　나는 누구를 만났는데 부산 사람이라고 하면 우선 복천동 고분군 이야기를 꺼내 이를 아는 분과 모르는 분, 가본 분과 안 가본 분으로 문화적 소양을 평가하곤 한다.

　답사기 1권의 강진 답사기에서는 천일각에서 구강포 바다 건너로 보이는 칠량면이 5·18 광주민주화운동의 주역으로 수사기관의 수배망을 뚫고 미국으로 망명한 민주투사 윤한봉의 고향임을 이야기하면서, 당시 민주화운동에 관심 없는 분들에게는 윤한봉의 이름이 낯선 것에 대해 이렇게 비판했다.

　윤한봉, 그의 이름을 기억 못하는 사람은 나이가 어리거나 세상을 너무 쉽게 산 사람이다.

9. 인용으로 내용을 보강하라

　글의 생명은 거기에 담긴 내용에 있다. 형식이 서툴더라도 내용이 충실하면 독자들이 용서하지만 내용이 빈약한데 형식만 번지르르하면 독자가 흉보거나 욕한다.

　내용이 정확하고 충실하다는 것을 보여주는 하나의 방법이 인용이다. 답사기 2권에서 부석사 답사기를 쓰면서 최순우 선생의

「무량수전 배흘림기둥에 기대서서」를 인용한 것은 그 아름다움을 나의 표현력으로 감당하기 힘들었기 때문이기도 하지만 글 내용을 보강하기 위함이기도 했다.

답사기 2권에서 석굴암의 구조를 설명하면서 남천우 교수가 "신라인들은 사인(sin) 9도에 대한 정확한 값을 구할 수 있는 기하학을 최소한도의 것으로 갖고 있었다"라고 한 것을 인용한 것은 고미술의 과학을 증언하는 구체적인 예시였다.

답사기 6권의 선암사 답사기에서는 일주문 앞에 있는 삼인당이라는 연못을 설명하면서 연못 속에 작은 섬이 조성되어 있는 것은 물길을 유도하기 위함이면서 연못이 다양한 표정을 갖게 되는 효과를 일으킨다고 말했다. 나의 견해가 정당함을 보여주기 위하여 예술심리학자 루돌프 아른하임(Rudolf Arnheim)의 『미술과 시지각』(1954)에서 "하나의 공간에 나타난 물체는 또 다른 공간을 창출해낸다"라는 명제를 인용하였다.

이로써 내 주장에 근거가 있음을 제시하는 동시에 독자를 미학적 사고로 이끄는 효과를 일으킨다. 이처럼 적절한 인용은 글의 격조를 높여준다.

10. 각 문체의 특징을 파악하라

문체는 여러 가지로 나눌 수 있지만 간결체, 화려체, 서사체 세 가지가 기본이다. 그 예를 들자면 한이 없지만 대표적인 한시 세

편으로 그 분위기를 확인해보기로 한다.

간결체로는 송나라 황정견(黃庭堅)의 「절구(絕句)」라는 고요한 시를 들 수 있다.

만 리 푸른 하늘엔 구름이 일고 비가 오는데　萬里長天 雲起雨來
빈산엔 사람은 없고 물이 흐르고 꽃이 핀다　空山無人 水流花開

화려체로는 당나라 이백(李白)의 '달빛 아래 홀로 술을 마신다'는 「월하독작(月下獨酌)」의 다음 구절을 들 수 있다. 그 이미지의 구사가 현란하다.

잠시 달과 그림자를 벗하여　　　　　　　　暫伴月將影
모름지기 이 봄을 즐기리　　　　　　　　　行樂須及春
내가 노래하면 달은 서성이고　　　　　　　我歌月徘徊
내가 춤추면 그림자는 어지러이 움직인다　我舞影零亂

서사체는 길게 늘어지는 만연체도 있지만 잔잔히 서술해나가다 반전을 줄 때 극적 효과를 일으킨다. 한 예로 송나라 소동파의 '아이를 목욕시키며 재미 삼아 쓴다'는 「세아희작(洗兒戲作)」을 들 수 있다.

사람들 모두 자식 기르며 총명하길 바라지만　人皆養子望聰明

나는 그 총명함 때문에 한평생을 그르쳤다네　我被聰明誤一生
원하노니 우리 아이는 어리석고 미련해서　惟願孩兒愚且魯
아무 탈도 어려움도 없이 정승판서(공경) 되거라　無災無難到公卿

11. 구어체로 글맛을 살려라

글은 문법에 맞아야 한다. 그러나 언어는 생활 속의 관습이기 때문에 바뀐다. 그래서 문법에 얽매이면 글맛이 사라질 경우가 있다. 이럴 때는 글맛을 내기 위해 구어체를 사용해볼 수도 있다. 구어체는 글에 생기를 불러일으키기도 한다. 예를 들어 "그는 대가인 양 단정적으로 말하였다"의 경우 "자기가 무슨 대가라고 그렇게 말하는지 모르겠다"라는 식으로 표현하면 글에 힘이 생긴다. 그렇다고 말하는 투로 쓰라는 것은 아니다.

12. 접속사를 절제하고 '의'를 활용하라

가능한 한 '그리고, 그러나, 그리하여, 그런데, 아무튼, 하지만' 등 접속사 없이 글을 써라. 접속사를 자주 쓰면 글에 맥이 빠지기 십상이다. 글은 문장의 논리로 이어져야 힘을 받는다. 잘 안 될 경우, 앞 문장의 핵심적 단어를 이끌어 다음 문장의 주어로 연결하는 것도 방법이다.

토씨 중 '의'의 용법은 아주 다양하여 이를 잘 활용하면 글이 간

명해진다. 특히 글의 길이를 줄이는 데 유용하다. 내가 『중앙일보』 에 쓰는 칼럼 '문화의 창' 분량은 2,150자이다. 이보다 많아도 적 어도 안 되는데 글을 쓰다 보면 딱 10자 정도만 줄여야 하는 경우 도 있다. 이럴 땐 '의'가 약이다. 예를 들어 "단원 김홍도가 단양팔 경의 하나로 그린 〈옥순봉도〉는"이라는 문장은 "단원 김홍도의 〈옥순봉도〉는" 하고 줄일 수 있다.

13. 글의 길이에 문체와 구성을 맞춰라

글의 길이에 따라 문체도 달라야 하고 구성도 달라야 한다. 짧 은 글(200자 원고지 기준 10매 이하)은 문장이 단문으로 이어가야 좋 다. 짧은 글에서 긴 문장은 글의 호흡이 늘어지게 한다. 중간 길이 의 글(25매 내외)은 문단을 4~5개의 토막으로 나누어야 한다. 이 경 우는 중간 제목을 설정하는 것이 좋다. 긴 글(30매 이상)의 문장은 긴 호흡으로 써야 한다. 문장이 짧거나 단문으로 이어가면 글의 흐름이 튄다. 중간중간 에피소드나 사례, 또는 인용문을 적당히 배치해야 글에 활력이 생긴다.

요구된 매수를 염두에 두고 글을 쓸 때 일단 처음에는 글의 논 리, 문장의 호흡에 내맡기고 써라. 그러다 3분의 1까지 오면 일단 멈추고 다시 첫머리로 돌아가 줄이거나 늘리면서 이어간다. 다 써 놓고 매수를 조절하는 것보다 이것이 효과적이다. 여기부터는 끝 날 때까지 한 호흡을 유지하는 것이 좋다. 반쯤 써놓고 밖에 나가

다른 일 하다가 뒤이어 쓰면 글이 조각난다.

글을 쓰다 보면 들어가는 말부터 다시 시작하고 싶을 때가 있다. 그럴 때는 과감히 앞에 쓴 것을 버리고 새로 시작하면 좋은 글이 된다.

14. 문장의 리듬을 생각하며 윤문하라

완성된 원고는 반드시 윤문을 거쳐야 한다. 이발소와 미장원으로 치면 마지막 손질이 남아 있는 것이다. 윤문을 할 때는 독자 입장에서 읽어야 한다. 문장이 읽기 편하려면 글 전체에 리듬이 있어야 한다. 독자는 한 문장도 두세 번은 끊어 읽는 것이 보통이니 거기까지 고려해야 한다. 글에 리듬을 줄 때는 부사, 강조어의 위치를 잘 잡아야 한다. 때론 주어 앞에 놓아 강조할 수도 있다.

15. 새로운 시선으로 다시 점검하라

글을 쓰기 전에 친구나 동료 등 적당한 대상에게 미리 말로 풀어보면 좋다. 나는 모든 글을 반드시 리허설해보고 쓴다. 내 경우는 친구, 출판사 편집자, 연구실 연구원 등 좋은 스파링파트너가 많다. 나는 이들과 대화하는 식으로 얘기하면서 그의 반응을 보며 내 생각을 정리해본다.

나 개인적으로는 설계도를 그리고 나서 시공하는 방법을 쓴다.

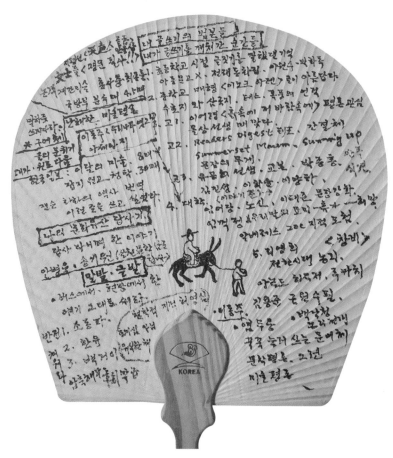

| **나의 부채 메모** | 나는 글 쓰기 전에 부채를 들고 다니며 틈틈이 거기에 쓸 내용을 메모하곤 한다. 이 부채는 이 책에 실린 「나의 문장수업」을 구상한 메모들이다.

나는 답사를 다닐 때 둥근 부채를 들고 다니는데 거기에다 쓸 글을 설계하듯 기본 틀을 적어두고 시간 있을 때마다 추가하기도 하고 수정하기도 한다. 메모지보다 부채가 유리한 것은 글 전체의 구성을 놔두고 계속 덧붙일 수 있기 때문이다. 그러니까 나는 부채에 설계도를 그려본 다음 시공을 하고 나중에 인테리어하듯 마

무리한다.

글을 다 쓰고 나면 바로 완성이라고 생각하지 말고 묵혀둔 다음에 다시 읽고 객관적으로 검토한 뒤에 완성시켜라. 한밤에 쓴 연애편지는 아침에 읽어보고 부치라는 교훈이 글쓰기에도 그대로 적용된다. 남에게 보일 시간이 없으면 일단 덮어두고 몇 시간이 지나 글 쓰던 무드가 깨진 다음에 다시 읽어보아야 한다. 이럴 경우 나는 목욕탕을 갔다 와서 새 기분으로 읽어본다.

글이란 자기 논리가 있기 때문에 생각이 흘러가는 대로 서술되는 성질이 있다. 그러나 독자의 입장으로 돌아와서 읽어보면 독자의 생리에 따라 걸리는 부분이 드러난다. 어떤 구절은 빼는 것이 좋다든지 어떤 사항은 좀 더 설명을 보완하겠다든지 하는 생각이 반드시 나온다.

내 경우는 스파링파트너에게 미리 읽혀보고 조언을 듣는다. 이들로부터 낮은 평, 또는 나쁜 평을 들으면 일단 그 글을 잊어버리고 한참 지나서 새로 쓴다. 자기 생각만을 고집하면 손해라는 것을 잘 알기 때문이다.

결론: 대중성과 전문성의 조화

대중적 글쓰기라고 해서 전문성이 약하면 안 된다. 전문성이 떨어지면 내용이 가벼워 글의 격이 낮아진다. 전문적인 내용을 대중도 알아듣게 하는 것이 진정한 대중성이다. 어려운 내용을 알기 쉽고 재미있게 쓰는 것이 대중적 글쓰기이다. 그래서 글쓰기의 진정한 프로는 쉽고, 짧고, 간단하게 쓸 줄 안다. 그러나 내용은 내용대로 충실히 갖추어야 한다.

당송 8대가의 한 분인 당나라 한유(韓愈)는 「양양 우적 상공께 올리는 편지(上襄陽于相公書)」에서 이렇게 말했다.

풍부하되 한마디 군더더기가 없고　　　　　　　　豊而不餘一言
축약했으되 한마디 놓친 게 없다　　　　　　　　約而不失一辭

나의 문장수업

『나의 문화유산답사기』를 펴낸 이후 간혹 작가라고 소개되기도 하지만 나에겐 작가라는 의식이 없다. 그런데 나의 제자들은 이따금 나에게 글쓰기 배우기를 원한다. 정년퇴임 후 나는 부여 외산면 반교리에 마련한 시골집인 휴휴당에서 쉬곤 하는데 영남대와 명지대의 옛 제자들이 종종 찾아오곤 한다. 중년의 나이에 제각기 가정을 꾸리고 직장을 갖고 살면서 때론 부부가 아이들을 데리고 찾아오기도 한다. 그러던 어느 날 제자들 여럿이 각자 차를 몰고 휴휴당에 집합하여 하룻밤을 묵어가면서 저녁 식사 후 술자리에서 나의 문장수업에 대해 듣기를 원하여 나는 지금도 잊히지 않는 명문들에 대한 기억의 순간들을 실로 긴 시간 풀어나가게 되었다. 이 글은 그때 내가 꾸밈없이 술회한 내용을 다듬은 것이다.

유년기의 문학 체험

내가 좋은 글이라고 감명받은 첫 번째 책은 중학교에 합격했을 때(1961) 나의 자형이 입학선물로 사준 앨프리드 테니슨(Alfred Tennyson)의 장편 서사시 『이녁 아든』(Enoch Arden)이다. 영국의 어느 해변가 작은 마을에 아든, 필립, 애니 셋이 살았는데 아든은 애니와 결혼해 아이도 낳고 근근이 살아가다가 돈을 벌기 위해 원양선을 타고 가던 중 풍랑을 만나 무인도에서 홀로 10년 이상을 견뎠다. 지나가는 배를 만나 아든이 다시 고향에 돌아오니 애니는 기다림에 지쳐 필립과 결혼해 행복하게 살고 있었다. 아든은 결국 그들의 삶을 무너뜨리지 않기 위해 애니를 만나보지 않고 죽음을 맞이하였다는 슬프고도 아련한 이야기이다. 이 서사시를 읽으면서 나는 글이라는 것이 아름답다는 것을 처음 느꼈다. 그런데 나중에 다 읽고 나니까 이 이야기가 남긴 강렬한 이미지는 개암나무 숲이었다. 어린 시절 셋이서 놀 때도, 아든이 애니에게 청혼할 때도, 애니가 필립과 재혼할 때도, 아든이 무인도에서 살아 돌아왔을 때도 개암나무 숲이었다. 훗날 이런 반복적인 장면은 오페라의 유도동기와 비슷한 기법임을 알게 되었고 나의 글쓰기에도 은연중 나타나기도 했다.

이후 나는 단편소설에 취미가 붙어 서머싯 몸(William Somerset Maugham)이 선정한 『세계단편문학선집』(전5권)을 구해 틈틈이 읽었다. 그러나 여기에 실린 소설들은 내게 어려워서 카뮈(Albert Camus)의 「손님」, 사르트르의 「벽」은 몇 번을 펼쳤으나 읽다가 그

만 덮어버리고 말았다. 투르게네프(Ivan Sergeyevich Turgenev)의『첫
사랑』, 헤르만 헤세(Hermann Hesse)의『데미안』등은 재미있게 읽
었던 기억이 있다. 이 전집은 고등학생 때도 내 책꽂이에 꽂혀 있
었다.

이어령의『흙 속에 저 바람 속에』

고등학교에 올라가서는『삼국지』와『수호지』를 아주 열심히 읽
었다. 그리고 2학년 때(1965) 당시 베스트셀러였던 이어령의『흙
속에 저 바람 속에』(현암사 1963)를 아주 감명 깊게 읽었다. 읽고 나
서 친구들에게 얘기해주면서 웃기기도 하였다. 나는 원래 문과로
갈 생각이어서 물상과 화학 시간은 딴짓을 곧잘 했는데 어느 날
물상 시간에 이 책을 무릎 위에 펴놓고 몰래 읽다가 나도 모르게
킥킥거려 선생님에게 매를 맞고 책을 빼앗겼다. 교무실로 책을 찾
으러 갔을 때 물상 선생님 곁에 계신 국어 선생님이 나를 빤히 바
라보고 나서 빙긋 웃으며 고개를 돌렸던 모습이 잊히지 않는다.

이어령의『흙 속에 저 바람 속에』는 세상사를 예리한 시각으로
바라보고 날카롭게 비판하기를 조자룡 헌 칼 쓰듯 하여 젊은 나에
게 신선한 충격을 주었다. 그러나 전편에 흐르는 냉소와 자기 비
하는 은근히 반발심을 일으켰던 기억이 있다.

서머싯 몸의 『서밍 업』

고등학교 2학년 때 나의 자형이 영어 공부도 되지만 내용이 좋다며 『리더스 다이제스트』를 한 권 사주었다. 과연 간결한 문장에 산뜻한 내용으로 채워져 있었다. 그런데 다는 이해하기 힘들어 오늘날 프레스센터에 있던 코리아헤럴드 영어학원의 『리더스 다이제스트』반에 등록하여 수업을 들었다. 참으로 즐겁게 다녔다.

『리더스 다이제스트』에서는 명문들을 모아 별권으로 펴내기도 했는데 그중 「당신의 병을 자산으로 돌려라(Turn your sickness into asset)」가 지금도 생각난다. 한 예로 약국을 경영하던 약사가 과로로 병원에 입원하게 되었는데, 그때 그동안 일에 휩싸여 본래 자연학자가 되고 싶었던 꿈을 잊고 살았음을 깨닫게 되어 결국 퇴원후 연구실로 돌아가 유명한 화학자가 되었다는 이야기 등이다.

그런데 코리아헤럴드 영어학원에는 『타임스』반과 『뉴스위크』반 이외에 서머싯 몸의 『서밍 업(Summing up)』반이 있었다. 나는 『리더스 다이제스트』반 수업이 끝나면 3층으로 올라가서 『서밍 업』반을 도강하였다.

이 책은 전체 4부작으로 문장에 대하여, 연극에 대하여, 소설에 대하여, 인생에 대하여 자신의 생각을 편하게 서술해나간 것이다. 그 자신은 '자서전도 회고록도 아니다'라고 하였지만 64세 노작가의 원숙한 사고가 도도한 강물의 흐름처럼 펼쳐지는 것이었다. 나는 그때 읽은 (사실은 귀로 들은) 내용을 다 잊어버렸지만 문장의 무게감 있는 유장함이 무엇인가를 처음 느꼈다. 훗날 이 책을 번역한 이종인은 그의 문장론을 다음과 같이 간명하게 소개하여 그 것을 옮겨본다.

몸은 당대에 화려한 문장으로 유명했던 월터 페이터나 존 러스 킨의 수식 많고 복잡한 문장을 아무리 흉내 내려고 해도 잘되지 않 자 결국 평범한 사람의 글쓰기에 착안하여 자신이 소망하는 글쓰 기가 아니라 실천할 수 있는 글쓰기를 하게 됐다면서 그 요령으로 첫째 명석함, 둘째 단순함, 셋째 좋은 소리를 들었다. 이 세 가지 요 소를 고루 갖춘 문장은 결과적으로 힘을 하나도 들이지 않고 쓴 자 연스러운 문장의 느낌을 준다는 것이다.

국어 선생님 유공희

고등학교 3학년 때 국어 교사인 유공희 선생님을 만난 것은 내 인생의 일대 전환점이 되었다. 유공희 선생님은 일본 메이지(明 治)대학교 출신으로 일찍이 광주고등학교에서 교편을 잡으면서 학생들에게 큰 영향을 주었다. 역사학자 이이화, 다산연구가 박석 무, 국문학자 임형택, 시인 조태일, 소설가 문순태 등이 그 제자들 이다. 그리고 서울고등학교로 옮겨서는 소설가 최인호, 영화감독 이장호, 건축가 민현식 등에게 큰 영향을 주었다. 그리고 1966년 그의 모교인 중동고등학교로 스카웃되어 3학년 문과 국어 교사를 맡았다.

유공희 선생은 교과서 중심의 입시교육이 아니라 당신이 생각하는 바람직한 국어교육을 하셨다. 랭보(Arthur Rimbaud)와 말라르메(Stéphane Mallarmé)의 시를 암송하면서 시의 묘미가 무엇인지를 열강하기도 하였다. 어느 때는 보들레르(Charles Baudelaire)의 『악의 꽃』, 어느 때는 사르트르의 실존주의로 한 시간을 강의하셨다.

　그리고 잊히지 않는 것은 선생님이 소개해준 『데카메론』의 한 이야기이다. 어느 과부가 어린 아들이 옆집의 매를 보고 싶어하여 어느 날 그 집을 방문하겠다고 연락을 했다. 옆집 남자는 속으로 연정을 품고 있던 과부가 찾아온다고 하니 없는 살림에 맛있는 요리를 대접하려고 매를 잡아 내놓았다는 것이다. 독일의 문학가 파울 폰 하이제(Paul von Heyse)는 이 이야기를 빌려 단편소설에는 이처럼 사건 전환의 계기가 있어야 한다며 '매의 이론(falcon theory)'을 폈다고 유공희 선생님은 설명해주었다. 나는 이러한 유공희 선생님의 영향을 아주 깊이 받았고, 그 지루한 입시 준비의 계절에 국어 시간을 기다리며 3학년을 보냈다.

　유공희 선생님은 국어교육의 핵심은 독해력이라며 별도의 교재로 대학 교양국어에 준하는 국어독본을 부교재로 만들어 가르치셨다. 여기에는 김진섭, 이양하, 이하윤 등 당대의 주옥같은 수필과 박종홍 등의 논설이 들어 있었다. 그리고 신문의 칼럼을 읽으라고 권하면서 각 신문 1면에는 그 신문의 대표적인 논설위원의 칼럼이 실리는데 『동아일보』의 「횡설수설」, 『한국일보』의 「지평선」, 『조선일보』의 「만물상」, 『중앙일보』의 「분수대」, 『경향신문』의 「여적」 등은 독해력을 키우는 아주 좋은 텍스트라고 하셨다. 내 글쓰기에 칼럼적, 수필적인 요소가 많은 것은 이 영향으로 생각하고 있다.

유공희 선생님은 요즘 식으로 말해서 인문학의 중요성을 심어주어 우리들에게 법대나 상대 같은 실용학문의 대학에 가지 말고 문리과대학에 가서 '한 사람의 지성으로 살아가는 길'을 공부하라고 권하곤 하였다. 그때 한 학생이 "문리과대학 나오면 뭐가 되는데요?"라고 묻자 "그런 현실적인 문제는 그때 가서 스스로 선택할 계기가 있겠지만 신문사 기자가 되라고 권하고 싶고 능력이 되어 교수나 평론가가 되면 더없이 좋겠지"라고 대답하셨던 것이 기억난다.

그리고 대학입시 원서를 쓸 때 내가 국문과나 독문과를 선택하려고 했을 때 유공희 선생님은 내게 미학과로 가라고 하셨다. 그때 나는 처음으로 미학과라는 것이 있는 것을 알게 되어 동숭동 서울대 문리과대학으로 찾아가 노란색 표지의 교과과정표를 한 부 얻어 보고 미학과를 응시하게 되었다.

세월이 지나 내가 『나의 문화유산답사기』로 필명을 얻게 되었을 때 선생님께 책이라도 드리고 싶어 수소문 끝에 전화를 드렸다. 선생님은 연전에 상처하여 혼자 있는 데다 4년째 전립선암으로 비닐주머니를 차고 있는 모습을 보여주고 싶지 않다며 너의 기억 속의 얼굴을 간직하라고 하셨다. 그리고 그 이듬해 선생님은 돌아가셨고 나는 한 신문에서 '내 마음속 은사' 원고를 청탁받았을 때 「나의 국어 선생님 유공희」라는 글을 기고하였다(『조선일보』 2000년 3월 27일 자). 그리고 이 글은 유공희 선생 사후에 제자들이 펴낸 『유상 유공희 선생 문집: 물 있는 풍경』(시학 2008)에 재록되어 있다.

『창작과비평』의 필자 선생님들

나는 1967년 서울대 문리과대학 미학과에 입학하였다. 캠퍼스가 동숭동 대학로에 있던 '서울 문리대'는 64년 한일회담 반대 데모 이래 60년대 대학가의 민주화 투쟁, 이른바 학생운동의 본산 같은 곳이었다. 입학해서 졸업할 때까지 군사독재에 항거하는 데모가 그치지 않았고 그때마다 휴교령이 내려져 학교 수업은 뒷전이었다.

그 시절 내게 지적 교양을 제공한 것은 월간『사상계』(1970년 강제 폐간), 계간『창작과비평』,『문학과지성』이었다. 나는『창작과비평』광팬이었다. 계절마다 이 책의 출간을 기다리면서 살았다. 다른 과의 내 친구들도 마찬가지였다. 책이 나오면 재빨리 읽고 마로니에나무 아래 벤치에 앉아 독후감을 나누곤 했다. 서강대 사회학과의 고 최재현 교수가 나의 좋은 말상대였다.

나는『창작과비평』을 읽으면서 미술평론가가 되겠다는 장래의 꿈을 키웠다. 백낙청의「새로운 창작과 비평의 자세」(1966)에 큰 감명과 가르침을 받고 나도 이처럼 원대한 비전을 제시하는 평론을 쓰는 미술평론가가 되고 싶었다. 염무웅의 작가론과 작품론은 '꾹꾹 눌러쓰는 문어체'로 작품을 예리하게 분석하며 문학의 진정성을 밝혀주었는데, 그런 미술평론을 써야겠다는 생각을 갖게 했다.

백낙청과 염무웅이 교대로 번역하여 연재한 아르놀트 하우저(Arnold Hauser)의 『문학과 예술의 사회사』는 마치 달나라에 앉아서 지구 1만 년의 역사를 내려다보고 쓴 것 같은 시야를 갖고 있는 장대한 서술이었다. 이 글이 나의 관심을 미술사로 이끌었다. 나는 원문 전체를 보고 싶어 일본어 번역본을 구해 읽었다.

리영희의 「베트남 전쟁」 3편은 굳게 닫혀 있는 짙은 장막을 활짝 열어젖히고 세상의 진실된 모습을 보여주었다. 나의 은사이신 김윤수는 근대미술의 작가론을 전개하며 앞으로 내가 쓸 미술평론의 모범을 보여주고 있었다.

나는 『창작과비평』을 빨간 줄을 치면서 읽었다. 내가 보던 『창작과비평』들은 1971년 3월 입대하기 전에 후배인 가수 김민기가 우리 집에 와서 하룻밤을 같이 보내고 다른 책들과 함께 다 가져갔다.

이동주의 '우리나라의 옛 그림'

3학년 때인 1969년 4월 18일 서울 문리대에서 4·19 초혼제가 열렸다. 이 초혼제에선 삼선개헌을 반대하는 선언문과 풍자극이 발표되고 교내 횃불 데모가 있었다. 초혼제가 열리고 나서 선언문을 쓴 서중석과 최재현, 풍자극을 쓴 나, 횃불 데모를 주동한 조학송에게 수배령이 내렸다. 선배들이 '36계가 대통령 빽보다 낫다'고 빨리 도망가라고 했다. 그래서 최재현, 서중석, 나 셋은 일주일간 단양에서 지냈다.

그때 최재현은 그해 3월에 혁신계 인사들이 창간한 월간지 『아세아』의 창간호와 4월호 두 권을 갖고 왔다. 나는 여기 실린 이동주의 '우리나라의 옛 그림'의 「김단원이라는 화원」, 「겸재일파의 진경산수」를 읽고 큰 감동을 받았다. 서양미술사가 아니라 한국미술사에도 이런 콘텐츠가 있다는 것이 놀라웠다. 나는 이 연재를 매회 충실히 읽었고 연재가 끝난 뒤에는 이 글들을 잡지에서 떼어내어 한데 묶어 제본해놓고 여러 번 읽었다. 이 거칠지만 든든한 제본은 지금도 내 책꽂이에 꽂혀 있다. 이것이 내가 한국미술사, 그중에서도 회화사에 관심을 갖는 계기가 되었다. 군대를 갔다 온 뒤 긴급조치 4호 위반으로 감옥생활을 하게 되었을 때도 이동주의 『한국회화소사』(서문당 1972)를 품고 몇 번을 읽고 또 읽었다.

감옥생활 중 나는 같은 옥살이를 하는 김지하 형에게 습작을 보여주어 교도소 휴지 일곱 장에 빼곡히 쓴 장문의 가르침을 받았다. 이는 평생 내가 간직하고 있는 글쓰기의 지침인데 이 책의 부록(356면)에 그때 써준 김지하 형의 글 전문을 실었다.

이태준의 『문장강화』와 『문장』

이따금 사람들이 나에게 문장수업을 어떻게 받았냐고 물어 왔을 때 나는 특별한 것은 없지만 있다면 이태준의 『문장강화』(1940)라고 대답했다. 실제로 나는 이태준의 영향을 크게 받았다. 그의 『달밤』(1934), 『만주기행』(1938), 『사상의 월야』(1946) 등은 대목 대목을 다 기억하고 있다.

월북 작가에 대해 해금 조치가 이루어진 것은 1988년이지만 나는 그 이전부터 이태준 이외에도 김용준의 『근원수필』(1948), 김동석의 『부르조아의 인간상』(1949), 김기림의 『문학개론』(1946) 등을 인사동 고서점에서 사서 읽었다. 통문관 이겸로 선생이 나를 귀여워하신 것은 젊은이가 이런 거친 종이에 인쇄된, 속칭 '말똥종이 책'을 찾는 것을 기특하게 보았기 때문이었다.

이들의 글은 내용도 내용이지만 문체가 아름다웠다. 복잡할 것이 하나도 없으면서도 인생과 예술의 깊이를 명료하게 드러내는 글들에서 많은 가르침을 받았다. 이태준이 주관한 문예지 『문장』 전체가 다 그런 글들로 실려 있다. 그래서 1939년 창간호부터 1941년 폐간호까지 『문장』 전 26권(13책)이 불법으로 복간되었을 때 나는 이 전집을 사서 심심할 때면 한 대목씩 읽곤 했다. 내가 그 시절에 태어났으면 아마도 『문장』의 말단 직원도 사양하지 않았을 것이다.

홍사중의 「분수대」

1974년 2월 15일 감옥에서 나왔는데 아버지가 실직 상태여서 나는 취직을 해야만 했다. 그러나 한 학기를 남겨둔 채 대학을 졸업하지 못하였고 시국사범으로 형집행정지 상태이기 때문에 일자리를 좀처럼 구할 수 없었다. 이에 백기완 선생께 내 사정을 말하자 당신의 친구인 강민 시인이 편집국장으로 있는 금성출판사에 취직시켜주었다. 그때『현대작가 100인 선집』책임편집을 맡은 미술평론가 이경성 선생이 나를 일 잘한다고 칭찬해주시더니 건축가 김수근에게 소개해주어 월간『공간』에서 정말로 보람 있고 즐겁게 일했다. 그리고 2년 뒤엔 중앙일보사에서『계간 미술』을 창간하면서 유경험자로 나를 스카웃하여 나는 대학을 졸업하지 못한 상태에서 중앙일보 기자가 되었다.

당시『계간 미술』의 주간은 문학평론가인 홍사중 선생이었다. 홍사중 선생은 논설위원으로 최종률 위원과 번갈아『중앙일보』1면의 「분수대」를 쓰고 있었다. 유공희 선생님으로부터 교시받았던 그 유명한 「분수대」의 필자였다. 곁에서 홍사중 선생이 「분수대」를 쓰는 것을 보면 거의 묘기 대행진 같았다. 당시『중앙일보』는 석간 발행으로 가판이 12시에 나온다. 그런데 그 날짜 「분수대」의 주제는 아침 10시 편집회의에서 결정된다. 10시에 시작해서 11시 30분까지 써서 편집부로 보내야 한다. 원고지 5매를 한 시간 반 만에 쓰는 것이었다. 그런데도 그런 명문이 나온다. 인터넷도 없던 시절에 관련된 인용문을 어떻게 찾아 쓰는지 신기했는데 곁에서 보니 중요한 아이템에 대해서는 항시 스크랩을 해놓고 있었다. 자신의 글에 쏟아붓는 성실성은 진실로 존경스러운 것이었다.

그러던 어느 날 국방부에서 홍사중 선생을 찾아왔다. 정훈 교재로 『국방부 분수대 365일』을 집필해달라는 것이었다. 그래서 최종률 위원이 짝수 달, 홍사중 주간이 홀수 달을 맡았다. 홍사중 주간은 지난 몇 년 간 자신이 쓴 「분수대」 칼럼을 날짜에 맞추어 재배치하고 이를 200자 원고지에 옮겨 쓰는 일을 나와 최홍근 차장에게 알바로 맡겼다.

나는 이 글을 옮겨 원고지에 필사하면서 「분수대」 글의 아름다움에 새삼 감동하였다. 그 짧은 글 속에 기승전결이 명확하고, 때론 반전이 있고, 때론 물 흐르듯 흘러가기도 했다. 명문을 직접 필사해보는 것이 문장수업에 얼마나 좋은지를 실감했다. 옛날 화가들이 명작을 그대로 베껴 그리는 임모(臨摸)와 이를 변형해보는 방작(仿作)을 많이 했던 이유를 절감할 수 있었다. 나에게 남다른 문장수업이 따로 있었다면 「분수대」를 필사해본 경험이었다.

『동아일보』 신춘문예와 『한국일보』의 「이달의 미술」

1979년 10·26사태로 박정희 대통령이 죽고 80년 3월 마침내 복학이 되었다. 그리고 그해 10월에 대학을 졸업하게 되었다. 14년 반 만에 졸업한 것이다. 32세에 대학을 졸업하였지만 나는 그때부터 내 인생을 새로 설계하였다. 곧바로 홍익대 대학원 미술사학과에 입학하여 미술사가로의 길을 출발했다. 그리고 미술평론가로 활동하기 위하여 1981년『동아일보』신춘문예에 응모하여 가작(佳作) 당선하였다.

그러자 내가 본격적으로 미술평론가로 활동할 수 있는 행운의 기회가 찾아왔다. 그것은『한국일보』에서「이달의 미술」집필을 의뢰해온 것이었다. 신문에 고정 지면을 갖고 기고한다는 것은 엄청난 혜택이다. 대개는 그 분야 중진에게 돌아가는 것으로 그때 「이달의 문학」은 염무웅 선생이 쓰셨다. 그럼에도 불구하고 장명수 부장과 정훈 차장은 신예를 키운다고 내게 맡긴 것이었다. 나는 정말로 열심히 썼다.「분수대」를 필사하면서 짧은 지면에 쓰는 글의 생리를 익힌 것이 큰 도움이 되었다.

불운도 있었다. 1980년대는 언론 탄압이 극도에 달했던 시기로 문체부에서 한국일보의 필자 중 나와 염무웅을 빼라고 압력을 넣어 나의 고정 지면은 11월을 마지막으로 끝났다. 그때 마침 어느 대학의 미술이론 교수 채용 공채에 합격하여 중앙일보사에 사표를 내고 떠났으나 막상 교수 임용에 필요한 서류를 내니 징역 7년을 확정받고 형집행정지로 석방되었으나 사면 복권이 되지 않은 자이므로 사립학교 교원이 될 수 없다는 것이었다. 나는 운명으로 받아들이고 백수 상태에서 미술평론을 하며 살아가게 되었다. 즉 글쟁이 문사가 본업으로 된 것이다.

『나의 문화유산답사기』 이력서

답사의 시작

나는 1984년 가을, 신촌의 대안공간인 우리마당에서 '젊은이를 위한 한국미술사' 공개강좌를 열었다. 처음엔 20명으로 출발했는데 3회 때는 100명이 모였다. 그만큼 민족미술(한국미술사)에 대한 갈증이 있었던 것이다. 강의 때 나는 수강생들을 데리고 현장답사를 다녀왔다. 수강생들은 강의보다도 답사에 더 열광하였다.

버스를 대절하여 답사를 떠나면 출발부터 귀경까지 나는 버스 안에서 마이크를 잡고 문화유산에 대하여 설명하였다. 이것이 소문이 나서 『실천문학』을 주관하고 있던 소설가 송기원이 '문단 패거리'를 데리고 남도 답사를 인솔해달라고 부탁했다. 그래서 1987년 겨울, 문인, 미술인, 교수 등이 2박 3일로 해남 대흥사, 강진

다산초당, 화순 운주사를 다녀왔다. 환상적인 답사였다.

출발하던 날 폭설이 내려 서울에서 출발한 지 3시간이 지나도 천안까지도 못 갔다. 그래도 사람을 웃기고 울리는 황석영 형의 엄청난 이야기 솜씨에 누구 하나 지루한 줄 몰랐다. 그러나 폭설은 더욱 심해져 버스가 좀처럼 앞으로 나아가지 못했다. 황석영 형도 지쳐서 "네가 해라"라며 마이크를 내게 넘겨주었다.

이때부터 나는 '남도답사 일번지'를 답사기에 쓴 대로 이야기를 해나갔다. 나의 이야기는 문화유산 강의가 반, 인물 이야기가 반으로 월남사지, 무위사, 다산초당에 이르러서는 다산 정약용에 대해 이야기하고 해남 대흥사에선 초의선사와 추사 김정희로 한없이 이어졌다. 휴게소에 내려 잠시 쉰 다음에도 나는 계속 마이크를 잡았다. 그리하여 유선여관까지 무려 11시간이 걸렸는데 나의 이야기에서는 아직 추사 김정희가 죽지 않았다. 엄청난 환호와 박수 속에 나는 이야기꾼으로 그렇게 데뷔했다.

'조선의 3대 구라'로 등극

언론 통제가 극심하던 1970, 80년대에 재야인사와 문화예술인들은 한편으로는 민주화 투쟁을 하면서 한편으로는 의지를 다지고 정을 나누는 술자리를 많이 가졌다. 술자리에는 반드시 좌판을 휘어잡는 이야기꾼이 있기 마련인데 그 대표적인 분이 방배추로 더 많이 불리는 방동규 선생이었다. 방동규 선생의 무궁무진한 이야기와 핵심을 찌르는 세상 논평은 사람들을 감동시켜 '살아 있는 라디오'라고 했다. 그리고 또 한 분의 살아 있는 라디오가 백기완 선생이었다. 그러다 70년대 황석영 소설가가 등장하여 동년배는 물론 젊은 문화패 아우들을 휘어잡으면서 '황구라'라는 별명을 갖게 되었다. 이것이 방동규, 백기완, 황석영이 '조선의 3대 구라'라고 불리게 된 내력이다.

그런데 『실천문학』 남도 답사에서 황석영 형은 3시간 만에 마이크를 내려놓고 내가 8시간 마이크를 잡으면서 나도 '구라'의 반열에 들어가게 되었다. 그때 아마도 윤재걸 시인이 한 말 같은데 백기완 선생이 라디오 시대 이야기꾼, 황석영이 흑백텔레비전 시대 이야기꾼으로 통했는데 유홍준이 컬러텔레비전 시대 이야기꾼으로 등장했다고 해서 모두 박수 치며 웃었다. 이후 방동규 선생은 끝까지 재야의 라디오로 남고 내가 백기완, 황석영과 함께 '조선의 3대 구라'로 꼽히게 된 것이다. 그리고 이와 별도로 도올 김용옥의 등장 이후 나는 이어령, 김용옥과 함께 세칭 '3대 교육방송'으로 불리기도 했다.

답사를 다녀온 뒤 송기원은 나에게 수고했다고 술 한 상을 받아주면서 함께 다녀온 문인들이 나의 '엄청난 구라'에 다 녹았다고 주최자로서 감사하며 이를 글로 쓰면 좋겠다고 했다. 그 '황홀한 말발'을 '환상적인 글발'로 옮기는 것을 잘 구상해보라고 하면서 실제 답사코스 그대로 따라가며 버스와 현장에서 설명한 것을 그대로 '생중계'하는 형식이어도 괜찮을 것 같다고 했다. 나는 잠자코 듣고만 있었다. 그때까지만 해도 나는 미술평론과 미술사에만 열중할 뿐 '잡문'은 쓸 생각이 없었다.

『사회평론』의 연재

1991년, 사회과학을 전공하는 조희연, 박호성, 김세균, 최재현, 안병욱 교수 등이 십시일반 돈을 모아 진보적 월간지『사회평론』을 창간하면서 나도 편집위원으로 참가하게 되었다. 잡지를 창간한 목적은 진보적 학자들의 사회적 발언을 통한 현실참여에 있었기 때문에 소설이나 시, 수필 등은 실을 계획이 없었다. 그러나 잡지인지라 무언가 유익하고 편하게 읽힐 글은 있어야겠다고 의견이 모아졌을 때 나의 절친으로 항시 내 답사에 동행하였던 안병욱 교수가 나에게 답사 때 버스에서 얘기한 것을 글로 쓰라고 권했다.

그래서 1991년 5월, 『사회평론』 창간호부터 나는 「나의 문화유산답사기」라는 제목을 걸고 연재를 시작하였다. 나는 송기원이 권한 대로 기행문학이라는 의식 없이 평소 내가 답사하면서 생각하고 이야기했던 것을 써 내려갔다. 그렇게 원고를 넘기고는 이 족보에 없는 형식의 글을 남들이 어떻게 받아들일까 궁금하기도 하고 일면 불안하기도 하였다.

첫 글이 실린 『사회평론』 창간호가 나오고 며칠 뒤 학고재에서 열린 '신학철 초대전' 개막식에서 백낙청 선생님이 나에게 "「나의 문화유산답사기」는 참으로 잘 쓴 글이네. 연재 끝나면 우리 창작과비평에서 책으로 내세"라고 하셨다. 나는 백낙청 선생님으로부터 칭찬을 들었다는 것이 기뻤고 적잖이 안심이 되었다.

나는 이 연재를 3회 정도만 쓸 생각이었다. 내 연재 3회가 끝난 다음엔 역사학, 민속학, 국문학 등 다른 인문학자들이 이어가기로 했다. 그러나 3회가 끝났을 때 누구도 그런 식으로는 쓰지 못하겠다고 하였다. 결국 나는 백낙청 선생님과의 약속도 있고 해서 연재를 계속하였다. 그러나 『사회평론』은 1년도 못 가서 부도가 나 폐간되었고 나의 연재는 『사회평론 길』로 옮겨 가 1년간 이어지다가 1993년 5월에 첫 책이 나오게 되었다.

『나의 문화유산답사기』 성공의 비결

『나의 문화유산답사기』는 폭발적인 인기 속에 1년 만에 100만 부를 돌파하였다. 게다가 답사기를 따라 답사하는 여행객이 폭주하여 '남도답사 일번지'로 지목한 강진에는 그해 여름에만 40만 명이 다녀갔다. 무엇이 이런 새로운 문화현상을 낳은 것일까. 수많은 서평과 진단이 있었지만 나 스스로 생각하는 것은 좀 다르다.

글을 잘 썼기 때문이라고들 하지만 그보다는 문화유산을 보는 시각을 완전히 바꿔놓은 것이 핵심이라고 생각한다. 사실 그때까지만 해도 문화유산이라는 단어가 일반인들에게 익숙하지 않았다. 대개 역사기행, 고적답사, 문화재 탐방 등이 많이 쓰였다. 나는 유물과 유적을 문화유산으로 인식하면서 거기에 서린 역사적 의

의, 미술사적 가치뿐만 아니라 자연환경과 현재적 의의를 종합적
으로 보려고 했다. 옛 유적이 아니라 현재 우리의 삶 속에 살아 있
는 문화유산으로서.

이 책은 시운도 타고났다. 첫 책이 나온 1993년은 문민정부가
들어서면서 길고 힘들었던 민주화운동이 일단락되어 사회적으로
안정을 찾아가던 시기였다. 당시 감옥에 있던 박노해 시인의 말을
빌리면 "선명한 적도 사라지고 자기희생도 사라지고 (…) 그 빈자
리에 경제, 정보화, 첨단기술이 무서운 기세로 자리 잡고" 있을 때
『나의 문화유산답사기』는 "마치 샘물가에서 옆구리에 꼭 끼고 얼
굴을 씻겨주던 고향 누님의 맑은 손길"처럼 "역사와 문화에 쌓인
흙먼지를 닦아"주는 듯했다고 고백했다.

또 당시는 우리나라 국민소득이 1만 달러에 이르는 중진국으
로 진입한 시점이다. 바야흐로 마이카 시대가 도래하여 자가용 보
유 대수가 700만 대에 이르러 있었다. 이에 못지않게 중요한 것은
1989년 해외여행 자유화로 선망의 대상이었던 서구를 직접 여행
하고 돌아오는 경험을 하면서 정작 우리 것에 무지하다는 반성이
일어났다. 우리의 문화에도 가치가 있을 텐데 그것이 무엇인가 궁
금하던 차에 이 책이 그 갈증을 해소해준 것이다. 당시 박완서 선
생은 『경향신문』 칼럼(1993년 7월 27일 자)에서 「나는 기어이 말하
고 싶다」는 제목으로 이 점을 얘기했다.

수많은 서평 중에서 내가 직접 들은 칭찬 두 가지가 가슴 뿌듯
한 자랑으로 남아 있다. 하나는 백낙청 선생님이 문학평론가적 시

각에서 하신 평이다. 『나의 문화유산답사기』는 유홍준이라는 필자가 학자(미술사가)이면서 한편으로는 작가(문필가)적 소양을 고루 갖추었기 때문에 가능했다며 시쳇말로 '학삐리'와 '딴따라'의 절묘한 조합이라고 한 것이다.

또 하나는 재야에서 꾸밈없는 인간적인 풍모로 많은

| '조선의 3대 구라' 중 한 분이자 '살아 있는 라디오' 방배추(방동규) 형님과 함께 |

이들의 존경을 받으며 '조선의 3대 구라' 중 첫 번째로 꼽히는 방배추 형님이 내 답사기를 읽고 전화를 걸어 칭찬해준 평이다.

"자네 답사기를 읽어보니 참으로 잘 썼더라. 학삐리들이 쓴 글을 읽어보면 어느 구석에서는 거의 반드시 자신이 유식하다, 나는 연구를 많이 했다는 표시를 은근히 내비치면서 자신을 드러내고 있는데 너는 그런 게 없어서 좋았다. 네가 쓴 감은사 답사기를 다 읽고 나니 너는 없어지고 감은사탑만 남더라."

『나의 문화유산답사기』는 2024년 발간 30주년을 맞이하였다. 답사기가 이렇게 장수를 누린 비결이 무엇이냐고 물어올 때가 많다. 이에 대해 한 서평에서는 이렇게 말했다. 답사기는 일정한 형식의 틀에 각기 다른 문화유산을 이야기한 것이 아니라 대상에 따라 서술방식을 달리하고 있기 때문에 매너리즘에 빠지지 않았다는 것이다. '남도답사 일번지'는 학생들을 인솔하며 이야기를 전개하고, 경주 답사기는 소불 선생님의 가르침을 따라가고, 서산 마애불 답사기는 가족여행으로 설정하는 다양성을 보여준 것이 장수의 비결이라며 이 이야기들이 언제 끝날지 모르겠다고 했다.

이 점에 대해서도 나 자신의 생각을 밝히고 싶다. 답사기가 장수할 수 있었던 것은 답사기를 고무줄처럼 늘어뜨리지 않고 그때그때마다 마감하고 다시 시작했기 때문이라고 생각한다. 1996년에 3권까지 쓰고 일단 끝내면서 혹시 북한 답사기를 쓸 수 있으면 다시 시작하겠다고 했다. 그런데 97년에 꿈에도 그리던 북한 답사를 하게 되었고 이어 금강산 관광길이 열리면서 북한 답사기 2권을 펴낼 수 있었다. 그리고 다시 내 전공으로 돌아가 미술사 저술에 전념하고 문화재청장을 지낸 뒤 2011년 누락된 지역을 위해 10년 만에 다시 답사기를 집필하였다.

그러는 사이에 내 지식도 풍부해졌고 시각과 의식도 성숙해져 앞의 저술과는 다른 글쓰기를 보여줄 수 있었다고 생각한다. 그리고 시각을 해외로 돌려 일본 답사기와 실크로드 답사기를 쓰고 다시 『국토박물관 순례』로 돌아온 것이다. 이제 『국토박물관 순례』를 두세 권 더 쓰고 『나의 문화유산답사기』의 대장정을 마치려고 하니 이번에는 진짜 막을 내리게 될 것이다.

자료 1 감옥에서 부모님께 보낸 편지

이 편지는 1974년 12월 긴급조치 4호 위반으로 영등포교도소에서 복역할 때 부모님께 보낸 편지다. 나는 그해 1월 25일에 군복무 35개월을 마치고 제대한 뒤 3월에 복학했는데 4월에 구속되었다. 구속된 이후 긴급조치 위반자들은 편지는 물론이고 책도 영치금도 받지 못하게 하였다.

그런데 항소심에서 징역 7년 형으로 감형되면서 곧바로 상고를 포기하여 영등포교도소 조화2공장에 출역하게 되었다. 기결수로 되면서 책을 받아볼 수 있게 되었고, 한 달에 한 번 가족면회도 되었고, 봉함엽서 한 통에 편지를 쓸 기회도 주어졌다. 그래서 구속된 지 9개월 만에 처음 부모님께 보낸 편지이다.

당시 우리 어머니는 매주 목요일마다 기독교회관에서 열리는

| 『신동아』 1975년 2월호의 「옥중에서 보낸 편지」 |

'구속자 석방을 위한 목요기도회'에 참여했는데, 이 편지를 가져
가자 구속자 가족 중 한 분이 여러 사람들 앞에서 낭독하였다고
한다. 이때 취재 나온 『동아일보』 김진홍 기자가 이를 듣고 구속된
학생들이 집으로 보낸 편지를 수소문하여 모두 4통의 편지를 모
아 『신동아』 1975년 2월호에 「옥중에서 보낸 편지 ─피구속 학생
들이 가족 친지에게 보낸 편지」라는 제목의 특집으로 실었다.

어머님께.

이렇게 집을 떠나 편지를 쓰는 데 매우 익숙해 있는 저이고 보니 어머니도 집을 나가 있는 아들 생각에 무척 이력이 붙으셨으리라 생각됩니다. 지난 9개월간의 생활은 군생활 3년에 비해볼 때는 저에게는 너무도 편안한 생활이었습니다.

사회와 집안을 생각하면 근심은 그칠 새 없었지만 조용히 책을 보며 지내는 생활은 정말 오랜만에 갖는 귀중한 시간입니다. 지금도 집에 있을 때보다 몇 배 더 책을 읽고 있고 몇 배 더 생각하고 있습니다. 대학을 다니면서 저는 앞날을 그려볼 때 가장 양심적인 학자가 되고 싶었고 용기 있는 지식인, 예리한 비평가가 되려는 마음으로 굳어갔습니다. 지금 제가 걷고 있는 길도 제가 그리는 사람이 되는 길임을 믿습니다. 한 집안의 장남으로서의 임무와 한 어려운 시대의 지식인으로서의 임무 사이를 수없이 왕래하였지만 결국은 그 두 가지 임무를 다 하되 후자에 치중하지 않을 수 없었습니다. 하늘을 바라보고 부끄럽지 않은 삶이 자신과 집안에 얼마나 큰 피해가 오는가를 생각할 때도 사회가 저를 부르는 소리는 더욱 절실하게 느껴지고 먼 훗날 저의 후손에게 물려줄 영광스러운 세계만이 눈앞에 어른거립니다. 27년을 키워오신 어머님의 은혜에 보답하는 것도 흔한 한 가정의 장남이 아니라 자랑스런 아들이 되는 것이리라 믿습니다.

지금 받고 있는 수형생활이 저 자신의 발전을 위한 계기가 될 것을 의심치 않으며 어머님 아버님의 건강만을 빕니다. 그간 부모님의 고생에 보람을 느끼실 수 있는 날이 멀지 않을 것을 믿습니다.

지금 부탁을 드리는 것은 아무 불편 없이 생활하니 염려 마시고 얼마 전부터 안경이 부러져 실을 묶어 끼고 있는데 출소하면 새로 만들 수 있도록 준비해주십시오. 교도소 안에서야 그대로 낄 수 있으니 염려 없습니다.

일본책 『풍속의 역사(風俗の歷史)』 3권이 읽고 싶고, 『전후세계문제시집』과 『한국시전집』이 읽고 싶습니다. 다음에 보내주십시오.

아버님께.

아버님의 고생하시는 모습을 생각하고 저는 가슴이 아파올 때가 가장 괴롭답니다. 제가 하는 일이 모두 옳다고 하여도 그 때문에 고생하시는 아버님의 희생에 보답할 자신이 없습니다. 앞으로 몇 년만 더 기다려주십사는 부탁 이외에는 드릴 말씀이 없습니다.

한 가지 부탁은 집을 이사하면 좋겠다고 생각합니다. 우리 집이 너무 쓸쓸한 곳에 있다는 인상입니다. 꿈을 꾸면 꼭 창성동 집이 보이고 지금 집은 한 번도 보질 못했어요. 그리고 지금 집으로 이사한 뒤 좋은 일은 하나도 없어서 더욱 그런 생각이 듭니다. 물론 감정적인 생각입니다마는 무시할 수 없어요. 십분 고려하여주시기 바랍니다. 안녕히 계십시오.

(남동생) 세준에게.

우선 좋은 형이 되지 못한 것을 미안하게 생각한다. 그러나 너의 나이는 형의 행동을 이해할 수 있는 나이라고 생각한다.

연합고사도 무난히 합격되리라 믿고 앞으로는 형보다 몇 배 더 훌륭한 사람이 되기 위하여 열심히 노력해주기를 바란다. 지금까지는 '선생님이 너를 가르쳐주는' 공부였지만 앞으로는 '내가 선생님께 배우는' 공부가 되어 능동적으로 공부할 수 있기를 바란다. 모든 것이 내가 필요하기 때문에 공부하는 마음을 갖기 바란다.

친구들과 어울릴 때는 언제나 너 자신의 위치를 항상 생각하며, 친구들의 행동과 생각을 유심히 살피면서 옳고 그름을 명확히 판단하고 친구와 토의도 하고 웃고 즐기기도 하길 바란다.

(여동생) 종현에게.

보내준 편지 고맙다. 기타는 많이 늘었겠지. 인간의 노력은 자신이 생각조차 할 수 없는 큰일을 할 수 있다는 것을 말해주고 싶고, 너의 앞날은 네가 결정할 문제이지만 오빠의 생각에는 교육대학에 입학하여 국민학교 교사가 되는 것을 추천하고 싶다. 교육자가 되는 그것은 정말로 커다란 뜻이 아니겠니. 그리고 너의 적성으로는 훌륭히 해낼 수 있으리라 믿는다. 오직 열심히 공부하기를 진심으로, 진심으로 바란다.

(여동생) 지연에게.

번번이 나를 찾아와준 것 고마웠다. 요즈음 무얼 하며 지내는지 궁금하다마는 좋은 책을 읽어서 폭넓은 인간이 되도록 노력하길 바란다. 언니로서, 딸로서 행동을 잘할 때에야 한 아내로서 어머니로서도 훌륭히 행할 수 있다고 생각한다. 너만이 갖고 있는 순진한 마음과 깨끗한 행동에 부족함이 있다면 그것은 동생과 부모에 대한 사랑이 약함인 듯하다. 보다 깊은 사랑으로 대하길 바란다.

(여동생) 승연에게.

오랜 객지생활 속에서 성장한 너의 모습은 정말로 대견하다. 너의 끈기 있는 노력만이 가능하게 한 것으로 안다. 이제 우리는 서로 자신의 세계를 구축하여 좋은 남매임을 알게 될 것이다. 오빠로서 객지에 있는 너를 조금도 도와주지 못한 것 정말 미안하다. 넓은 마음으로 이해하여주기 바란다. 그리고 요즈음 너의 앞날에 꽃이 필 수 있는 좋은 남자가 있기를 얼마나 바라는지 모른다. 진실로 네가 행복할 수 있는 남자를 만날 수 있기를 말이다.

　누님에게.

　정말 고개를 들기 힘듭니다. 몸은 건강하신지요. 혜선이, 상욱이(조카들)의 모습이 눈에 선합니다. 누나 집에 있는 톨스토이나 도스토예프스키의 책을 좀 보내주시면 고맙겠습니다. 누님께 진 신세는 제가 바라는 기대에 어긋나지 않음으로 훌륭한 동생, 훌륭한 처남, 훌륭한 외삼촌이 됨으로 갚겠습니다. 무엇보다 매형의 저에 대한 사랑에 진심으로 감사드립니다. 부디 몸 건강하시기를 바랍니다. (이화여대 미술대학 서양화과 김윤수 선생님께 선생님의 책과 백낙청 씨* 책이 나왔으면 소포로 보내주십사고 부탁드리더라고 전화해주십시오. 매형께 부탁드립니다.)

───────

　*　출소 후 김윤수 선생님이 왜 백낙청 선생이 아니라 백낙청 씨라고 했냐고 물었는데 사실 봉함엽서의 맨 끝에 여백이 없어서 씨 자도 겨우 썼다고 해서 많이 웃었다.

자료 2 대학 3학년 때 시험 답안지

　　내가 1967년 서울대 문리대 미학과에 입학할 당시 교수님은 동
양미학에 김정록, 서양미학에 박의현 두 분이 계셨다. 그리고 강
사로는 서양미학에 백기수와 오병남(훗날 서울대 미학과 교수), 동
양미학에 권덕주(훗날 숙명여대 교수), 예술학에 김윤수(훗날 이화여
대 교수)와 조요한(당시 숭실대 교수) 등이 계셨다. 미학과 입학 정원
이 10명이었기 때문에 선생님들은 학생의 일거일동을 잘 알고 있
었다. 나는 서양미학보다 동양미학에 더 관심이 많았고 미학보다
예술학에 흥미를 느끼어 김정록 교수와 김윤수 선생 댁에 설날에
는 세배를 다녔으나 박의현 교수와는 깊은 정이 없었고 연극무대
장치한다고 수업에 많이 빠지고 데모한다고 꾸지람을 많이 하셨
다. 오병남 선생에겐 3학년 2학기 때 한 과목밖에 수강하지 않았

는데 그것도 삼과폐합 사태가 있어서 수업이 제대로 이루어지지 못했다.

그런데 2021년 10월 8일, 뜻밖에도 오병남 선생께서 내게 전화를 걸어 오셨다. 박의현 선생이 1975년에 돌아가신 이후 그 유품들을 오병남 선생이 하나씩 정리하고 있는데 1969년도 1학기 박의현 선생 미학강의 때 내가 쓴 시험 답안지가 나왔다며 이를 보내주고 싶으니 주소 좀 알려달라는 것이었다. 반가움을 넘어 놀라운 일이었다.

3일 뒤 등기우편으로 내 시험 답안지 두 장이 도착하였다. 누런 갱지에 빨간 줄이 그어진 그 시절 시험지로 한 과목은 '예술창작 감상론'이고 또 한 과목은 '미적 대상론'인데 다행히도 맨 위에 'A'라고 쓰여 있었다. 나로서는 모든 게 황감하고 신기할 따름이다.

내 답안지는 그때 내가 즐겨 사용한 파카21 만년필로 앞면과 뒷면의 반을 채운 것이 내 글씨임에는 분명한데 지금 읽어보자니 난삽한 독일어 번역문 투의 문장에 이해하기 힘든 관념적인 내용으로 지적 허영이 가득한 글이어서 부끄럽기만 하다.

그러나 오병남 선생께서 이 답안지를 보내면서 '나의 학창시절'을 말하는 자료로 간직하고 기회 있을 때 가감 없이 소개하면 60년대 학생들의 사고와 글쓰기를 보여주는 좋은 사례로 될 것이니 꼭 공개하라고 하셨다. 이에 사진으로 모두 공개하는 것이다.

박의현 선생님, 그립습니다.

오병남 선생님, 감사합니다.

○　　　・　　　○

(단기) 429　연도제　학기)　　시 험 답 안 지　　서울대학교문리과대학　A

과 목 명	담당교수명	과 별	학 년	학생등록번호	성	명	감독자인
예술창작 감상론	박의현	미학과	3	6815	유	홍준	

제 점	채점자인
計	

1. 예술의 개성적 독창성에 대하여.

　예술의 창작활동은 숨쓰고 부리 무는 비밀이 숨어 있는 것으로
되어 왔는 게 우리는 예술은 인간심정의 내면적 필연성이라고 할 수
있는 창조적 충동에서 여러가지 법칙에 따라 제작하고 자기의 내부에서
생기고 있는 Gestaltung (形成)의 열망이 예술작품의 창작에
의하지 아니하고는 충족시켜줄 수 없다는 사실을 의심할 수 없다.
여기서 창조적 충동에 관하여 살펴보면 예술은 생명의 유지나 안전을
위하여서가 아니라 생명의 발전을 사명으로 하고 왔다. 즉
검을 수 없는 생명발전의 요구이오 생명의 약동이오 永遠性에 전념하는
활동이라. 예술적 창조라는 활동성은 본래 인간의 근본 사명活動에
근거하여 생명의 약진을 위축시키며 우리를 압박하여 오는 외부세력들
즉 속된 사회적 세력이나 인습적 환경, 타국적 도덕 등에 대항하는
근원적인 활동이고 內的動機에 의하여 나타나는 충동이라 할 수
왔다. 그러므로 모든 인간들은 이런 창조적 충동을 內部構造에
가지고 왔다. 그들 대부분이 외부세력에 압도되어 버리기때문에
모두 예술 창조 활동이 되지 못하는 것이라.

　다음에 이 창조적 충동은 인간성을 高하며 並 高하는 것이라.
인간이라는 것이 인간성을 활동하는 데서 성립하고 왔으므로 예술은
참다운 인생을 위하여 존재하는 것이어야 하겠으며 참다운 五적이
인간성의 당위(sollen)에 관한 규범이라면 미적 활동은 고차적인
五적을 위하여 영속하여야 할 것이라.

　그리고 창조적 충동은 개성을 완성하고 개성을 만들어
내는게 있는 것이라. 개성에서 우리는 비로서 생명의 참다운
발전을 볼 수 있다. 외부세력이 우리에게 닥쳐와 우리를
충격하고 문제이게 할 때 생명 발전을 위한 근바가 없는 者는
이런데 압도되어 개성이라는 것이 생기지 않는다. 위험을
무릅쓰고 外界에 대하여 그 근원을 구현할 수 있는
강력한 힘이 우리의 내부에 잠재하고 있는 것이라. 그리고
창조적 충동이 참다운 개성을 만들고 개성을 발휘시킨다오

【주의】 1. 과, 학년, 학생등록번호, 성명을 빠짐없이 기입할것.
　　　　2. 주관식답안에는 학급란에「클임」이라고 명기할것.

| '예술창작 감상론' 시험 답안지 앞면 |

352

찬라면 창조적 충동이 반응하는 근저이고 독특인 인간성이
개성을 만들고 발휘시키라라는 것도 당연한 일이라 그리고
그 인간성이란 보편적이고 절대적인 성질이라는 것도 용이하게
알 수 있으며 인간성이 만든 개성이 非人성이거나 忘我에
또는 工作체적인 수 있는 것이라.
이와 같은 예술의 개성적 독창성 을 본질적인 계기로
하여 예술적 상상도 성립하는 것이라.

여기서 N. Hartmann이 "모방과 창조" 에서 맨 마지막에
말하고 있는 · 예술가의 自由라는 말도 우리는 상기할 수 있다.
그에 의하면 예술가는 어떤 것을 신현시키는 것이 아니라
현상하게 하는 제작물을 하고 있다는 것이라. 그러므로 그가
현출하는 앞에는 여하한 제로 있을 수 없고 오직 자기가
원하는 데로 깨뜨리며 걷처 나아가는 自由만이 있을뿐이
라고 Hölderlin의 말을 인용하여 주장하고 있다.

예술적 상상은 直觀적인 心象을 나타나게 하는 것이며 자감나
기억과는 어떤 처象을 걸고 하지 않는다. 물론 想像心象은
먼저 知覺心象에서 *기억심상으로 그리고 이기억심상에서 다시
상상심상으로 옮아가 성립하고 있는 것이지만 이 想像心象은
일상적·경험적인 것을 넘어서 창작자의 개성적이고 독창적인
상상력의 개성적인 流動에서 성립하는 것이라.

| '예술창작 감상론' 시험 답안지 뒷면 |

과 목 명	담당교수명	과 별 학 년	학생증번호	성 명	교무과인
미적 대상론	박의현	미학 3	67315	유홍준	

제 점	채점자인
점	

/. 현상관계 와 형성 — 내용 문제.

종래의 미학은 또 미적대상 특히 예술작품에 있어서 내용과 형성 가운데
어디서 성립하는가를 주장하여 내용미학과 형성미학이 성립되었다. 그러나
현금의 미학에선 서로 떨어질수 없는 내용과 형성이 어떻게 결합되어 있는가를 설명하는데
촛점을 두고 왔다. 여기에 Nicoλi Hartmann은 미적 대상의 Seinsweise와
Struktur를 밝혀 내는 데 먼저 美的作用分析 (ästhetische- Akt-Analyse)를
통하여 미적체험은 知覺와 高次觀想의 2중구조로 되어 있다라고 말하여
이 예비적 고찰에서 미적 대상이 2중구조로 도출되어 놓았다. 미적대상은
객관화된 점에서 감각정입으로 주어진 물질적인 것 (대리석, 색, 선율)은
그 전경의 층을 이루고 있으며 여기에서 이 미적체험의 다시만하여
수관이 적극적이고 문화를 미적태도에 의하여 보라 정신적인 후경(Hintergrund)
에로 들어간다고 한다. 그런데 이 후경은 바로 직접 보편적, 이면적인
후경이 나타나는 것이 아니라 이 후경은 重疊된 구조로 하고 있어
하나의 후경에서 또 하나의 후경로 낳으며 최후의 이면적, 보편적인 후경에
까지 다층점으로 되어 있다는 것이라. 그런께 이 후경은 현상관계
(Erscheinens Verhältnis)에 의하여 最前景과 최후의 이면적
보편적인 후경을 제외하고 모든 후경은 앞의 것과 뒤의 것이 긴밀히
결합되어 앞의 것에서 뒤의 것을 이끌어 내며 지도하며, 뒤의 것은
앞의 것에 의하여 규제 보는 제한을 받게 되라는 것이라.
결국 쉽게 말하면 미적대상은 구조상으로는 二層的(zweischichtig)
내용상으로는 多層的(vielschichtig)이며 最前景과 後景은
올바로 미적 태도를 가전 주관에 의하여 긴밀하게 결합되어 있고 이렇게
이 내용을 이루는 후경층은 현상관계에 의하여 유기적으로 결합되어
있라는 것이다.

| '미적 대상론' 시험 답안지 앞면 |

354

2. 미적 가상설.

E. von Hartmann 美의 본질을 설명함에 "美는 假像이다." 라고 말하고 있다. 즉 ~~정신적인 것을 포함한 객관성이 있다는 것이다.~~ 주관에 의해 촉발된 객관의 현상이다. 다시말하면 美는 주관과 객관의 협동 작용에서 성립하는 바 객관의 측면에서 보면 가상이다. 美의 소재점으로서의 미적가상은 , 객관의 현실에서 추상하여 주관의 현실로 받아들일때 순수한 미적가상이 된다는 것이며 주관은 이것을 (ab-ob-wirklichkeit) 현실적인 것 처럼 받아 들여야만 성립할 수 있다는 것이다. 그러므로 간각적 물질적인것과 정신적인 것의 중간에 위치 한다고 볼 수 있고 인간의 정신적인 내용이 아무런 억제를 받지 않고 자유스러운 활동에 의하여 물질적인 것에 표현될때 미적 대상은 ~~추상하여 객관의~~ 형식과 내용이 서로 떨어지지 않고 유기적으로 결합할 수 있다는 것이다. 이러한 E. von Hartmann 의 美에 대한 분석은 美의 본질적인 것에로 육박해 들어가 ~~정신~~ 종전에 서로 분리되어 있었던 형식과 내용이라는 것을 젤 긴밀한 유기적인 관계로 만든였다는 것은 매우 귀 취함에 따라 사실이다. 그러나 이는 미적 대상을 분석하는 데에~~는~~ 좀 미약한 점이 많다. von Hartmann 의 미적 가상설은 미의식 또는 미적 체험이 분석에 너머친 것~~,~~ 그래로 미적 대상이 적용시킨 것으로 ∧ 이러한 미적 대상의 분석은 각 유의 되었기 때문에라라.

N. Nartmann 에서 출발한 결론을 도출하고 있다.

| '미적 대상론' 시험 답안지 뒷면 |

자료 3 김지하 형이 옥중에서 지도한 글쓰기

　이 글은 1974년 내가 영등포교도소에 복역하던 중 김지하 형이 나의 글쓰기에 대하여 조언한 장문의 편지이다. 12월 어느 날 철창 밖으로 같은 교도소에 수감된 김지하 형이 운동 시간에 한쪽에서 햇볕을 쬐고 있는 것을 발견하고 내가 그동안 교도소에서 틈틈이 써둔 습작 시를 교도관 몰래 창틈으로 던졌다. 교도소에서는 이를 '비둘기'라고 한다.

　그 이튿날 지하 형은 교도소 휴지 일곱 장에 빽빽한 글씨로 쓴 답신을 보내왔다. 나는 출소하면서 이 글을 베껴 고이 간직해왔다. 그런데 1989년 어느 날 소설가 송기원이 엘리베이터 없는 5층 건물 옥탑방에 마련한 나의 공부방에 놀러 왔다가 이를 보고 『노동문학』(1989년 4월)에 전문을 실어 세상에 공개한 것이다.

| 「노동문학」 1989년 4월호에 실린 김지하 형의 편지 |

홍준아!

오늘 너의 글을 읽고 그동안 좀 더 네게 자주 이야기를 하지 못했다는 생각이 들어 미안하였다. 다시 한번 말하마, 미안하다. 어둠 속에서 글을 읽고 대본을 세우며 살아가는 모습은 장하였다. 나는 바로 너희에게 그처럼 자기의 위치를 알고 하나씩 능동적으로 창조적으로 일을 해나가는 작풍을 원하였고, 네가 그런 모습을 보여주니 어찌 반갑지 않으랴.

우선 네가 시를 쓸 때, 〈빈산〉〈황토〉 등이 어른거린다는 것은 충분히 이해할 수 있다. 그 원인은 여러 가지 있겠으나 우선은 동시대적인 경험이나 비슷한 감수성 때문일 것이다.

너무 '절망적인 느낌'으로 의식할 필요 없고 그렇다고 자기 목소리를 발견하는 데 등한시해서도 안 되겠지.

나의 시에 대한 생각을 말한다면 첫째, 섬약하게 이것저 것에 마음이 묶여 제풀에 자꾸 자지러드는 문사 기질을 던 져버리고, 뜨겁게 살고, 건강하게 먹고, 날카롭게 싸우고, 밤 새 떠들고, 미친 듯이 읽고, 비참 앞에선 이를 갈며 통곡하고, 꽃님 앞에선 다소곳해지고, 순결한 사랑을 품고, 거대한 우주적 진보와 이 설운 땅의 대변혁을 꿈꾸고, 칼을 갈며 야 망의 홍소를 터뜨리고, 말술을 마시고…… 그리고 그 기분, 그 울분, 그 애틋한 마음과 포부와 슬픔을 그냥 써라! 형식 으로 하여금 네 뜻을 따라오지 않으면 안 되도록 만드는 당 당한 큰길을 택하는 것이 좋다. 그렇게 개방할 때—다만 허 풍이 아니고—자기도 모르는, 자기도 뭐라 논리적으로 규정 못할 자기만의 목소리가 기어 나오고 마는 법이니까.

둘째, 우리가 건설해야 될 예술에서 가장 중요한 것의 하 나는 〈힘〉이다. 그 힘은 어디에서 나오는가? 개인적으로는 바닥에 뿌리내리는 끈덕진 생명력과 확신에 찬 미래에의 집 중에서 나온다. 집단적 차원에서는 민중의 조직된 힘의 무 서운 창조력과 그 힘을 확고한 과학적 비전 아래 집중, 목표 를 하나하나 깨뜨려버리는 지도력 간의 통일에서 나온다.

이것은 예술의 내용과 형식 양면에서 다 같이 적용된다.

막연한 민중이란 기만이기 쉽다. 특히 손이 흰 인텔리에 겐 민중과 관련된 생존이 증발해버린, 냉랭히 그것만인 '고도의 집중'도 허망이기 십상이다. 그것은 작가 자신에게 볼 모요, 미망이 된다. 그래서 진보적 인텔리 작가도 '다리'라는 말이 나오고, 또 민중적 생존의 구체적인 싸움의 과정에서 살지 않으면 피 없는 혁명의 시가 된다는 말이다. 인텔리 출신의 작가에겐 이때 '다리'이되 훌륭한 '다리'이고자 하는, 즉 제약을 오히려 적극적으로 접수하려는 태도가 하나!

그 제약이 분명한 현실이되, 민중을 향한, 민중을 통한, 민중에서의 정치적·감상적 실천과 감동의 축적에 의하여 부단히 그 제약을 넓히고 미래로 밀고 나아가는 노력이 또 하나!

참된, 완전히 상상력에 의해 자연스럽게 참된 예술로 꽃 피는 가능성과 정치적 조치와 실천에 의해 목적의식적으로 훌륭한 결과에 도달하는 또 하나의 가능성을 결합하는 〈정치적 상상력〉에 우리 시대의 힘의 예술의 비밀을 푸는 열쇠가 있다는 점을 인정하고 또 실천하려는 의지가 셋째다.

훌륭한 '다리'는 상승욕에 좀먹은 피안보다 우수하고 아무리 탁월한 '다리'라도 투박하고 진실한 피안의 이름 없는 풀 한 포기보다는 못하다. 명심해두어라. 이상의 문제를 이미 접수하고 그 기초 위에서 나름대로 당차고 옹골차게 〈힘〉을 추구해야 할 것이다.

셋째, 다작의 습관과 그중에서도 오직 참으로 우수한 것만을 작품으로 인정하는 자기 노작에 대한 잔인한 비평의 눈을 갖는 것, 또 형식, 기교, 처리, 다시 말해 장인으로서의 기량과 이론, 훈련, 문학사, 예술사, 미학, 그리고 민요 수집, 민속의 지식 등등에 관해서 도사가 되어야 한다는 것, 특히 앞으로 엄청난 논쟁의 시대가 올 것이라는 판단에 따라 능숙하고 눈부신 이론가로서의 준비를 하는 것.

대체로 이상 세 가지 점을 받아들이고 자기가 부딪히고 있는 내심의 가장 고민스러운 문제점과 비교, 검토, 결론이 난다면 〈황토〉 등이 어른거린다는 것은 그리 문제가 될 것이 없다.

내가 읽은 시를 말한다면,

(1) 작품이 담고 있는 정신이 명확히 옳고 명확히 진보적이고 민중에의 애착과 현실 모순에 비판적이다. 기본 조건이 충족되었다.

(2) 개념적 어휘들에 의해서 표백되는 것이 아니라 전체적인 분위기에서 느껴져온다는 점도 매우 좋다. 장려해야 할 점이다. 대개의 참여시라는 것에서 느끼는 참괴감 무안스러움 억지스러움이 없다는 말이다. 그렇다고 어찌 보아 감상적인 듯한 그런 정서 표백의 자연스러움(목가적 서정시)

의 규범이 좋다는 것이 아니라, 다만 첫째의 그런 정신 내용이 생활화, 체취화되려고 하는 과정이 좋은 예요 본보기여서 반갑다는 것이다.

(3) 호흡이 (네 체질인 듯싶은데) 퍽 길고 여유가 있어서 반갑다. 아마 시든 뭐든 써도 훗날 대성할 가장 중요한 자질로 될 것을 나는 확신한다. 다만 생래적이라면 더욱 좋겠다.

앞으로 우리가 건설해야 할 중요한 문학 장르의 하나가 에픽(서사시)이라 할 때 요즈음 유행하는 부질없는 반복, 의식적인 조악성, 가파른 호흡, 조작적인 민중 관점, 눈치는 진보성, 참새 같은 사회윤리, 새끼 한 마리를 못 낳을 것같이 생겨 먹은 황량하고 뾰족하기만 한 미의식(특히 요즘에 나오는 젊은 시인들) 가지고는 에픽이라는 거창한 대하는 어림없다. 그들은 단지 가능성이요, 징조요, 접촉 반응제이다. 이런 점에서 너의 호흡 계발이 중요하다. 말로만 하지 말고 판소리를 진정으로 공부해보아라. 너의 서구적인 미학 교양, 사론적 지식과 판소리가 가진 무규정한, 그러나 엄청난 무서운 심미적 형식과 예술 정신의 보물 창고를 연결시켜보아라.

(4) 욕 좀 하자. 행과 행의 이전, 말과 말의 전환 등에 의식이 없고 의미가 주어져 있지 않다. 시가 산문이 아닌 한 시행의 전환에 그만큼 필연적인 의미—음악성의 요구나 필요가 있는 것이다. 이 점에 의식이 없었음으로 해서 언어의 강화와 약화, 의미의 양각과 음각, 즉 내용의 미묘하고 쩌르는 듯

한 날카로운 제시 및 호소력과 그에 결부된 리듬 및 행 변화의 묘한 율동의 힘이 전무하다. 따라서 감동이 느리고 둔하며 한마디로 촌스럽다. 어미의 낡은 투 등은 그 자체로 흠이 되는 것이 아니다. 여기서 흠으로 느껴지는 것은 그 때문인 것이다.

(5) 담고 있는 내용, 의미 또는 메시지 같은 것이 선명치 못하고 탁하며 구체적인 감동이 없고 미묘한 각성이나 찌르는 듯한 아픔을 주지 않는다. 이것은 내용이 구체적인 실천, 투쟁, 삶의 피투성이, 절규나 결단 등 극적인 것뿐만 아니라, 은은한 인식이나 조용한 생의 용기 등과 같이 뿌리박고 결부되지 못한 데서 온다. 한마디로 해이하다. 긴장(텐션) 모순의 운동감에 의해서 발생하는 의미의 고양이나 감동의 심화 등이 없다.

(6) 때로는 너무 감상적이고 너무 설명적이다. 발라드가 아닌 한 설명은 시에 있어 최대의 금물이다.

홍준아! 열심히 써라.

지하로부터

사진 제공

경향포토·기사DB	229면
국립고궁박물관	99면
국립중앙박물관	119면
국립현대미술관	191면
국민체육진흥공단	170면
국사편찬위원회	101면
김성철	31면
김효형	71면
대한민국임시정부기념사업회	213면
동농문화재단	218면, 221면, 223면
매일신문사	122면
국가유산청	260면
밀양시	93면
박종희	138면
연합뉴스	33면, 48면
윤정미	173면
이정규/공유마당	220면(위)
정읍시	97면
조선일보	54면
컴투스타이젬	43면
포스코	73면
한국기원	41면
홍수현	272면
Hisagi/Wikimedia Commons	161면

* 위 출처 외의 사진은 저자 유홍준이 촬영한 것이다.

유홍준 잡문집
나의 인생만사 답사기

초판 1쇄 발행 2024년 11월 1일
초판 4쇄 발행 2025년 1월 22일

지은이 / 유홍준
펴낸이 / 염종선
책임편집 / 이하림
본문디자인 / 신나라
조판 / 박아경
펴낸곳 / (주)창비
등록 / 1986년 8월 5일 제85호
주소 / 10881 경기도 파주시 회동길 184
전화 / 031-955-3333
팩시밀리 / 영업 031-955-3399 편집 031-955-3400
홈페이지 / www.changbi.com
전자우편 / human@changbi.com

ⓒ 유홍준 2024
ISBN 978-89-364-8060-8 03810